江户川乱步推理小说集

くろとかげ

黑蜥蜴

[日]江户川乱步——著

羽治　冷欣——译

陕西师范大学出版总社

图书代号：WX20N1394

图书在版编目（CIP）数据

黑蜥蜴 /（日）江户川乱步著；羽治，冷欣译．— 西安：陕西师范大学出版总社有限公司，2020.8（2021.7 重印）

（江户川乱步推理小说集 / 王笑东主编）

ISBN 978-7-5695-1725-5

Ⅰ．①黑…　Ⅱ．①江…　②羽…　③冷…　Ⅲ．①推理小说—小说集—日本—现代　Ⅳ．①I313.45

中国版本图书馆 CIP 数据核字（2020）第 108697 号

黑蜥蜴

HEI XIYI

［日］江户川乱步　著　羽治　冷欣　译

出 版 人	刘东风
责任编辑	彭　燕
特邀编辑	刘　畅
责任校对	陈君明
封面设计	吴黛君
出版发行	陕西师范大学出版总社 （西安市长安南路 199 号　邮编 710062）
网　　址	http://www.snupg.com
印　　刷	大厂回族自治县德诚印务有限公司
开　　本	620mm×889mm　1/16
印　　张	16
字　　数	229 千
版　　次	2020年8月第1版
印　　次	2021年7月第3次印刷
书　　号	ISBN 978-7-5695-1725-5
定　　价	59.00 元

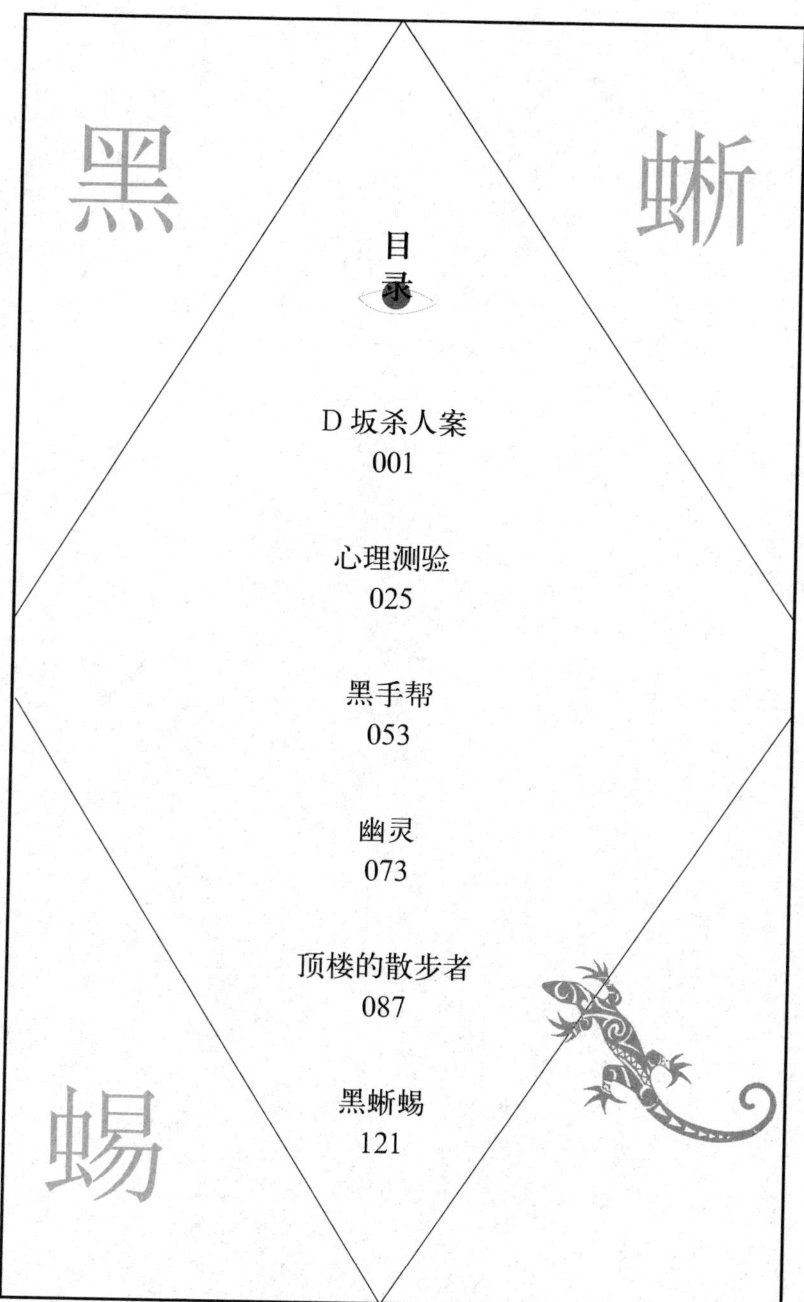

黑蜥蜴

目录

D坂杀人案

上篇 案情

这件事儿发生在 9 月上旬的一天夜里，天气闷热。我在 D 坂大街中央处的白梅轩咖啡店里，慢慢喝一杯冰咖啡。我时常来这家咖啡店。刚刚从学校毕业，我还没找到工作，基本每天都无事可做，只是躲在租住的屋子里读书，读得厌倦了就出来走走，或待在廉价咖啡店里打发时间。我最经常光顾的就是这家咖啡店，因为它在我租住的屋子附近，而且无论我去哪里散步，都会从这里经过。每次进咖啡店，我都会逗留很长时间，这可不是什么好习惯。我本来就没胃口，又没有钱，在咖啡店里的一两个小时一般只喝两三杯便宜的咖啡，不会点任何食物。我并不是因为看中了咖啡店的女侍者，才经常到这里来。我也从不跟她们打情骂俏。我到这里的原因很简单，因为跟我租住的屋子相比，这里的条件更好更舒服。

那天晚上，我一如既往地坐在能看到外面街道的位子上，一边漫不经心地望着街景，一边喝冰咖啡，一杯咖啡喝了十分钟。

D 坂大街白梅轩咖啡店的菊人偶[1]一度远近闻名。这件事儿发生时，因为市区整顿规划，先前狭窄的街道被拓宽了好几米。街道两侧店面不多，空出了很多地方，显得非常冷清。

我一直在留意跟白梅轩隔街相对的一家旧书店。这家店地处城郊偏

---

[1] 日本一种使用菊花等花朵做衣饰的人偶。

僻地区，看起来平平无奇，好像并不值得留意。可对我而言，它却有种难以形容的吸引力。近来，我在白梅轩认识了一个叫明智小五郎的怪人。我跟他交谈了几次，发现他的确很奇怪，而且像是个很有头脑的人。不过，我之所以注意他，主要是因为他同样对推理小说很感兴趣。最近，他告诉我，他小时候经常跟对面那家旧书店的老板娘一起玩。我去过那家店两三次，看到老板娘长得并不怎么好看，但却让人觉得颇有风情，对男人颇有吸引力。她每天晚上都会待在店里，今晚应该也不例外。可我把那家宽只有四五米的小店看了个遍，也没找到她的身影。我继续待在咖啡店，心想她可能很快就会赶过来了。

岂料她一直没出现，我失去了耐心，正要去看旁边那家钟表店，忽然发现连接旧书店的店面和内室的纸门猛地关起来了。这种有着独特构造的纸门被专业人士盛赞为举世无双的新颖设计，只有门框部分，中间部分本应糊上纸，却代之以密密麻麻的竖格子，每个格子宽约五厘米，有别于一般的纸门。因为小偷经常在旧书店出没，所以就算店里的人去了内间，也必然会随时从纸门的缝隙观察店里的情况。可意外出现了，内间的人竟把竖格子都拉上了，没有留下任何缝隙。如果现在天气很冷，这样做还说得过去。可是 9 月才刚刚开始，晚上还十分闷热，把门完全关上实在反常。难道旧书店内间发生了什么？我觉得事有蹊跷，于是盯住那里不放。

说起来这一带好像流传着关于旧书店老板娘的不少传言。去澡堂洗澡时，咖啡店女侍者从周围店铺的老板娘嘴里听到过很多这种传言。女侍者在一起聊天时曾提起一件很特别的事儿，正好被我听到了：“旧书店老板娘看着很体面，身上却满是伤痕，只是平时被衣服遮挡着。很明显，她经常被打，身上才会有那些伤痕。可她和她老公好像很恩爱，这太奇怪了。”另外一个女侍者不由得插了句话：“旁边那家荞麦面店旭屋的老板娘身上也常有伤痕，看起来也像被打过。”那时候，我并未细想这种谣言真正的含义，最多觉得做丈夫的心狠手辣。然而，这件事儿并不是这么简单。它看似微不足道，却跟那件大事儿有着密切的关联，这是我之后才意识到的。

说回正题。我一直盯着旧书店，盯了差不多半小时。我一刻都不敢放松，感觉一旦移开视线，就会有意想不到的事情发生。可能这就是预感吧！这时候，之前提过的明智小五郎刚好从窗户外面走过。他身穿他最喜欢的宽条纹浴衣，大幅度晃动着自己的肩膀。我马上就把他认出来了。他看到我在咖啡店，冲我点点头，进来坐到我身旁，点了杯冰咖啡。留意到我正盯着某个地方不放，他也循着我的视线朝对面那家旧书店看去。跟我一样，他对此也很感兴趣，看得目不转睛，这让我很意外。

我俩一边注视着相同的目标，一边闲聊，很有默契。我已经忘了我们闲聊的内容，在此就不细说了，反正跟这个故事一点儿关系都没有。我只隐约记得我们谈到了犯罪、侦探，部分对话如下。

明智说："完全没有破绽的犯罪真的存在吗？我觉得有可能存在。就说谷崎润一郎[1]的《途中》吧，从理论上说，其中用到的犯罪手法就没有任何破绽，不是吗？尽管小说中的侦探最终成功破案，但犯罪手法依然表现了作者非同寻常的想象力！"

我说："不，我不赞同。且不说现实中的困难，从理论上说，也不存在能让侦探毫无办法的犯罪手法。《途中》里无所不能的侦探现在已经看不到了。"

这就是我俩闲聊的大致内容。然后，我俩一下子都沉默了，因为旧书店那边出了事儿。

我低声说："你好像也发现了。"

他马上说："多半是偷书的吧？自打我来到这里，已经发现了四个小偷，真是奇怪。"

"的确如此，你来了不到半个小时，就出现了四个小偷。你没过来时，我就发现了这种情况，应该是差不多一个小时以前的事儿了。看到

---

[1] 谷崎润一郎（1886—1965），日本著名作家，代表作有《细雪》《春琴抄》等。

那扇纸门了吗？纸门关闭后，我的视线就没挪开过。”

“你看见书店老板出来过吗？”

“关键就在这里，纸门好像没打开过，所以后门应该是出来的唯一通道。反常的是，半小时都不见有人出来照看书店。不如我们过去瞧瞧吧！”

“好，即使内间没有出事儿，书店老板也可能在外面遇到了什么意外。”

我有种模糊的感觉，如果有人犯罪，整件事儿可能会更加令人兴奋。我俩从咖啡店出去。我从未见到明智如此亢奋，他可能跟我有相同的念头。

旧书店的地面是泥土的，三面墙下摆满了高度直逼天花板的特制书架，跟普通的旧书店没什么两样。书架旁整整齐齐摆放着几张台子，有书架一半那么高，方便往书架上放书。店中央摆着一张长方形桌子，桌子上堆满了书，宛如一座小小的岛屿。桌子正对着的书架右边是通道，宽约一米，通向纸门背后的内间。纸门前面摆了半张榻榻米，老板夫妇平日里照看店面时就坐在这里。

我和明智走到榻榻米旁叫了几声，声音尽量拔高。不过，店老板也许真出去了，没人应声。我们微微用力拉纸门，拉开了一条缝。外面的灯光照进内间，我们看到漆黑的内间墙角似乎有个黑影正伏在地上。我后背一凉，只觉得毛骨悚然。我俩又叫了几声，还是没人应。

“没事，进去瞧瞧！”

我俩很快走了进去。明智开了天花板上的灯。我俩在灯光点亮的刹那，一起吃惊地大叫起来，只见墙角横卧着一个死去的女人。

“老板娘？她好像被人掐死了。”我用一种像从嗓子眼里硬挤出来的声音说。

明智小五郎过去检查尸体，说：“马上报警，好像已经死了。我去用公共电话报警，你留在这里保护现场，不要让附近的人发现这里死了人。要是案发现场被破坏了，调查工作会更加困难。”说完这些既像命令又像嘱咐的话，他立即快步奔向距离此处五十多米的公共电话亭。

其实，我也是第一次遇到这种凶杀案。别看犯罪、侦探之类的专业术语，我平日张口即来，等真遇到这种事儿时，我才发觉自己只会耍耍嘴皮子。除了待在案发现场出神，我什么忙都帮不上，也完全不知道该做些什么。

内间没有隔断，面积大约为十平方米。右后侧有一条走廊，宽度只有两米左右。走廊外侧是用木板围成的院子，面积有六七平方米，院子中央是卫生间。我能清楚地看到屋后的情况，因为拉门在夏天都是开着的。内间左半部分宽阔处装了一扇推拉纸门，纸门是关着的。推拉纸门后有一间铺了木地板的洗衣房，大约三平方米。右边有四扇关着的纸门，后面是洗衣房，通向二楼的储物间。普通的长屋[1]大致都是这样的格局。

死去的人头冲着店面，躺在左边的墙下。我尽可能与之保持距离，除了因为不想破坏现场，也因为我觉得很恶心。不过，我再不愿意直视尸体，在这异常狭窄的房间里，还是经常不经意地朝尸体那边看过去。老板娘基本是仰面躺在那儿，身上式样简洁的浴衣卷在膝盖上面，露出大腿，生前好像并未做出特殊的反抗。我根据她颈上发紫的伤痕推测她是被人掐死的，但并不十分确定。

木屐在地上敲打的“咔嗒”声、人们的高谈阔论声、醉汉唱流行歌曲走调的声音，隐约从外边的街上传来。照旧是人来人往，一派繁荣安定的景象。可就在这扇纸门里，有个女人倒卧在地，被人杀害。这样的情景简直太讽刺了。突然，我觉得很悲哀，站在原地不知所措。

“警察说马上就到。”明智回来了，气喘吁吁地说。

“嗯。”我已经没有力气讲话了。

我们两个都缄默不语，直到警察赶过来。

是一个穿着西装的男人和一个穿着制服的警察。我之后了解到，前

[1] 日本一种狭长的传统住宅，由多座住宅连接而成。

者是K警署的司法主任。后者多半是K警署的法医——这是我通过他的外表和所带的工具判断出来的。

我和明智把基本情况说给司法主任听。我最后还做了补充：“我在明智先生到咖啡店时，不经意看了看手表，大约是八点半，这意味着纸门关闭应该是八点钟前后。当时房间里肯定还有人，因为我记得很清楚，房间的灯是亮着的。”

司法主任一边听一边做记录。

趁着这段时间，法医在一旁检验尸体。我俩说完后，法医紧接着说：“死者是被掐死的。看这儿，紫色的是手指掐出来的瘀痕，出血处是被指甲抓破的。凶手用的是右手，因为留下的大拇指印在死者脖子右边。死者遇害应该不到一小时，跟这位先生的说法吻合。真可惜，死者救不活了。”

司法主任沉吟道：“凶手是从上面压住了死者，对吗？可是这里看不出一点儿反抗的痕迹……可能是因为凶手动作很快，力气又很大。”

他转身向我们打听店老板，可我们根本不认识店老板。明智立即去找旁边那家钟表店的老板过来帮忙。

司法主任和钟表店老板进行了这样一番对话。

“你知不知道书店老板在什么地方？”

“每晚他都会到夜市上摆摊卖旧书，一般要等十二点以后才会回来。”

“他的摊子具体在什么地方？”

“上野的广小路。可我真不知道他今天晚上具体在什么地方摆摊。”

“一个小时前，你有没有听到怪声？”

“什么怪声？”

“这个问题真是多余，当然是女人遇害时的喊叫声、打斗声之类的声音。”

“我没听到。”

警察做着简单的询问。在此期间，住在周围的人和好奇的过路人纷纷凑过来，将旧书店团团围住。旁边鞋袜店的老板娘也说，案件发生时她同样没听到任何怪声，证明钟表店老板所言非虚。

邻居们好像达成了共识，要派代表去把旧书店老板找回来。

刹车声从外面传来，一批人拥进书店。之后，我了解到这些人是收到警署的紧急通知后赶来的法院工作人员、警署署长、著名侦探小林刑警等。这起案件的很多内情，我都是从一位做司法记者的朋友那里得到的，他认识此案的负责人小林刑警。这批人拥进来后，先到案发现场的司法主任把大致情况告诉了他们。我和明智等人不得不复述了我们的证词。

“把门关起来！”一个男人忽然大声说，并立即关上了门。他打扮得像企业底层员工，穿着黑色羊驼呢子上衣和白色长裤，他便是小林刑警。他把凑热闹的人都赶走了，随即开始调查。他完全是单枪匹马作战，对检察官、警署署长视若无睹。所有人都变成了观众，观看他高效的行动。

首先，他开始检验尸体，特别是尸体的脖子。他对检察官简单解释说：“手指印并无显著特征。现在我们唯一能找到的线索是，凶手作案时用的是右手。”

随后，他脱掉了死者身上的衣服。小林刑警验尸有何重要发现，我并不清楚，因为我们被警方赶出了内间，理由是调查不能对外公开。可我觉得应该跟咖啡店女侍者口中死者的伤痕有关。

我们待在纸门旁边的榻榻米上，不断透过门缝向内间偷窥。虽然警方已经开完了机密会议，但还是不允许我们进去。我们也不能离开案发现场，因为我们最早发现了这起案件，且警察尚未采集明智的指纹。我们的这种处境更像是被拘禁了。

小林刑警搜查的范围很大，在内间和外间来回走动。他的调查进展如何，被拘禁在角落里的我们并不了解。检察官一直待在内间，小林刑警往来于内间和外间，向检察官汇报他发现的线索。我们由此了解了一些调查结果。根据小林刑警的汇报，检察官开始整理调查报告。

小林刑警对死者所在的内间做了认真地搜查，并未发现凶手留下的任何能帮助后续调查的东西或是脚印。唯一的例外是这样一个发现。

小林刑警把指纹粉撒到黑色硬橡胶做成的电灯开关上，说：“发现了指纹。根据已知的线索，最后一定是凶手关了灯。刚刚开灯的是谁？”

明智说是他。

“这样啊，那我们稍后需要采集你的指纹。直接拆掉开关带走，不能再让人触碰开关了。”

小林刑警上了二楼，过了很久才下来，又带上手电筒去房子后面的小巷搜查。

大约十分钟后，小林刑警回来了，带着一个男人。此人四十多岁，浑身脏兮兮的，穿一件脏了的绉绸衬衫和一条墨鱼色长裤。

“小巷里没有任何有用的线索。”小林刑警汇报说，“可能是因为很难晒到太阳，后门外是一片泥地，木屐印随处可见，哪些是刚刚留下的，哪些是过去留下的，很难分辨。只有这个男人，”他指着自己带来的男人，“他在后门小巷拐角的地方卖冰激凌。如果凶手是从后门逃走的，只能走这条小巷，这个男人一定会看到。哎，你把刚才跟我说的话再说一遍。”

冰激凌小贩和小林刑警的对话如下。

“有没有人在今天晚上大约八点钟的时候出入小巷？”

“没有。太阳落山后，我连一只猫都没瞧见。”沉着、谨慎的小贩没什么废话：“我在小巷拐角做了好几年生意。就算是长屋那些店铺的老板娘，到了晚上也很少到小巷去。小巷的道路坑坑洼洼不说，夜里还黑漆漆的。”

“去你那里买冰激凌的客人也不从小巷经过？”

“不。我很确定，所有客人都是在我那里吃完冰激凌，然后从原路回去的。”

如果他的话是真的，那么凶手离开案发现场时，就算走的是后门，也没有经过小巷，但小巷却是从后门出去仅有的一条路。不过，凶手也没有走前门，我们一直在白梅轩咖啡店，可以证明这一点。这就怪了，凶手到底是怎么逃离案发现场的？

小林刑警推测凶手可能藏在甚至住在小巷两边的长屋中。凶手自然也可能是从二楼的房顶上逃跑的，但经过仔细搜查，基本排除了这种可能性。二楼前边窗户上的防盗铁栏杆完好无损，后边的窗户虽然开着，但其余各家的窗户大多也都开着，因为天气太热，还有人在阳台上纳凉。

调查小组改变了方向，决定对住在附近的人逐一进行盘问。这并未花费多少时间，长屋不过只有十一户人家。调查小组又把旧书店搜查了一遍，这次搜查得更加细致，从天花板到地板各处都没落下。

可惜详细调查非但没有新发现，反而让案情更加扑朔迷离。调查小组获悉，太阳落山后，旁边一家糕点店的老板就到房顶的晾衣台上吹尺八箫[1]，他对面便是旧书店二楼的窗户。

这件事儿越来越有意思了。凶手是如何出入旧书店的？后门、二楼窗户、正门，全都被排除了。难道打从一开始就没有凶手，抑或是凶手作案后像水蒸气一样蒸发不见了？真是诡异。

案发当晚，小林刑警还带着店里的两个学生去见了检察官。两个学生的口供让案情变得更加复杂。

一个学生这样告诉检察官：“大约八点钟，我刚好在旧书店，正在翻看书架上的杂志。很快，我隐约听到有声音从内间传出来。我下意识抬起头，朝纸门看了看。透过关闭的纸门上的格子缝隙，我看到门后站着一个男人，男人在我抬头的刹那拉上了格子。我只能根据腰带的款式断定那是个男人，具体情况我就不知道了。”

“你除了发现那是个男人外，有没有留意到身高、衣服花纹之类的小细节？”

“我不确定他的身高，只看见了他腰以下的部位。至于衣服，在我的印象中，他穿的是黑色和服，我没有看到任何花纹，但上面可能有很细的线状或点状花纹。”

另外一个学生说：“当时，我和我这个朋友一块儿看书。听到声音，我也是同样的反应，抬头看纸门，正好看见门上的格子拉拢。我能肯定，

[1] 中国古代传入日本的一种乐器。

那个男人穿着白色和服，纯白色，看不到任何花纹。”

“真是匪夷所思，你们俩肯定有一个弄错了，对不对？”

“我肯定没弄错。”

“我说的也都是真的。”

敏感的读者可能已开始怀疑，两个学生一起看到了那件和服，却得到了完全相反的印象，到底是怎么一回事儿。我也留意到了这点。可无论是检察官还是警察，好像都没有深究此事儿。

死者的老公——旧书店老板很快收到消息赶回来。跟普通的旧书店老板不同，他还很年轻，长得很瘦弱。也许是懦弱的天性使然，看见死去的妻子，他泪如雨下，却没哭出声来。

等他平静下来后，小林刑警才开始审问他，旁边的检察官也不时提出问题。可是老板完全想不出谁会杀害妻子，这让小林刑警和检察官很失望。

老板说：“我们从没做过什么会跟人结仇的事儿，我可以保证！”他说完又哭了起来。

此后，根据各项调查结果的汇总，警方断定此案的凶手不是盗贼。在对老板的过去、老板娘的背景等做过彻底的调查后，警方也没发现任何可疑之处。这些我就不详述了，毕竟跟这个故事关系不大。

刑警后来问老板，死者身上为什么会伤痕累累。老板迟疑再三，终于说是他所为。刑警再三追问他为什么要这样做，老板还是不肯明言。刑警没有继续问下去，即便老板虐待妻子，留下了这些伤痕，他也不可能是杀人凶手，因为案发当晚他一直在外面摆摊。

这天晚上的调查到此为止。应刑警的要求，我和明智留下了住址、姓名之类的资料，明智还留下了指纹。深夜一点多，我们才回家。

这桩杀人案已经查不下去了，除非警方能找出搜查时忽视的线索或哪位证人撒了谎。我听说小林刑警之后一直待在案发现场搜查，直到第二天早上。可是他得到的有用线索仅限于案发当晚那些，没有任何新发现。证人全都很可靠，长屋的十一户人家中也没有任何可疑人士。警方还去死者的故乡调查过，也一无所获。被称为著名侦探的小林刑警为此案竭尽所能，依然没能理出头绪。其后我听说小林刑警特意拆走的吊灯开关，也是仅有的证物，上面只有一个人的指纹，即明智的指纹。警方推测，当时明智可能太惊慌了，在开关上留下了很多指纹，遮盖了凶手的指纹。

大家也许会由这个故事联想到爱伦 · 坡的《莫格街凶杀案》、柯南 · 道尔的《斑点带子》。我的意思是，大家也许会猜测这个案子的凶手是红毛猩猩、印度毒蛇这类奇怪的生物，而非人类。我也产生过这样的怀疑。可是要说东京 D 坂会存在这种生物，还真是叫人难以置信。况且有证人证明，曾有一个男人出现在纸门的格子缝隙中，不是吗？就算此事是人猿所为，也一定会留下醒目的标志。而死者颈上的指印表明，凶手是人。蛇无法留下这种指印，虽然蛇的确能把人勒死。

案发当天夜里，我跟明智一起回家，路上兴致勃勃谈了很多。比如我们之间有这样的对话。

明智说："萝丝 · 德拉卡特凶杀案[1]你应该知道吧！此后，爱伦 · 坡的《莫格街凶杀案》和卡斯顿 · 勒鲁[2]的《黄色房间的秘密》都取材于这起凶杀案。这个案子这么离奇，到了一个世纪以后的今天，还是有很多未解之谜。在老板娘被杀的案件中，凶手同样来去无踪，我由此想到了离奇的萝丝 · 德拉卡特凶杀案。这两个案子在这一点上非常相似，不是吗？"

"的确，太不可思议了。曾有人说外国侦探小说里那种密室杀人案绝不会发生在日式房子里，我可不这么认为。瞧，这个案子不就是一个很好的例子吗？我真想亲手查出案件的真相，可惜我并无把握。"

一路上，我们就这样聊着天，后来走到一条陌生的小巷前，我们分了手。明智拐进小巷后，背对着我大幅晃动着肩膀往前走。黑夜中，他的条纹浴衣看起来如此醒目，这一幕深深印在了我的脑海中。

---

[1] 巴黎 19 世纪发生的一起密室杀人案，死者是一个名叫萝丝 · 德拉卡特的年轻女子。直到现在，此案仍未告破。

[2] 卡斯顿 · 勒鲁（1868—1927），法国著名作家，擅长写爱情悬疑小说，著名音乐剧《歌剧魅影》便改编自他的同名爱情小说。

下篇 推理

过了十天，我登门拜访明智小五郎。通过我和他在案发当日的对话，大家能明白我和他对这起凶杀案的感受，我们在这十天内做了何种深入的思考，最后又得出了怎样的结论。

我和明智过去见面基本都是在咖啡店，我还是第一次登门拜访他。我有他家的详细地址，但还是花了很长时间才找到。这是一家烟草店，跟他描绘的一模一样。我在店门口问老板娘，明智在不在。

“哦，他在，我去叫他过来，你在这儿稍等。”说完这话，老板娘转过身去，几步走到柜台后边的楼梯脚下，高声叫明智的名字。

明智最近租住在这家烟草店的二楼。他听到老板娘的叫声，飞奔下楼，将楼梯踩踏得咯吱作响，同时满口答应着，发出一阵怪叫。

看见是我，他显得很意外，赶紧说：“嗨，跟我来！”

我马上跟他上了二楼，进入他的房间。我看着眼前的一切，大吃一惊，叫出声来：“啊！”

这真是个奇怪的房间。我知道明智很古怪，却没想到他的房间会这么反常——其实这里本来跟正常的房间也没有太大差别。房间只有大约七平方米，除了中间的小片地板空着，其余地板上全都是书。四面墙和纸门旁边都堆满了书，差不多顶到了天花板。除了书，房间里什么都没有，甚至没有日常用具。他晚上怎么休息呢？我一头雾水。我们这一主一宾也没有地方落座，不小心轻轻一碰，用书堆成的大堤就会崩溃，涌出洪水一般的书。

“这地方太小，连坐垫都没有。你瞧瞧哪本书比较软，就拿来当坐垫吧！实在不好意思。”

我从层峦叠嶂的书山中穿过，克服重重困难，终于找到一个能勉强落座的墙角。我呆呆地看着周围的一切，还是觉得很惊讶。

我有必要简单介绍一下一手打造出这个怪房间的明智小五郎。事实上，我最近才认识他，对他的过去、工作、理想等一无所知。我能够确定的是，他没有固定的工作。他也许能算作书生，却是个非常特殊的书生。他说过这样一句话：“人类就是我研究的对象！”我听到这句话时，只觉得摸不着头脑。除此之外，我还知道对于犯罪、侦探，他有着极为浓厚的兴趣，储备了极为丰富的知识。

明智的年纪不会超过二十五岁，跟我差不多。他长得比较瘦，走路总喜欢晃动肩膀，这点之前提过了。这一奇怪的走路姿势跟那些英雄人物没有半点儿相似之处，倒是像神田伯龙，那个一只手有缺陷的说书人。无论容貌还是声音，明智都跟伯龙很像。大家若不知道神田伯龙长什么样，只需想象这样一个男人：他不算英俊，却让人觉得很亲切，看起来又非常有智慧。可是明智留着一头乱糟糟的长发，还习惯一边跟人交谈，一边乱抓头发。他也不在乎穿什么衣服，总是穿一身棉布和服，绑一条皱巴巴的腰带。

“你来得正是时候，我们从那件事儿过后就没再见过了。D坂杀人案之后怎么样了，警察好像一直没找到凶手，是吗？”明智挠挠头，转动眼珠看着我。

我不知该说什么好，艰难地说：“其实我就是为了跟你说这件事儿才过来的。我把这件事儿方方面面都考虑了一遍，还去现场侦查过，就像侦探一样，最终得出了结论，特意过来告诉你……”

“啊？你真了不起，可以详细说说你的结论吗？”

他眼睛里迅速闪过一道洞悉一切的光，被我发现了。

受此刺激，我抛开原先的犹豫与不安，继续说道：“我有位记者朋友认识这个案件的负责人小林刑警。我从这个朋友口中打听到了警方调查的进展。警方一直在努力，从各种角度做了各种调查，始终没有找到有用的线索，无法确定调查的方向。就说那个电灯开关吧，开关上除了你的指纹，找不到其他指纹。在我看来，把这当成重要的线索只会误导调查的方向。警方很确定，凶手的指纹被你的指纹盖住了。我见警方这么头痛，越发兴致勃勃地想要侦破这起案件。你知不知道我有何发现，又为何先要来找你，而不是去跟警方说明我的推测?

“我们先不说这些。我从案发当日就开始注意一件事儿。谈到嫌犯的衣服颜色时，两个学生提供了黑色和白色这两种截然相反的证词，你应该还有印象。黑色和白色的对比如此鲜明，还能被混淆，简直太难以置信了。人类的双眼再不值得信任，也不会这样吧！警方对此做何解释，我不了解，可我觉得两个学生都没说谎。你明白我在说什么吗？这表明嫌犯身穿黑白条纹相间的衣服，也可能是在一般旅店都能租到的浴衣。两个学生看到纸门背后的男人时，男人浴衣上的条纹刚好被纸门的格子遮挡了一部分。于是，一个学生从自己的角度只看到了黑色的部分，另一个学生从自己的角度只看到了白色的部分，这就是为什么他们会提供完全相反的证词。尽管非常罕见，但并不是不可能。这应该是对此事儿最合理的解释。

“好了，经过推测，我们了解了嫌犯所穿的衣服，但依旧无法确定谁是嫌犯，只能缩小范围。根据电灯开关上留下的指纹，我推测出了第二个结论。在那位记者朋友的帮助下，我得到小林刑警的允许，对开关上的指纹即你的指纹做了细致的研究，由此更加确定了自己的结论。哦，我想借用一下砚台，你这里有吗？”

我准备做个实验。实验很简单，先在右手大拇指上抹上砚台中的墨水，再拿出一张白纸，将指纹印在白纸上。墨迹干了以后，将白纸掉转方向，用右手大拇指在原先的指纹上用力按下一个新的指纹。如此一来，白纸上就清楚显现出了两枚交叠在一起的指纹。

“警方断定，之所以找不到嫌犯的指纹，是因为嫌犯的指纹被你的指纹覆盖了。可是做完这个实验后，我们发现这个结论根本不成立。指纹是由一条条线构成的，这些线不会被后来覆盖的线完全遮掩，按下后者时再用力都是如此。两个指纹完全重合只有一种可能，即两个指纹本身和位置一模一样。可这种可能真的成立吗？即使成立，我的结论依旧是正确的。

“可若是嫌犯关上了灯，理应在开关上留下指纹。先前我推测警察可能忽略了你的指纹覆盖了嫌犯的指纹，可我根本没在我借来的开关上找到这种痕迹，真是出乎我的意料。即从头到尾，开关上都只有你一个人的指纹。我不明白旧书店老板一家为何没在上面留下指纹，可能是因为那盏灯一直没关上过。

“你对我的这些结论有何评价？我推测有个穿着宽条纹和服的男人听说旧书店老板总在固定时间去夜市摆摊，就趁机对老板娘下手。这个男人跟被害的老板娘很可能是认识的，至于为何要对她下手，多半是感情纠葛吧！这一男一女关系亲密，因此，凶案发生时没有传出任何声音，也没有留下反抗的痕迹。男人得手离开时关上了灯，想推迟尸体被发现的时间。可男人犯下了大错。一开始，他没发现纸门没关上，被旧书店的两个学生看见了。稍后发现时，他匆忙关上纸门，却已经于事无补了。从旧书店出去后，他猛地想起关灯时在开关上留下了指纹，于是急于去擦掉。可原路返回风险太大，他便想到伪装成第一个发现凶案的人，那他在开关上留下指纹就没人会怀疑了。此举还有一个效果，就是警方和其余人都不会怀疑第一个发现凶案的人就是凶手。其后，他留在现场，镇定自若地看着警方侦查，还提供了证词，真是胆大妄为。案件发生了五天、十天后，他依旧安然无恙，一如他之前的预想。”

明智小五郎听到我这样说会怎么想，我不清楚。我原先猜测他会变脸色，打断我，为自己辩驳。结果他却一脸冷漠，这让我十分困惑。虽然他平日里喜怒不形于色，但是在这种指控下，他还若无其事，只是偶尔挠挠那一头乱发，也太奇怪了。

我觉得他真是厚颜无耻，但还是耐心说完了我的推测：“可能你会提出反驳，凶手到底是怎么出入旧书店的？确实如此，就算其余问题都解决了，只留下这个问题，也无法破案。可我已经解决了这个问题。案发当晚，警察好像没有侦查到凶手离开案发现场时留下的任何痕迹，可这在已知发生凶案的前提下，是不可能成立的，所以警方搜查时肯定忽视了某个地方。当然，警察在搜查中已倾尽全力，可跟我这个书生相比，他们的智慧还是要逊色一些。

“这件事儿说起来平平无奇。我推测住在那一带的人经过警方的仔细盘问，都被排除了涉案的可能性。这说明凶手离开案发现场时绝不会被人发现，或是被人发现也不会被怀疑，即凶手利用了人类注意力的盲点。人的注意力跟视觉一样，也存在盲点。利用视觉盲点，魔术师能在众目睽睽下让庞大的东西消失，让自己隐身。就这样，我留意到了荞麦面店旭屋，它与旧书店只隔着一家店。”

旧书店右边紧邻钟表店，然后是糕点店。旧书店左边紧邻鞋袜店，然后是荞麦面店。

“我亲自去那里问过店老板，案发当晚大约八点钟，有没有一个男人借用店里的厕所。从旭屋出来有一条小道，直接通往后边的木门，厕所就在木门旁边，这你应该知道。凶手只需假装去厕所，就能溜出后边的木门，到旧书店行凶，然后原路返回，好像什么事儿都没发生过一样。在小巷拐角处卖冰激凌的小贩自然也不会看到有人从那里出去。借用荞麦面店的厕所本身再寻常不过，而且我查到案发当晚荞麦面店只有老板看店，老板娘出去了。要执行杀人计划，当晚确实是最好的时机。哎，这个计划简直一点儿破绽都没有，你认为呢？

“如我所料，旭屋老板告诉我，有个客人在那段时间借用过厕所。可惜那个男人相貌如何、穿着什么花纹的衣服，店老板一点儿印象都没有。我马上让我的记者朋友向小林刑警说明了这一情况，但是亲自去荞麦面店调查过后，小林刑警还是没能找到什么线索——”

我想给明智一个解释的机会，就停顿了一下。站在他的角度，到了这时候，必须要帮自己辩解才行。结果他还是挠着一头乱发坐在那儿，心安理得，毫无反应。

眼见旁敲侧击不管用，我只好直截了当地逼问道：“哎，明智，我在说些什么，想必你很清楚吧？证据确凿无疑，且全都对你不利。说句老实话，看到这些确凿无疑的证据，我虽然不想怀疑你，也不能不按证据说话。我还到长屋四处打听过有没有哪位男住户爱穿黑白宽条纹的浴衣，生怕误会了你，结果发现根本没有这样的住户。我已预料到会是这样的结果，像纸门格子缝隙那么宽的条纹太夸张了，很少有人喜欢。而且指纹和借厕所的计策如此巧妙，能想出这么完美的犯罪计划的，应该只有你这种对犯罪深有研究的人。除此之外，作为老板娘童年时期的朋友，你却在案发当晚调查老板娘的背景时保持缄默，这种反常的表现相当耐人寻味。

“行啦，现在除了不在场证明，你已经无法帮自己辩解了。你想借不在场证明来证明自己的清白，也是不可能的。案发当晚，我们一起回家，途中我曾问你到白梅轩之前身在何处，你还有印象吗？你是不是跟我说过，在那之前大约一个小时，你一直在附近散步？即便有人看到你，你在散步期间借用荞麦面店的厕所，也同样不会惹人怀疑。明智，一切都跟我推测的一样，是不是轮到你提出反驳了！”

大家能猜到古怪的明智小五郎会怎样应对这种气势汹汹的逼问吗？大家可能会觉得他会羞惭至极吧？我来这里之前想过种种可能，却没想到他会突然放声大笑，笑得停不下来，搞得我完全不知所措。

明智像在为自己分辩：“哦，抱歉，我无意笑话你，可是你说话时这么一本正经，我看着你的表情，就忍不住要……你的推理非常有意思，我很高兴能跟你做朋友。可惜你的推理太肤浅、太粗糙了。比如你提到老板娘是我小时候的朋友，可我跟她到底是什么关系，你调查过吗？我以前真的跟她相爱过，以至于现在还对她心怀怨憎吗？你不能仅凭推理就确定这些细节问题。案发当晚，我之所以隐瞒自己跟她相识的事儿，理由非常简单，就是因为我无法给警方任何有用的线索，我对她的了解十分有限。进入小学后，我再未跟她见过面。最近才偶然听说，我小时候曾跟她一起玩耍过。最近，我跟她聊过天，但加起来也不过两三次。”

“那你如何解释指纹的事儿？”

“难道你觉得案发后我什么都没做过吗？我同样做了很多调查，常常从早到晚都待在D坂大街。我去过旧书店很多次，差不多每天都在跟店老板纠缠。在他面前，我直言我跟他妻子早就认识了。我竟由此得到机会，对此案展开了深入的调查。你从你的记者朋友那里打听警方的调查进展，我也从旧书店老板处得到了很多线索。没过多久，我知道了指纹那件事儿，同样感到很不可思议，便开始调查此事儿。哈哈！调查结果让我完全意想不到，且很滑稽。电灯灭了，不是有人故意关上的，而是电灯钨丝烧断了。后来我按下开关，电灯又亮了，实际上却是混乱中电灯晃动起来，把烧断的钨丝又接起来了。如此一来，开关上肯定只有我一个人的指纹。你曾说案发当晚你看到有灯光从纸门的格子缝隙里透出来，说明电灯钨丝是之后烧断的——我们经常能见到老旧的电灯忽然灭掉。至于凶手的衣服颜色，我来解释倒不如……”

他猛然转身，从身后那堆书中找出一本陈旧的外语书，说：“你有没有看过这本书？芒斯特伯格[1]的《心理学与犯罪》，其中一章的标题是‘错觉’，你看看最前面那十行！”

我听到他强有力的辩驳，逐渐醒悟到我的推理站不住脚，就顺从地接过他手里的书开始阅读。其大致内容是这样的：

> 这是以前发生的一起交通事故。法庭中有两个证人，都宣誓绝不说谎。一个证人表示，案发时道路十分干燥，尘土翻滚，另外一个证人却发誓说，路上满是泥泞，因为刚刚下了一场雨；一个证人说，案发时汽车走得很慢，另外一个证人却说，汽车正在疾驰，速度快得惊人；一个证人说，案发时路上不过两三个人，另外一个证人却说，案发时路上有男男女女、老老少少很多人。两位证人都是

[1] 雨果·芒斯特伯格（1863—1916），德国心理学家。

绅士，受人敬重，且他们不会因为做伪证得到任何获利。

明智等我看完后，翻到另外一章："我刚刚所说的事情是真实发生过的。你再看看这一章，题目是'证人记忆'，其中提到一个刚好也涉及衣服颜色的设计实验。你可能有些烦躁，不过，我还是希望你能耐心地读一读。"

这一部分内容如下：

（前略）这里简单举个例子。前年（本书出版于1911年），哥廷根召开了一次学术研讨会，参会者包括法律学、心理学和物理学三个领域的专家，这些专家在各自的专业中都是出了名的严谨。研讨会开始后，气氛相当热烈。就在这时，一个穿着五彩斑斓服装的小丑突然撞开会议厅的大门，发了疯一样闯进来。定睛细看，有个黑人正在追他，手里还拿着枪。在会议厅的中央，两人停下来，互相恐吓咒骂。忽然之间，小丑倒在地上，黑人立即跳到他身上，手里的枪发出"砰"的一声巨响。随后，两人匆匆逃走，迅如闪电。从他们进来到出去，总共持续了不到十秒钟。会议厅里的人自然都非常惊讶。其实黑人、小丑所有的动作都是事先排练好的，还有人负责拍照，但在场诸人对此一无所知，除了这次研讨会的主席。主席提议大家原原本本记下刚才的见闻，因为以后大家也许要出庭做证。主席说这些话时，并未露出半点儿破绽。（中略，内容是参会者记下的内容，其中出现了很多错误，还有相应的错误百分比）四十个人中只有四个正确记下黑人并未戴帽子，其余人的记录五花八门，包括黑人戴了高帽，黑人戴了丝绸绅士帽，等等。至于黑人穿的衣服，有人说是红色，有人说是棕色，有人说带条纹，关于条纹的颜色也有咖啡色等多种颜色。其实黑人穿的是白色长裤、黑色上衣，系着一条宽大的红色领带，仅此而已。（后略）

明智说："'人类的观察力和记忆一点儿都不可信'，充满智慧的芒斯特伯格如是说。这个案例中的人都是有头脑的专家，连他们也记不住衣服的颜色。在我看来，案发当晚的两个学生记错衣服的颜色很正常。他们看到了谁，我不清楚，可那人穿的衣服多半没有条纹，我自然也不是凶手。可你的思维的确很有意思，从纸门的格子联想到了条纹。不过，这实在太巧合了，更务实的做法是相信我是无辜的，而不是相信这种巧合。好啦，在去荞麦面店借厕所的事情上，我跟你有相同的推测。原先我相信这是凶手唯一的逃跑方法，但我最终得出的结论却跟你的截然相反。这是我到现场考察后的结果。我相信根本没有男人去借过厕所。"

大家可能已经发现了，明智否认了凶手的指纹和逃跑路线，还试着寻找证据证明自己的无辜，他在推翻我把他当成凶手的推理。可这样做会不会把曾发生过凶案这一点都推翻了？他究竟想做什么，我一头雾水。

"既然这样，你已经推测出真凶了？"

"这是自然的。"他又挠挠自己的乱发，说："我的做法有所不同。解释方式不同，由表面物证推导出的结论也就不同。能从心理上看清人类内心的侦探才是最出色的侦探。侦探的个人才能决定了他们能否做到这件难度相当高的事儿。简而言之，心理是我研究这起凶杀案的重中之重。

"我最开始关注的是旧书店老板娘身上的多处伤痕。随后，我偶然听说荞麦面店老板娘身上同样伤痕累累，你对此应该也有所耳闻。然而，她俩的丈夫完全不像暴力狂，旧书店老板和荞麦面店老板看上去都稳重、正直，所以我只能怀疑有什么不能公开的秘密藏在他们心底。我想先从旧书店老板嘴里打探出相关的秘密，便整天缠住他不放。这不算困难，毕竟我认识他的亡妻，他对我并不那么戒备。反观荞麦面店老板，他对我很警惕，让我很意外。我费尽心机调查他的秘密，最后借助一种不为人知的手段，达成了我的目标。

"你应该知道，现在犯罪学也开始运用心理学的自由联想法，测试嫌犯对大量常见单词的联想。心理学专家采用这种方法时，很擅长用一些刺激性的单词，比如狗、家庭、河流等。除了这些，测试还要包括其他内容，而且必须用到精密的计时器。这类硬性规定对成功掌握自由联想法精华的人来说是多此一举。这种例子在历史上比比皆是，有些著名的法官或侦探都活在心理学不发达的时代，却在无意中应用了心理学这种方法，这要归功于他们自己的天分。其中之一便是大冈忠相[1]。以小说为例，爱伦·坡的《莫格街凶杀案》开篇就提到杜宾能根据朋友无意之间的举动推测其内心，这是一种非凡的才能。通过模仿爱伦·坡，柯南·道尔创作了短篇小说《住院的病人》，其中同样安排福尔摩斯做了这类推理。从某种程度上说，上述推理全都采用了自由联想法。心理学专家设计了各种测试的标准，针对的只是普通人，这些人都缺乏观察力。我好像偏离了正题，简而言之，我在试探荞麦面店老板时，采用了我那套自由联想法。首先，我跟他聊了很多杂七杂八的话题，得到他的回答后，开始以此为依据揣测他的内心。这种心理探究相当敏感，而且错综复杂。我另外再找个日子跟你详细探讨。简而言之，我得出了一个可靠的结论，也就是我找出了谁才是真凶。

"可我无法报警抓那个人，因为没有实实在在的证据。就算报警，只怕警察也不会理睬。何况还有一点，我并不觉得这个案子中有任何罪恶。这样说你可能会一头雾水，可凶手在杀害死者时，他们两人对此都没有异议。不仅如此，也许这正是死者期待的。"

明智在说些什么呢？我怎么想都想不明白。我专注地听着这种让我一句话都说不出来的推理，却完全没有任何失败的羞耻感。

"我的结论是旭屋老板就是真凶。为隐瞒自己的罪行，他撒谎说曾有男人借用店里的厕所。他原本没想过要这样做，可我们俩给了他那么多暗示和刺激，他脑海中闪过一道灵光，想到可以撒这个谎。我们俩都问他有没有见过这样一个男人，其实就相当于教他撒谎。除此之外还有一个重要原因，就是他误认为我们跟警察是一伙的。而他为什么要杀

[1] 大冈忠相（1677—1752），日本江户时代中期的名臣，擅长断案。

人……我通过这件事儿清楚了解到一点，有些人外表平静，内心却汹涌，在不为人知的幕后隐藏着出人意料的秘密，这种残酷的秘密原本只应该出现于噩梦中。

“旭屋老板是个重度色情狂，在精神方面跟萨德侯爵[1]一脉相承。他发现自家旁边竟然住着马索克[2]的女继承人——命运真是喜欢开玩笑。旧书店老板娘跟他有着相同的虐恋嗜好，是个受虐狂，严重程度跟他差不多。他们两人秘密相恋，相恋的方式却很具有隐蔽性。现在你能明白何谓‘两人都没有异议的凶杀案’了吧？旧书店老板娘和旭屋老板娘身上都伤痕累累，说明先前那两人的变态性欲都能从各自的伴侣处勉强获得满足。可他们的性欲不同于普通人，只有这种关系是不够的。所以在发现苦寻不得的最佳伴侣就在身边后，他们马上摩擦出了炽热的火花，这是很容易想象的。他们一个主动一个被动，互相配合做疯狂的事儿，且越来越过火。到了案发当晚，悲剧发生了，任何人都不希望出现这种结果……”

我听完明智的结论，不禁哆嗦了一下，这太让人意想不到了。这件事儿……唉，真是可悲的意外啊！

一楼烟草店的老板娘来到二楼，送来了晚报。接过报纸，明智马上翻到社会新闻版，叹一口气说：“唉，他自首了，应该是心理压力太大，不堪忍受。我们正在讨论这件事儿，结果就看到了这篇新闻，真是世事无常。”

我看着他用手指出的地方，是荞麦面店老板投案自首的新闻，小标题下有大约十行正文。

[1] 萨德侯爵（1740—1814），法国情色作家，著有《索多玛120天》等。其作品多涉及扭曲的性欲，被称为“18世纪的性变态百科全书”。

[2] 马索克（1836—1895），奥地利作家，著有《穿裘皮大衣的维纳斯》等，塑造的主角多有受虐倾向。

心理测验

第一节

露屋清一郎为什么会铤而走险，不计后果，做出了这样让人吃惊的事情，谁也不了解。也许他本身的出发点，和我们的案件根本就毫无干系。也许是被学费所迫，他在大学读书期间，一直在勤工俭学。他本身非常聪明，学习上也十分刻苦，但是为了把学业顺利地进行下去，他不得不把宝贵的时间匀出一些来。不得已的打工生活，占据了他大量的时间，严重影响了他正常的学习和研究，对此他感到痛心疾首，一直为此自责。然而，一个如此好学上进的人，怎么可能成为别人深恶痛绝的罪犯呢，而且还是犯那样的大罪？是不是他的本性就是肮脏的，所以在缴纳了学费之后，就慢慢变得欲壑难平？这些都姑且不提，他反复谋划这件事的时间已经很长了，已有半年之多。当然，他一直犹豫不决，经过痛苦的反复思考后，终于决定还是要把他灭掉。

那次意外的相遇，让他和本班的同学斋藤熟悉了起来，故事从这里就开始了。起先的交往绝对是十分真诚的，可是随着时间的推移，了解的深入，他隐隐地产生了某种渴望。他们的关系越密切，这种渴望就变得越发强烈。

斋藤在一年前，曾在私人的租房者手里租过一间房子，那房子位于山手的一个镇子上，环境十分清幽。房主是一位快六十岁的寡妇，她的丈夫曾做过官，不过早已故去。靠着丈夫留下的几处房产，她单靠收收租金，小日子就过得十分滋润。她孤身一人，没有孩子，所以金钱就成了她的命根子，她把不断地攒钱当成人生的最大快事。她出租房屋一般只租给熟人，费用都很低。之所以选择了斋藤，主要有两个原因：一来房子里多个男人，就增强了些安全感；二来多多少少还是能有些收入。自古以来，有钱的吝啬鬼大都把财产分割成两部分，少的部分放置在银行里，更多的部分都偷偷藏在自家不为人知的某处。

露屋对这些私藏的财产虎视眈眈。一个老太婆而已，要那么多钱，还不是浪费，有什么用？如果能为我这样的大好青年发挥作用，那岂不是更有价值？如此荒谬的想法，潜藏在露屋内心深处。所以为了达到目的，露屋总是从斋藤那里旁敲侧击地获取关于老寡妇的消息，想迅速找到那些财产在什么地方。当然，斋藤没有无意间透露老寡妇的藏钱之地前，露屋心中并没有什么企图。

“你知道吗？那个老太婆还真是狡猾，别人一般是把钱往屋檐下或是天花板上塞，她倒是让人大开眼界。你看见过正屋壁龛上的那个花盆吗？就是很大很大的那个。老太婆就把钱压在那下面——连小偷也绝对想不到的地方。这个老太婆不仅爱财，还有点儿小聪明呢！”

说到这里，斋藤自己先笑了起来。

露屋从此就开始构想自己的夺财计划。可是怎么能把这些钱据为己有呢？他设计了上千种方法，但总是感觉不尽如人意。唉，想解开这道难题真是不容易。对比之下，数学上的那些所谓的疑难问题简直就弱爆了。为了实施自己的计划，露屋前前后后考虑了半年多。

可想而知，露屋必须面对很多严峻的考验。如果最终逃脱了法律的制裁，即使要时刻承受来自良心上的谴责，他也毫不在意。他认为，拿破仑之所以优秀，在于并没有把杀人当作罪恶，这反倒成全了一个有志的年轻人。为了让自己变得更加杰出，杀死一个行将就木的老太婆，根本算不上什么问题。

老太婆很少出门，一般都整天静静地窝在屋里的榻榻米上。即使有时不得不外出，她从乡下雇用的女佣也会谨守职责，时刻不离。所以，虽然露屋绞尽脑汁，还是无计可施。他本来想趁着老太婆和斋藤都外出时去做客，再哄骗女佣去买东西离开屋子，这样他就可以放手一搏。然而这样做似乎太冒险了。因为即使时间再短，屋里只剩下他一个人，也难免让人怀疑。露屋想了无数个行动计划，但是往往刚想起就被自己否定了，这样颠来倒去的，一个月过去了，他也没想好主意。可以制造出盗贼进屋的假象，让斋藤或者女佣转移注意力，再偷偷溜进屋内，把钱偷出来。还可以在夜深人静的时候采取行动，那时候老太婆早就睡过去了，她不会发觉。总之，露屋的数种设想，都有被发现的危险。那么只剩下了唯一的办法，就是把老太婆杀掉。他最终这么决定了。虽然不知道老太婆到底藏了多少钱，但是金钱的诱惑力太大了，以至于他甘愿冒杀人的危险去拿钱。其实，金钱是有限的，为此把一个与自己毫无纠葛的人杀死，未免过于残忍。但是按照当时的社会状况来看，即使钱不多，对面临着生活严峻考验，每天饥寒交迫的露屋来说，还是能够缓解一下生活压力的。况且，他认为，不管钱多钱少，只要没人注意到他就保险了。为此，他显然下了孤注一掷的决心。

虽然对比之下，杀人比单纯的小偷小摸更带有危险性，但是这只是常人的看法。如果预先就知道要被别人发觉却坚持行动，那么杀人的确是最具危险性的犯罪行为。但如果不管罪行的轻重，而是按照被发现的概率有多大来看，露屋偷窃反而是最不安全的。如果不顾一切把目击者消灭掉，虽然会受到良心的谴责，但是毕竟自己会更安全。在以往的大案中，那些杀人犯眼都不眨地就能把证人杀死，从而保全了自己，这完全得益于杀人者的果敢。

照这样分析，杀死老太婆，就能保证自身的安全了吗？露屋当然不这样认为。为此，他又进行了调整，他到底怎么做的，请读者跟随故事的发展来看。反正不管怎么说，进行了种种缜密的考虑和归纳后，他终于找到了一个看似完美的办法。他认为此举绝对天衣无缝，没人会发觉，因为普通人绝对猜不到。

他什么都准备好了，只等机会行动了。如他所愿，机会很快就来了。那天，斋藤在学校办事，女佣上街去采购，他们将很晚回去。两天前，露屋刚把最后的调查工作落实了。这调查工作就是，虽然斋藤告诉了自己老太婆藏钱的地方，可是已经过去了半年，难保她不会再换个地方。就在那一天，露屋借口去拜访斋藤，伺机进了正屋，和那老太婆漫不经心地聊了聊，并且故意提到老太婆的财产和她的藏钱之处。他一直密切注视着老太婆的反应，特别是她神色的变化。他说“藏”的时候，老太婆的目光就时不时地投到佛龛上的大花盆上。这样反复了好几次，露屋终于确认了钱还藏在原处。

第二节

让我们把镜头移到案发当日。那天，露屋穿着一身学生装，围着学生常用的围巾，手上的手套也是平时戴着的。他一边向老太婆家走去，一边不住地思忖。如果换上别的衣服，去商场买衣服、在何处换装等问题，因为活动范围太大，一定会留下蛛丝马迹。穿着平时的衣服，就会大大降低被怀疑的概率。他反正是这么思考的，这样的装扮在路上不会太显眼，只要他能顺利地到达现场就好，因为他必须缩短作案的时间。如果不小心在这周围被人看到，那也不用担心。因为平时他总在这四周散步，如果今天真被撞见，就也以散步为借口。换个角度来看，如果碰到熟人，当然还是不换装更为安全。至于何时行动，当然最好选择不被注意的晚上，而且斋藤和女佣总是会出去的，这个时机不是等不来，那么露屋为什么在大白天贸然行动呢？与换不换服装是一个道理，他是想让自己尽可能地不背上嫌犯的罪名。

可是，当他来到老太婆家门口的时候，又有些举棋不定了。他心虚得很，不安地打量着四周，和普通的小偷没什么不同，或者说恐惧感袭来得更加猛烈。老太婆的家独门独院，和邻居家也有一段距离，中间被一排树隔开。邮局正对着老太婆家，被长长的围墙包围着，有一百多米的样子。这片住宅区，平时十分安静，就是白天也常常看不到人影。露屋壮着胆子来到老太婆家，真是天助一样，别说人，他连一条狗也没碰上。而且开金属门时，一点儿声音也没发出。怕邻居发觉，他在屋外装作问路的行人，进到屋里后，他又装作找斋藤有事的样子，跟着老太婆进了里屋。

进屋坐下后，因为女佣不在，老太婆说要去泡茶招待露屋。这个时刻是露屋等待已久的。当老太婆把门扇拉开时，他出其不意地从背后抱住老太婆，接着就把她的脖子死死地勒住。（作案时他戴着手套，避免留下指纹，虽然如此，他还是十分小心。）老太婆的嗓子里只是低低地咕噜了一声，就死了。她挣扎的时候，由于手乱抓乱撞，不小心把旁边的屏风碰倒了。屏风是对折式的，上面画着栩栩如生的六歌仙，颜色十分艳丽。老太婆的手指划到小野小町的脸上了。

露屋查看了老太婆的尸体，确定已死无疑。他放心了，可是看到被划破的屏风，他心中就有些不安了。不过很快他就觉得担心毫无必要，这又能证明什么呢？他来到壁龛上的花盆前，把里面的松树连根拔起。他真的在花盆底部找到了装钱的油纸包。他把油纸包小心地打开，抽出一半钱，大约有五千日元，放到了自己的新票夹中，然后放到自己的口袋里。剩下的钱，他还是照原样放回原处，仍然埋在花盆的下面。他这么做当然是为了制造假象，掩盖钱已经被偷的事实。老太婆到底有多少钱，只有她自己清楚，可是她再也不能开口了。

他想了想，把棉坐垫团在一起，放到老太婆的胸前，想堵住一会儿会喷涌的鲜血。然后从自己右边的衣袋里，拿出一把锋利的折刀，使劲儿刺向老太婆的心脏处，然后猛地拔出来。他把沾了血迹的刀子，在棉坐垫上使劲儿蹭着，直到干净了才收回到衣袋中。他这么做，是怕老太婆没死彻底，所以模仿了别人的刺杀，让她彻底死掉。因为怕直接用刀，自己身上会溅上血迹，所以事后补刀。

他用来装钱的票夹和所用的折刀，都很大，是特意在庙会的露天摊位上购买的。那天为了防止被别人记住，他选择了人流最多的时候，根本顾不上讲价，直接付款拿东西走人。人声喧哗，想必没人会注意到他。再说他买的东西，都是随处可见的，根本不会留下什么蛛丝马迹。

露屋确定没有留下作案痕迹后，就拉上门扇，向前门走去。到了门口，他俯下身子，一边系鞋带，一边思考怎么处理脚印。不过这些担心似乎多余了，因为前面房间的地面都抹着水泥，而街道上也十分干燥，脚印根本留不下来。他只要拉开门走掉就可以了。可是，这是关键的一步，稍有闪失，就会前功尽弃，他不能不万分小心。他仔细地听着四周是否有人走动……除了谁家隐约传来的琴声，到处都是一片寂静。他索性什么也不管，大大方方地打开门，就像刚拜访完主人告辞的客人一样，从大门信步走出。街道上没有人经过。这片住宅区的所有街道，都寂静无比。走了四五百米，露屋看见了一处神社，神社有些年头了，石头砌成的围墙延伸出去好远。确定周围没有人出现，露屋就从围墙的缝隙中，把折刀和带血的手套扔进去了。然后，他就十分坦然地开始散步，走到自己平时常常经过的一个小公园。公园里有一些孩子在嘻嘻哈哈地荡着秋千，露屋望着他们，感到怡然自得。就这么安静地坐在长椅上，时间慢慢地过去了。

回家时，他特意去了警察局一趟。

“我刚才捡到了这个票夹，里面装着好多日元。我把它上交给你们。”

他边说边掏出了票夹。警察询问了他捡到票夹的时间和地点，还有他的姓名住址，他也一一回答了。警察给了他一张收据，上面含有他的姓名和金钱的数目。也许这些流程比较烦琐，但却是他能想出的最安全的办法。谁也不可能知道老太婆的钱已被取走一半，剩下的还放在原处，再说这个票夹根本就找不到什么主人。如果无人认领，只要过了一年，这些钱就会归露屋所有，他自然就可以随心所欲地花掉了。这些都是他反复权衡之后才做的。如果把钱拿回去自己藏起来，也有可能被别人发现。如果自己直接带在身边，是很显眼的，也十分不安全。交给警察就能避免被怀疑，真是考虑周全呢！

“哈哈，是不是很意外？小偷会把赃物交到警察手里，估计神仙也不能掐算出来。”

他心里得意极了。

第二天，和平时没什么不同，露屋哈欠连天地睁开眼，开始阅读收到的报纸。在社会版，他发现了一个惊人的消息——当然并不是他被发现，而是让他窃喜的事：斋藤被警察以杀人的罪名抓起来了，因为大家发现他一个穷小子忽然多出了大量的金钱。

“我是斋藤的朋友，如果我不去警察局探望一下，也许说不过去。”

这么想着，露屋就穿戴整齐，前往警察局，还是昨天他上交票夹的那个警察局。为什么不去别处呢？因为他想表现得自然，要让别人更加相信他。他表现出一副忧心忡忡的样子，要求警察让他见一见斋藤。自然，和他料想的一样，警察没有答应。他反复向警察询问怀疑斋藤的理由，也明白了事情的部分真相。

露屋是这么推理的：

昨天案发后，斋藤先一步回到家中，那时露屋应该刚刚离去。他肯定发现了老太婆的尸体。他想去警察局报案，可是他忽然想起了那个装钱的花盆。如果真的进了小偷，那么里面的钱一定会丢失。为了确认这点，他拿起花盆，检查后，意外发现钱还在里面。可是看到钱后，斋藤就想据为己有。虽然这么推理有些幼稚，但是合情合理。人们都不知道老太婆把钱藏在哪里，自然会认为是小偷杀人后盗窃，遇到这种情况，谁能抵挡住金钱的魔力的呢？再接下来，他会怎样做？他当然会装作什么都没发生过似的，前去警察局上报人命案。可是由于太匆忙，他把偷到的钱放在自己身上都没有察觉，然而，他忽略了警察会搜身这关键一点。

既然发展到这一步，斋藤不可能继续保持沉默。让我想想他会怎样进行解释。他已经深陷险境了。露屋又进行了大胆的猜测，当警察从他腰里发现现金时，他一定会狡辩那是他自己的。这是讲得过去的，因为根本没人知道老太婆到底有多少家产，她又会把钱藏在什么地方。也许警察会相信这种说法。可是钱的数额太大了！最后，他不得不讲述真相。但是，法官怎么会相信他呢？如果一直没有别的嫌疑人出现的话，他肯定会获罪。严重的话，他也许要被枪毙。但愿这样……

然而，预审官不是傻子，他们一定会努力调查清楚各个细节。例如斋藤曾告诉我老太婆藏钱的地点在哪里。发生命案的两天前，我还曾去过那里，并和老太婆进行了长时间的交谈。还有我自身的困窘，我穷困得几乎交不起学费……

对于这些问题，露屋在杀人之前早就找过搪塞的借口。现在，露屋绝对不允许斋藤说出对他不利的说辞。

离开警察局，他吃过早饭，还和送饭的女佣就杀人案交谈了一会儿。他若无其事地进了校园，学校里的人正纷纷议论这杀人案，他把自己伪装成一个旁观者，也在人群中高谈阔论，当然只是转述那些听闻。

第三节

读过侦探小说的朋友们，肯定知道故事不会发展到这里就告一段落。确实是这样，前面的部分只是一个引子，后面的内容才是大家要重点关注的。在这个案件中，露屋把整个过程策划得似乎无懈可击，那么罪犯最后是怎么被发现的呢？破案的过程曲不曲折？

本案的预审员由笠森先生担任。他是一名著名的审判员，而且还因为具有某些特长而声名大振。他利用业余时间研究心理学，很多利用普通方法无法侦破的案件，利用了他掌握的心理学知识，都能获得很大的突破。他年纪不大，而且资历尚浅，但是在这么一个小地方的法院里，只是担任一个小小的预审员，对他来说也算得上是怀才不遇。这起老妇人被杀案，让他担任预审员，无疑给大家注入了信心。笠森先生自己也对此充满了信心。和平常一样，他认为首先要在预审庭上把所有的细节都搞清楚，这样公审时就不会有什么纰漏。但是，一调查下来，他才晓得一切并非易事。警方认定斋藤有不可推卸的罪责，笠森也认可这一点。老太婆生前接触的所有人，警察都进行了传讯，包括跟她借钱的那些人、租客、熟人、朋友等。虽然警察认真调查过所有有关的人，但是却没发现别的嫌犯。形势对斋藤越来越不利，谁让斋藤生来就是一副胆小怕事的样子呢？在审讯室里，他被吓得哆哆嗦嗦的，说话也语无伦次，所以大家就更加怀疑他。自然，大家怀疑他也可以理解，因为他以前就偷过老太婆的钱。如果没有这个缺点，他不会那么容易被怀疑，他那么懦弱，怎么会去做那些傻事呢？而他现在真的是很可怜。可是，如果把他排除于杀人犯的行列，笠森自己也不敢确定对不对。目前只是把他列入嫌犯名单而已，何况他自己拒不承认，也没有什么证据表明行凶者就是他。

时间已经过去一个多月了，预审依然没有什么结果，预审员也开始着急了。恰逢此时，分管老太婆所在区域的警察署长，给大家带来了一个新的情况。他说事发当天，斋藤的好友露屋捡到了一个票夹，里面装着五千二百一十日元，他把票夹交给了警察。可是工作人员大意了，遗忘了这个情况。已经过去了一个多月，这笔巨款，依然无人来领。这到底是怎么回事儿？

笠森预审员正处于焦灼和困顿之中，他得知了这个情况后眼前一亮。他立刻把露屋传来。虽然笠森预审员精神抖擞，可是依然毫无收获。笠森询问露屋，为什么案发当天没有把捡到巨款的事情告诉破案的人？露屋平静地回答，说是根本没意识到一个装钱的票夹会和杀人案有关。他这么回答也没什么问题。老太婆的部分财产出现在斋藤的腰带中，谁又能想到，丢失在街上的这些，竟然也是老太婆的财产呢？

只是凑巧吗？案发那天，在距离老太婆家不远的地方，嫌犯的好友竟然捡到了大量的钞票。并且听嫌犯斋藤供述，露屋也知道老太婆的藏钱之处。这怎能用凑巧来解释？预审员百思不得其解。让预审员泄气的是，老太婆的钞票不是连号的。否则，一定能马上清楚这些钱是否和杀人案有关联。唉，如果能理出一点儿头绪也好。预审员又对前面的调查进行了仔细对比核实，费尽心血把老太婆的亲戚全都又查了一遍。可是依然一无所获。就这样，半个多月过去了。

预审员又开始推测，那么只能剩下一种情况了。是露屋偷出老太婆的一半家产，夹到了票夹里，把剩余的部分又回归原位，然后假装是在大街上捡到了票夹。但是他不至于这么愚蠢吧？那个票夹也调查过了，只是还没有什么发现。再说，露屋对答如流，表现得十分平静。他说自己是散步时，偶然经过老太婆的家门前的。如果他是杀人犯，怎么敢如此猖狂，毫不掩饰？最主要的是，杀人的凶器没有找到，在露屋的屋内也没有搜出来。说到凶器，斋藤不也可以用凶器杀人吗？到底他们两个人中，谁才是真正的杀人犯？没有任何证据可以确定。署长曾经这样说过，你感觉谁是杀人犯，谁就会像，怀疑斋藤，斋藤就像，怀疑露屋的话，也不是没有道理。现在其他的人都不可能是嫌犯了，只有他们两个人中的一个是杀人犯。笠森预审员冥思苦想，决定采取措施进行破案：对这两位嫌疑人实施心理测试。要知道，在以前，这种做法可是屡试不爽。

第四节

露屋的日子很不好过，只是过了两三天，警察便再次传唤他。第一次被传讯后，他就知道是业余心理学家笠森担任预审员，不觉有些慌乱。他从没接触过心理测试，对此一问三不知。所以他赶紧进行恶补，在书中寻找一切可能性，以做到被传讯时有备无患。

因为要面对即将到来的心理测试，他心里就像是被压上了一块沉重的大石头。但是他还得装出若无其事的样子去上学。这真是一种折磨。所以他谎称自己生了病，窝在自己租住的房间内，反复思忖着如何才能平安通过这次测试。他对此事的重视程度，比之前谋划杀人时，有过之而无不及。

究竟笠森预审员会测试什么内容呢？毫无线索。露屋开始对应自己所了解的测试方法，一一寻找应对措施。但是心理测试本来就是为戳穿谎言所设置的，怎么能在进行心理测试时继续撒谎呢？这在理论上根本就行不通。

露屋认为，心理测试应该有两种情况，第一种主要观察被测者的生理变化，第二种是通过语言来进行试探。第一种情况通常是，被测者被问到很多关于犯罪的问题，身体不知不觉地会发生某些微小的变化。这些变化都会如实地被测试仪器记录下来，测试者就能得到急于知道的真实答案。人们的语言和表情都能伪装，但是神经末梢的兴奋感却无法真正掩盖，会在体征上无意识地表现出来。所以，人们依据这些理论，通过自动描记法，能捕捉到人的手的变化；会利用某种方式，获得眼球运动的信息；能通过呼吸描记法，探知呼吸时气流的强弱；借助脉搏描记法，能测得心跳的变化；借助血压描记法，能对人体血液的流量进行分析；甚至人体轻微出汗的现象，也能被电表测试出来；还能通过叩击膝盖关节的方式，让腿部肌肉发生收缩反应。总之，办法很多。

如果他们猝不及防地发问："你就是杀人凶手吧？"他到时能不能沉着地把问题推回去——"你如何证明我就是凶手？"就怕到时自己的血压会"噌噌"地上升，呼吸也会变得急促，那可怎么办？难道就无法应对这些了吗？他默默地在内心里进行一遍遍的假设和验证。很出乎意料，他自问自答的时候，不管问题如何尖锐，也不管问得多么仓促，他的身体都没产生任何反应。虽然眼前没有工具可以精准地进行测试，但是他一直保持着平静，当然身体上也没出现任何异样。

在进行模拟实验时，露屋忽然想知道多次地进行刺激能不能影响测试的结果。换而言之，就是反复问同一个问题，后来的每一次，神经的敏感程度是不是都能比前一次减弱？或者说刺激得越多，感觉是不是就会变得越来越迟钝？这完全可能！自己为什么不会对自己的发问产生反应？应该是因为心中早就有了答案。

他把《辞林》搬了出来，在几万个单词中，尽可能地想象哪个可能被问道，然后把这些单词都抄录在本子上，花费一个星期的时间让神经去熟悉它们。

接下来就要测试语言了。这很简单，无非是进行语言游戏，这个很好过关。语言测试种类多样，但是联想的方式比较普遍，精神分析学家在诊断病情时，常常会利用这点。比如，"开窗""桌子""墨水""笔"，这几个词毫无关联，让被测者按照顺序读一遍，让他在第一时间把能够由此联想到的词说出来，不允许思考，要直接说出。"开窗"可能会让人联想到"窗户""纸""门""门槛"等词，不管什么词，只要是不假思索说出的就行。笠森可能会把与凶杀案有关的"刀子""血""钱""钱夹"这类词掺进去，观察被测者的联想是什么。

就以这次的老太婆被杀案为例，如果测试者无意间提到“花盆”一词，自我控制力较弱的人，也许就会脱口而出“钱”，因为“钱”给他留下的印象最深刻。如果出现这一幕，犯罪者等于认罪。可是，一个比较警觉并且自制力较强的人，绝不会就此上钩，即使在他脑海中，“钱”这个词在不断地旋转着，他也能很快地意识到，必须让自己保持警醒，从而随意地说出别的类似“陶器”这样无关紧要的词。

面对这样的测试，露屋认为可以采取两种应对措施：第一种，测试的间隔时间不会太长，所以因为记忆的原因，对于相同的问题，回答者前后的答案几乎会保持一致。如果想要伪装，那么就要故意在两次或多次的回答中保持答案的差异性，例如测试者说出“花盆”一词，被测者第一回说到“陶器”，第二回就要换成“土”。

第二种应对方法，需要对仪器所记录的时间非常了解。从测试者开始发问，到被测者回答完毕，这之间的时间是可以推算的，比方说，他们说“开窗”，你若回答“门”，那么只需要一秒钟，但如果他们说“花盆”，你却回答了“陶瓷”，那么用时是三秒钟，因为你先想到的“花盆”，是不能说出来的，只能再换成“陶瓷”，所用的时间自然就会多一点儿。可是就是这小小的延迟，就可以被测试者利用。而且这种延迟，不只体现在一个词语上，接下来的测试都会受到这种速度的影响。

除了这些，测试者还常常把准备好的犯罪经过讲给被测者听，让他熟记下来。如果被测者刚好就是犯罪者，他在复述内容的时候，就会不由自主地把自己的真实犯罪经历添加进去。

遇到这种情况，被测者就一定要进行和上面类似的训练。对于露屋来说，他必须给测试者制造出一种真实的错觉，而不是纠结于某些花样。如果测试者说出“花盆”，那么自己就直接说出“钱”“松树”这样与真实情况相符的词好了。因为露屋早就通过预审员的多次调查，对案情有所了解，并且也从他人口中获得了案件的有关进展。他即便没有犯罪，也早已知晓花盆下面藏着钱这个真相。所以做测试的时候，进行真实的联想难道不对吗？再说，即使可能让他背诵犯罪的经过，他这么回答也十分保险啊！现在的关键，还是要锻炼对回答问题所用时间把控的能力。他们说“花盆”，你要不假思索地把“钱”“松树”这样的字眼儿抛出去。只有这样，才算准备妥当。

露屋很清楚，有一件事儿对自己很有帮助。就是退一步来讲，即使事先并没有预料到被测试的内容，或者说自己在测试中表现得并不理想，答案也许会对自己产生不好的影响，也并不值得担忧。因为参加测试的人不止自己一个，斋藤那个人那么胆小，虽然他并没做过什么，但是一旦测试开始，他还能不慌乱吗？起码他的表现应该和我差不多吧？

这么想着，露屋就慢慢地平静了下来，他不再担忧测试了，反而轻松得想哼小曲。他甚至盼望着那一天早点儿到来。

第五节

到底测试那一天，笠森预审员是怎么操作的，斋藤表现得是如何慌乱，露屋又是怎样冷静沉着地应对的，都无须多讲。让我们直接看看结局如何。

测试后的第二天，坐在家中书房里反复打量着测试结果的笠森预审员，冥思苦想，还是不能找到案情的真相。这时候，仆人忽然递来了明智小五郎的名片。

这个人物，想必大家在《D 坂杀人案》中早就了解了吧？不只是在那次的案件中表现卓异，在之后的大案难案中，他也都以自己的超凡智慧，赢得了业内人士和百姓的敬重。因为经常接触案件的关系，他和笠森十分熟悉。

女佣把明智带到了书房里，他冲着笠森微笑。此时，D 坂杀人案已经过去很多年了，他也早已不是从前的那个白面书生了。

“唉，这个案子快把我闷死了！”

笠森一脸愁苦地看着明智。

“你说的是那个老太婆被害一案？不是进行心理测试了吗，难道还没结果？”

说着，明智就向桌上的文件看过去。这个案子发生以后，他经常和笠森进行联系，一起分析案情。

“测试结果是出来了，可是，”笠森叹了口气，“结果和我想象的不大一样啊！我采用了脉搏测试和联想诊断，可是露屋表现得都很冷静。虽然他的脉搏检测数值，比斋藤少得多，但是这也证明不了什么。进行联想测验时，我说出了‘花盆’一词，他回答的速度快得惊人，比说别的词都要快很多。斋藤就不行了，这家伙六秒钟以后才说出来。”

见明智小五郎在认真看着测试结果，笠森继续说道：“我分析了测试结果后，感觉斋藤一直在耍花样。你看他每次回答都很慢，前面的回答慢了，后面的也受到了很大的影响。你看看这张表格啊，我说‘钱’，他答‘铁’，我说‘偷’，他答‘马’，联想能力也太差了吧？特别是我说出‘花盆’时，他所用的时间简直太长了，是不是在极力避免说‘钱’和‘松树’这两个词呢？露屋的表现就不一样，我说‘花盆’，他答‘松树’，我说‘油纸’，他答‘藏’，我说‘犯罪’，他答‘杀人’。如果他是杀人犯的话，不可能把这些真相说出来。可是他对答如流，而且表现得从容不迫。假设他是杀人犯，这样就相当弱智了。可是说不通啊，他可是 × 大学的高材生……”

“我不太赞同你的推测。”明智皱着眉头，但是笠森只顾着说出自己的观点，丝毫没注意到这点：“这么看，露屋就没有嫌疑了。但是虽然测试结果已经放在这里了，我还是不大敢相信是斋藤杀了人。虽然预审时把他定为杀人犯，但是只要有证据，审判结果仍然会改变。预审的程序可以到此结束。但是我心有不甘啊！如果公审时完全推翻我的论点，我会大光其火的。因此呢，我还是犹豫不决。”

“测试结果真有点儿意思。”明智已经看完了，手里握着测试记录开了口，“看来这两个人平时都喜欢读书啊，你看，提到‘书’，他们都答了‘丸善’。而且，露屋的回答总是和物质有关，也显得十分理智。斋藤的回答就有些文艺了，你看看，像‘女子’‘服饰’‘花朵’‘木偶’‘景色’‘妹妹’这些词，都让人感到他是一个很感性的人，而且显得比较阴柔。我猜测他的身体不大健康，‘讨厌’能对上‘病’，‘病’能对上‘肺病’，是不是他内心里一直不确定，自己是不是患有肺部疾病啊？”

“你也别多想，联想这种方式，会产生很多种可能性。”

“然而，”明智认真了起来，“你所说的只是心理测试的弊端。戴·基洛思曾和发起这种测试的明斯达贝希有过争论，认为这种行为虽然表面上不是在进行拷问，但在性质上与拷问并没有什么差别，往往会让无辜者获罪，却让真正的罪犯逍遥法外。好像明斯达贝希在一本书上提到过，说心理测试的作用，只是测试嫌犯在某种场合下的特定记忆，如果场合变化了，特定记忆就会造成一些混乱。虽然有些小题大做，可是我认为还是必须考虑到这点的。你说是不是？”

“只是考虑最糟糕的情形，你说的兴许没错。以前我也听过这种说法。”笠森的脸色不是很好看。

“可是，换而言之，你是不是已经遇到了最糟糕的情况？这么想啊，一个清白的男子，却无端被怀疑成罪犯，不幸的是他在案发现场被抓获，并且知晓犯罪的情形。可是他是一个很容易受到刺激的人，那么这样无端地去对他进行心理测试，他是不是就会显得十分狂躁？为什么要对我进行测试？我该怎样自证清白？他想的当然就会很复杂，情绪一定会出现非常大的波动。如果在这种情况下，强制对他进行心理测试，就会带来戴·基洛思预言的‘让无辜者获罪’的恶果。”

“你是在为斋藤辩护吗？我也有这种感受，我之前不是跟你说过，我还一直在纠结吗？”笠森的脸色变得阴沉了。“假若你说的推论正确，除了盗窃外，是不是就可以证明斋藤没有其他的犯罪事实了？可是杀人凶手到底是谁？”笠森语气强硬地说，“你已经锁定行凶者了吗？”

“这个自然。”明智看着笠森气势汹汹的样子，不由得笑了起来，“按照心理测试的结果，我可以推断露屋就是凶手。然而我还是没有十分的把握。露屋已经被放回去了。您能不能派人把他喊过来？最好不惊动别人。如果他能过来，我就能把案子彻底查清。”

“看来你是找到铁证了？”笠森显然感到很惊讶。

明智倒也不谦虚，他把自己的办法一五一十地讲给笠森听。这下子，笠森不得不为之折服了。

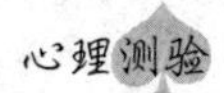

笠森听了明智的办法，就派用人前去露屋的住处。

“斋藤马上就要被定罪了。您是他的好友，我希望您能抽空到我这里聊一聊。”用人是这么转达的。

露屋虽然刚刚从学校回到住处，听到这个消息，也显得十分激动，马上就跟着用人来到笠森预审员家里。可惜，他只顾着高兴了，完全没有意识到他赴的是“鸿门宴”。

第六节

笠森对露屋解释了给斋藤定罪的依据后，接着说：“开始时我真不该怀疑你，今天我给你道歉。不过，趁着今天这个机会，我们也可以放松地聊一聊。”

笠森让用人泡了红茶，给露屋倒上，大家边喝边无拘无束地聊了起来。明智偶尔插上几句。笠森解释说，明智和他十分熟悉，因为这次被害的老妇人的遗产由她住在乡下的侄子继承，而明智是做律师的，所以受了嘱托前来催收款项。这其中虽有部分是编造的，但大部分符合事实。

他们围绕着斋藤这个话题，兴致很高地聊了不少。因为放松的谈话氛围，露屋并没有设防，所以就夸夸其谈。

因为聊得比较投入，所以天色渐渐晚了，大家竟也没有发觉，还是露屋自己突然间意识到的，他起身对大家说道：“如果没有别的事儿，我就先回去了。”

“哦，我竟然忘了这事儿……”明智笑着说，“其实也算不得什么，正好今天碰上你了……被杀的老妇人房间里有一个对折的贴金屏风，你晓不晓得？不知道怎么回事儿，上面被碰掉一块皮。那个屏风是别人跟老妇人借钱时抵押过来的，并不是老妇人的。现在物主坚持说是在杀人时被弄坏的，强烈要求给予赔偿。可老妇人的侄子，也是惜财如命，当然不肯承认，也不答应赔偿他。你看这事儿，我也不知怎么办。这屏风如果普通还好说，好像还挺值钱的。你去过她家，你应该记得这个屏风吧？你回忆下，以前上面到底有没有被损坏？我问过斋藤，可没有结果。这家伙估计吓坏了，什么也想不起来。老妇人死后，女佣回到乡下，去问她似乎也不太妥当，何况她未必知道。我现在真是发愁啊……”

那个屏风的确是别人抵押给老妇人的，不过小五郎讲的其余部分就是信口开河了。露屋猛然听到“屏风”一词，心中便咚咚直打鼓，但听完小五郎的话，就把心放了下来。

“真是没出息，有什么可怕的？再说案子不是已经快了结了吗？”

他略微思考了一下，觉得自己还是诚实地进行回答才是最好的办法。

“哦，我只到过那个房间一次，是在案发的前两天，对，就是上个月的三日。”他笑了。这么回答问题他自己都感觉好笑：“我当然记得那个屏风，当时的确还是好好的。”

“真的这样吗？你没记错？可是小野小町的脸部的确是损伤了啊！”

“唔……是啊，我都回忆起来了，”露屋装出一副努力思考后恍然大悟的样子，“屏风上画的是六歌仙，小野小町我也记得。如果屏风被损坏了，我不应该没发现的。再说那屏风那么漂亮，小野小町的脸上如果被损坏了，我肯定能及时发觉。”

“真的啊，那你方不方便帮我做个证？你要知道，屏风的主人是个很难缠的家伙，我真打怵啊！”

“噢，当然可以，您什么时候需要，通知我就是。”

露屋一兴奋，不假思索就答应了。

“多谢啊！”小五郎显得很开心，他把手伸进自己的一头浓发中，要知道这个动作他只有在十分激动的时候才会做。

“其实，我早就猜测到你了解关于屏风的事儿。你是不是很疑惑我怎么猜到的？在昨天的测试结果里，对应着‘画’，你说出了‘屏风’，真让人奇怪呢！看，就是这里。我想你所住的地方肯定没这东西，而且你只有斋藤一个朋友。如果不是发生了什么很特别的事情，你的脑海中是不会对屏风有如此深刻的记忆的，是不是啊？”

露屋惊呆了，这个律师所说的完全正确。我昨天怎么会那么大意说出“屏风”这个词呢？我自己竟然一点儿也不知道，这简直就是在自掘坟墓啊！我会有危险吗？我记得当时反复检查过那道划痕的，那也证明不了什么的。不要慌，没什么的！他思考了一会儿，又冷静了下来。然而，他犯了一个无法弥补的错误，却丝毫不知。

“对啊，您说得对。我没发现呢，您看得可真仔细啊！”

露屋又开始若无其事地伪装自己，慢慢地回答道。

“没什么，我也是碰巧发现罢了。”小五郎显得很客气，“但是，我还发现了另外一件事儿，昨天进行联想测试时，预审员用了八个和案件有关的词，您都回答得相当完美。倘若做了坏事儿，就不会回答得这么圆满。就是这几个被我打着圈的词，喏。”小五郎把那张纸拿了出来，“然而，虽然你的反应时间都不长，可是比起答其他的词用时却都短得多。你看啊，对应着‘花盆’，你回答了‘松树’，仅仅用了零点六秒钟，快得简直过分了呀。而‘蓝’是三十六个词中最简单的，你答了‘绿’，竟然用了零点七秒钟。”

露屋的心里恐慌不已。这个律师究竟居心何在？他是在夸我呢，还是在嘲讽我？还是他从一开始就抱着什么不良的目的？露屋使劲儿体会着小五郎所说的话。

“总之，‘花盆’‘油纸’‘犯罪’这样的词语有些难对啊，你却回答得十分迅速。像‘头’‘绿’这样简单的词，你反而回答得慢了些。这难道不说明什么吗？我发现的只有这些，你现在心里怎么想的啊？呵呵，要不要讲一讲？真是有意思。如果我的发现是错误的，请你谅解。”

露屋有些发抖，情况怎么莫名其妙地就发展成这样呢？

“因为你对心理测试早有防范，为了防止可能发生的错误，你肯定做了很多准备工作。对于可能被问到的和这次案件有关的词，你都精心进行了练习。你的做法并没有什么问题。只是你要知道，人不能太迷信心理测试这种东西，因为它不能百分之百准确。谁知道会不会因为它而让无辜的人获罪呢？然而，你准备得过于充分了，虽然想装作在随心所欲地进行回答，还是免不了脱口而出。你忽略了这一点。你只是想着要让自己回答得尽量快些，殊不知速度太快也是致命的表现。如果不是经过仔细察看，一般人都不会发现这点差异。谎言终归是谎言，是会露出马脚的。”小五郎凭这一点，就认定露屋是凶手。

“你之所以只选择对‘钱’‘杀人’‘藏’这些词进行练习，是为了证明你的胸无城府。你认为别人会觉得如果你真的犯罪了，那么，就不会针对‘油纸’做出‘藏’的回答。对这类词语，你选用一种平和的心态，就是为了洗脱自己干坏事儿的嫌疑。我说得对不对，你表个态好吗？”

露屋呆住了，眼睛一眨不眨地盯着小五郎。此刻，他感觉自己已经有些灵魂脱壳，整个脸都变得无比僵硬，什么也做不了，甚至哭和笑这样的简单动作，对于此时的他也变得十分艰难。幸亏他已经无法出声，否则他肯定会吓得惊恐万状地号叫起来。

“说白了，装无辜是你最高明的手法。因此，我才问了你那些问题。你是不是已经清楚了？关于屏风，我早就相信你会如实回答，事实证明也的确是这样。那么我再问一下笠森先生，老妇人家的屏风是什么时候搬到她家中的？”

“就是发生命案的头一天，上个月的四日。”

“怎么会是头一天呢？这似乎讲不通啊，露屋先生之前不是说两三天前就在房间里看到它了吗？我彻底糊涂了，你们俩是哪个人弄错了吧？”

“是露屋先生搞错了吧？”笠森冷笑了一声，“那个屏风在四日天黑之前，还没有被抵押。”

露屋的脸上浮现出一种欲哭无泪的神情，他的内心发出一声哀号。小五郎饶有兴趣地一直盯着他的脸看。其实，这就是小五郎挖好的陷阱，只等着露屋上钩，在谋杀案发生的两天前，老妇人的房间里并没有什么屏风，他早就通过预审员调查好了。

“事情复杂了啊！”小五郎做出一副迷惑不解的样子。

“你怎么能疏漏了这点呢？你没看到东西，反倒知道得这么清楚！

你说过案发当天，你没有到过老妇人那屋。可是你竟然清晰地记住了六歌仙的画像，天哪，你怎么会犯这么低级的错误？你一直让自己说着案件的真相，可是不曾想在这里却无意间撒了谎。是不是啊？你两天前去老妇人那里的时候，根本没注意到有没有屏风。那个屏风的颜色并不鲜亮，不可能那么引人瞩目。现在你一定在心里说，案发那天我确实在现场看到屏风了啊，两天前它应该也在那里吧？我今天的提问，就是想让你想当然地进行回答。我们身边经常会出现类似这样的情形，平常人犯罪，总会绞尽脑汁地想法儿回避事情的真相，而不会像你一样如实回答。你的头脑很聪明，比起常人甚至法官，都要高明不少。但是正是这点对我十分有利。也许你的观念是这样的：在一定的范围内，尽量选择坦诚的态度，这样才不会让自己处于危险之中。你熟练地运用了否定之否定的规律。可是你没想到我会把这些全盘推翻，因为你根本没意识到，一个律师，和这个杀人案没有什么关系，却会设下圈套，诱你上钩。哈哈……”

露屋的脸变得惨白，额上渗出了冷汗，浑身发抖，一句话也说不出来了。再说，即使是为自己进行辩护，又有什么意义呢？只能多一些罪证罢了。他如此聪明的人，却马失前蹄，栽在失言上，简直就是天大的笑话。可是，他的脑海中，却不住地浮现出童年时代的画面，一会儿之后，那些画面又全都消失不见了。露屋只能长时间缄默着。

“你有没有发觉？”过了一会儿，小五郎又开始说，“旁边的屋内一直有人在听我们的谈话，你没听到写字的声音吗？……你不是答应可以为我做证吗？一会儿就给你看看。”

旁边的门打开了，一个拿着文件夹的人走了出来，那人显得十分斯文。

“请你把内容读一遍！”

小五郎的话音刚落，那个男子就大声读了起来。

“露屋先生，现在请把你的手印按上吧。刚才，你不是答应我随时都可以为屏风一事做证吗？这样的做证方式，是不是让你感到很意外啊？”

事已至此，露屋也无法抵赖了，他只能乖乖地按上自己的手印。这也相当于承认小五郎所做的一切推测都是正确的。他垂头丧气，感觉浑身无力。

“和我讲过的一样，”小五郎最终又补充了几句，“明斯达贝希所说的心理测试，只能测试嫌犯对于犯罪事件的地点、人物、有关器物是否了解。这次的杀人案，关键之处就在于确定露屋是不是真的看见了那个屏风。如果不针对这点，做再多的心理测试也会失败。因为露屋是一个十分狡猾的对手，他的思维缜密，并且准备充分。我还想说的就是，使用心理测试，必须借助于某些刺激性的语言和必要的器物，就和今天一样，即使是再怎么普通的交谈，也能得到我们想要知道的结果。历史上的那些出名的审判官，像大罔越前守等人，他们也并非时刻都是有意识地去运用心理学的手段，很多情况下，都是无意识地在进行运用。”

黑手帮

再给大家讲一个明智小五郎的故事吧，他可是破案的奇才！

发生这起案件时，我和明智刚刚认识大约一年的光景吧！这起案件情节跌宕起伏、扑朔迷离，打动了不少人。因为其中涉及的一个人和我是亲戚关系，所以更让我记忆尤深。

这起案件发生之后，我对明智更加佩服，他能准确猜出密码，真是厉害。为了让大家更了解他，我把这个被他破解了的密码内容，公布于众。

一度お伺いしたい〳〵と存じながらつい
好い折がなく失礼ばかり致して居ります
割合にお暖かな日がつゞきますのね是非
此頃にお邪魔させていただきますわ扨日
外はつまらぬ品物をお贈りしました処御
叮嚀なお礼を頂き痛み入りますあの手提
袋は実はわたくしがつれ〴〵のすさびに
自から拙い刺繍をしました物で却ってお
叱りを受けるかと心配したほどですのよ
歌の方は近頃はいかが？時節柄御身お大
切に遊ばして下さいまし

さよなら[1]

[1] 译文：我非常渴望去探访您，却一直未能如愿，时至今日，颇感抱歉。最近，温度上升，我会于近期前去与您会晤，并随身携带礼物，聊表寸心。受您重视，心内惶恐，多日无事，手绣成手提包，还怕不能蒙您垂青。季节更替，万望保重身体。再会。

这些都来自一张明信片，不管是文字内容，还是文字的布局，都未做任何改变，一切都是原来的模样。

现在我正式开始故事的讲述。因为冬天怕冷，我住到了一家旅店里，在热海温泉那边。每天泡泡温泉之余，我还会出去散散步或是待在屋里休憩。当然我也不会浪费时间，也会写点儿文字什么的，时光过得宁静而又简单，却也让人十分享受。每次泡完温泉，我的心情都会如蓝天白云一般，甜蜜而愉悦。有一天，我躺在走廊的躺椅上，享受着阳光的爱抚，随便翻看当天的日报，猛然间，我被一条消息吸引住了。

有一伙盗匪，自称为黑手帮，他们横行霸道，干尽坏事，简直无法无天。警察一直在追查他们的行踪，却迟迟没有结果。他们不时地洗劫富翁的财产，对贵族人士发动攻击，传言把他们传得神乎其神，使京都的人们整天提心吊胆。报纸的社会版，也每天都在报道这方面的内容。今天的报纸上竟然出现了《出没无常的盗匪》这类的大标题，简直是博人眼球。也许是见惯了太多类似的消息，我并没有对此感到惊奇。然而，在那个大标题的下面，罗列了被黑手帮残害的名单，在那短短的十二三行里边，我竟然看到了“某某氏被袭击”的字眼儿。“某某氏”是我的伯父，我不能不感到震惊。这条消息写得比较简略，只是提到盗匪绑架了“某某氏”的女儿富美子，还成功地勒索了一万元的赎金。

我的出身比较贫寒，家中简直可以用“一贫如洗”来形容。为此，在到温泉休养以前，我一直都靠写文章来勉强维持生计。但伯父却不知用了什么方法，富甲一方，还在两三家公司里担任着董事一职。如此显赫，也难怪黑手帮会把他锁定为下手的对象。此前，伯父对我多有照顾，因此不管如何，我必须去他们家看看才放心。我真是糊涂，伯父家遭此大难，我竟然浑然不知。想必伯父早就给我打过电话，只是我外出得比较突然，没接到，我也根本没联系他们，所以我们就断了联系，因而所有的消息都是我看过报纸才得知的。

我立刻打点行装起程，返回东京，第一件事就是去伯父家看看。伯父家大门也没有关上，所以我直接走了进去，伯父和伯母二人在佛像前虔诚地诵念着《南无妙法莲华经》，手中的太平鼓和木梆子一刻不停。虽然我知道他们向来就信奉日莲宗，对此教忠心不二，然而，此时并不是诵经的时间。一交谈，我才知道绑架事件并没有得到彻底解决，大伯已经按照绑匪的要求交了赎金，然而他的女儿并没有被如约释放。他们无比愁苦，又无处倾诉，所以只能在佛堂里诵经，想通过诵念《南无妙法莲华经》，祈求佛祖护佑自己的女儿一切平安。

对于黑手帮，也许很多人都不大了解。他们出现在几年前，可能有些读者对此还有些印象。这群人总是伺机拐走那些富人家的孩子，然后挟持他们做人质，进而进行恐吓勒索。他们一般都会发出一封恐吓信，对交易的时间、地点，以及赎金的数量，都有明示。他们的计划十分缜密，不管是挟持人质，还是进行恐吓勒索，都无迹可寻。如果被害人的家属报了警，交易时警察出现，他们也会获知消息，会毫不留情地折磨人质，更有甚者，杀害人质。就犯罪行径来看，这伙人不但胆大妄为，而且思维十分严密，和那些普通的犯罪有极大的差别。

回头说说我的伯父一家。绑架事件发生后，伯父、伯母就惶惶不可终日，不仅是他们，家里所有的人都为此提心吊胆、面如土色。伯父是个非常精明的商人，人称“诡计多端的老狐狸”，然而遭此劫难，他显然无计可施。所以，我理解他为什么会求助于我这样一个小孩子，他是走投无路了才会如此。被绑架的堂妹富美子，长得很标致，才刚刚十九岁。这样的女孩儿落到绑匪手里，难保不会遭遇不测。不然的话，伯父交上了赎金，她早就该被放回来了，而不是像现在这样被绑匪得寸进尺地一次次要挟和敲诈。对于伯父而言，这是迄今为止最让他头疼的事儿。

伯父有一儿一女，除了富美子，还有一个上中学的儿子，自然帮不上他什么忙。所以，我只能尽己所能，为伯父出谋划策。我经过仔细地调查后，发现这伙匪徒的作案手法十分高明，他们如同妖魔鬼怪一般神通广大。我对犯罪和破案有一种天生的浓厚兴趣，想必大家都很熟悉D坂杀人案吧？当时，我甚至也想去做一名业余侦探呢！如果能跟那些真正的侦探们切磋一下，就更好了。不过虽然当时我也做了很多努力，然而因为对做侦探毫无头绪，找不到思路，只能作罢。这一回，伯父报了警，显然是想依靠警察的力量，可是警察能把人质解救回来吗？就目前的侦探水平而言，似乎并无大的可能。

于是，我想求助于我的朋友明智小五郎。如果他参与此案，那么侦破案件就指日可待了。我把自己的打算和伯父讲明，虽然伯父对明智还不太信任，但是我多次在他面前提及明智的过人本领，况且在现在这种情况下，多一个人帮忙伯父也求之不得，因而答应我邀请明智过来。

于是我到常去的纸烟铺寻访明智。他正好在二楼的房间里，里边各种图书到处散乱放着，把房间挤得满满当当的，他的床铺也只剩下了一半。巧的是前几天他刚收集了一些黑手帮的资料，正在埋头做着推理，听他所言，貌似已经初见端倪。我把伯父的求助跟他说了一遍，这难得的实战，让他颇感兴趣，于是他就顺水推舟地答应了我的要求，同我一起前往伯父家。

我们很快就坐到了伯父家的客厅里。客厅显然经过精心的设计，装修十分雅致，陈设很有格调。伯父、伯母出来了，甚至在伯父家借住的学仆[1]牧田也加入了我们的交谈——在交赎金的那天，牧田曾保护着伯父到过现场，因为怕讲述有所遗漏，伯父便把他叫了过来。有人迅速给我们端来了红茶和点心等物，但明智只点了一支高档香烟，不疾不徐地吸了起来。伯父的身体很魁梧，由于营养过剩，加上运动不足，他的身体有些臃肿。但毕竟是久经沙场的老将，即使处在这种状况下，他的威势依然不减。瘦瘦弱弱的伯母和牧田分别坐在伯父的两旁。牧田异常瘦小，把伯父衬托得格外高大。虽然此前我已经简明扼要地告诉了明智相关情况，但寒暄过后，明智还是提出想再了解一下事情的经过。伯父没有拒绝，慢慢地讲述了起来。

“当时的情形是这样的，我女儿富美子在十三日那天（六天前），

[1] 学仆，有些学者、商人或政客会将亲戚家正在上学的孩子带到家里，让他们帮忙打理家务或工作上的事儿，这些孩子被称为学仆。

换好了衣服，告诉我她去找朋友玩儿，然后就出去了。可是到了晚上，她一直没有回家。因为我们早就听过黑手帮的恶名，所以心急如焚，我夫人打电话给女儿的那个朋友，可是人家说女儿根本就没去过。我们顿时六神无主，把和女儿有联系的所有人的电话打了一遍，然而还是没有她的消息。我们把家里的学仆和车夫全都集中起来，发动一切可能发动的人出去寻找她，一个晚上就那么慌乱地过去了，大家都彻夜未眠，但也没找到富美子。”

“不好意思啊，我想问您一下，您确认有人看到富美子小姐出门了吗？”

明智提出了质疑，伯母插嘴说：“当然啦，女仆和学仆们都看见了的。有一个女仆，叫阿梅，她告诉我她看到小姐出门了，不过只看到了背影。”

“那之后呢？路上或者是附近的住户，有没有再见到小姐？”

“没有，”伯父解释着，“我女儿当时是步行出去的，如果遇到邻居，肯定会被发现。但是您看，我家所处的这条街道位置偏僻，即使是邻居，也很少在外面。我早就向邻居们打听过，大家都没看见我女儿。所以，我就纠结着是不是到警察那里报案。没想到第二天中午，黑手帮就发来了恐吓信。我们都被吓破了胆，特别是我夫人，哭得呼天抢地。我们也慌得忘了报警的事了。恐吓信里跟我们要一万元现金，要求我们只派一个人，在十五日那天的午夜零点时，把赎金放到T草原的一棵指定的松树下面。他威胁我们不能报警，否则人质的性命不保。说是交上赎金后，就会放了我女儿。大体就这些内容了。”

“后来警察也没发现什么有利的证据吗？”

“目前还没有。那封恐吓信所用的信纸和信封，随处都能买到。调查此案的警察说从字迹上也看不出什么来。”

“警察都是比较专业的，他们这么说，应该就没错。哦，上面的邮戳是来自哪个邮局？”

“没有邮戳。这信不是通过邮局寄来的，是有人直接放到我家邮箱的。”

“那是谁把信取出来的？”

牧田这时忽然大喊了一声：“是我！平时的信件都是我收集起来，再交给太太的。我记得那封信是十三日下午送过来的，夹杂在别的信当中。”

“到底是什么人放的信件，我很想知道……”伯父又开了口，“虽然我也让附近的交警进行过种种调查，可是还是没有头绪。”

明智沉默了，他似乎要对大家的发言进行抽丝剥茧般的分析，可是这些话都简单得无法再简单了。

“后来呢？”思忖了一阵子，明智又开始发问。

“我当然认为这封恐吓信只是在进行恫吓而已，他们不会真的杀了我女儿。于是我想去警察局报案，可是我夫人坚决反对，毕竟女儿的生命十分重要，不能有一丝一毫的闪失。一万元的赎金数目不小，可是百般权衡之后，我还是选择了按照数目交纳赎金。

“恐吓信上指定一个人带着钱在十五日的零点，到T草原指定的那棵松树下。我把钱都换成一百元一张的，一共一百张，外面用一张白纸包好。夫人担心我的安危，建议我带一名学仆一同前往。我想多带一人应该没事吧，就把牧田带去了，这样如果遇到什么意外的话，也好有个照应。为了安全，我生平第一次买了手枪，让牧田带上。”

说到这里，伯父有些窘迫地笑了笑。我能想象出当时的场景，对伯父的举动感到好笑——我眼前浮现出高大威猛的伯父，带着瘦弱不堪的牧田，一边小心翼翼地向前走着，一边向四处胆怯地张望的样子。

“我们下火车的地方，距离指定地点还有四五百米的距离。我在前面打着手电筒，壮着胆才来到一棵松树下。牧田就轻松多了，因为是晚上，他在我身后十米远的地方，也不会轻易被发现。你们知道吗？在那棵松树的四周，全是黑黢黢的灌木，压抑得让人喘不过气来，谁也不知道绑匪会藏在哪个角落里。我只感到浑身冷汗直流，觉得自己随时都会倒下，可我还是努力支撑着身体，等了足有半个小时。哦，牧田，你那半个小时在干什么？”

“哦，主人，当时我就在离你二十多米的地方，趴在草丛中，一动不敢动地握着手枪，眼睛盯着你的手电光。我感觉太漫长了，就像过去了两三个小时一样。”

“那你看到绑匪是从哪个方向过来的了吗？”

明智显然来了兴致，边不住地把手伸到乱蓬蓬的头发中，边开口问伯父。我也更仔细地听着。

“似乎是从对面过来的，又好像是从我们身后过来的。”伯父有些不确定了。

“你看到他的样子了吗？”

“没看清。他似乎全身上下都是黑的，只有露出的小部分脸苍白得吓人。我当时也不敢看，把手电都关上了，生怕绑匪一怒之下杀了我。就这样，我把钱交给他，他接了过去。我很担心女儿，刚想问，他就把食指举到嘴巴前，发出‘嘘’的一声。我理解他这是不想和我说话，就没再说话。”

“后来呢？”

“就只有这些了。绑匪拿着枪对着我，往后退着走，消失在了夜色中。我当时整个人都吓蒙了，好半天都不能动弹。过了一会儿，我才想起了牧田。我小声地呼唤他，他哆哆嗦嗦地走出来，问我绑匪走没走。”

“牧田先生，在你趴着的地方能看到绑匪的样子吗？”

“当然不能了，晚上太黑了，树林又那么密，怎么能看到呢？但是绑匪走动的声音，我似乎听到了。”

“那绑匪走后你们就回去了吗？”

“我说回家，牧田不同意，说是要看一下绑匪的脚印，以后也好作为证据。牧田，当时是不是这样？”

“是的！”

“那你们看到绑匪的脚印了吗？”

“真是奇怪啊，”伯父疑惑地说，“我们竟然没有发现呢！我们绝对没看错，因为昨天警察也去那里勘查现场了，也许是那地方人迹罕至吧，我们两个人的脚印还在那里呢！可再没有别的脚印啦！真是咄咄怪事。

“松树四周不是落满树叶，就是被青草覆盖着，脚印不可能留在那里，只有松树下的一点点地方露出土层，可是没有别人的脚印，只有我和牧田的。我站立的地方到长草的地方，虽然并不长，但起码也得有一丈左右吧，劫匪取钱不可能不留下脚印，可是真的没有！”

“没有别的哪怕是动物的脚印留下吗？”明智这么一问，伯父显然非常吃惊，反问道：“什么动物？”

“比方说，有狗或者马跑过的痕迹吗？”

听到明智的说法，我脑中忽然想起曾读过的一个案例，似乎是发表在斯特兰杂志上的。说是有个男人犯罪后，为了避免自己被锁定为嫌犯，就在自己的脚上绑上了马蹄，故意在作案现场来回跑了几趟，迷惑别人，也很大程度地误导了破案者。明智肯定也是猜测到了这点吧？

“你说的这个啊，我还真没注意。牧田，你发现了吗？”

“哦，我也记不清了，似乎没有那样的脚印吧。”

明智的眉头又蹙在了一起。

伯父讲述的绑架案中竟然没有出现绑匪的脚印，这真是让人匪夷所思又无比担心的事情。

屋子里一片寂静。

“可是，不管如何，”伯父打破了僵局，“我既然已经把钱交给绑匪了，女儿就应该会在第二天被放回来，因此我就安心地回家了。我早就听闻，大盗一般都会信守诺言，因此我相信他们能说到做到，就把心暂时放了下来。可事实又是怎样呢？都到第四天了啊，我女儿还是没有踪影。再也不能听之任之了，所以我昨天向警察局报了案，但警察们忙着处理大大小小的案子，根本顾不上我，虽然他们也做了一些调查，却没有任何结论。我正一筹莫展呢，侄子向我推荐了你，所以一切还请你多加费心了……”

伯父把整个事件讲完后，明智就自己关心的一些细节，再次进行了核实，这些自不多说。

“那么，你家小姐这些天有没有收到可疑的信件？”明智最后又抛出了一个问题。

“这个嘛，”伯母开口道，“寄给女儿的信，我一般都会先大致看一下，如果有什么疑点，我肯定能发现。但是，我没发现什么地方和平时不一样啊……”

“哪怕一切都稀松平常，我也希望你把事实讲给我听。”

明智似乎从伯母的话中发现了什么，一直刨根问底。

“哦，这些不必多说，和案子关联不大……”

“你说说看，可能你的发现会给我们提供意外的参考呢！”

“好吧，我就讲一讲。似乎是一个月以前吧，有一个人常常给我女儿邮寄明信片，那人有个我完全陌生的名字。我很纳闷儿，就去问我女儿，问她那人是不是她以前的同学，她敷衍地回答了一声‘嗯’，好像藏着什么秘密似的。我当时根本不信，准备以后再好好问问她，没想到就发生了绑架案。我本来也不记得了，你这么一提啊，我想起来了，在我女儿被绑架的前一天，她收到过一张非常古怪的明信片。”

“能让我看看它吗？”

“自然可以，好像是被我女儿放在文件夹里了。”

伯母把明信片找了出来，上面的日期正好是绑架的前一天，十二日，邮寄的人没写真名，只用了个“弥生”的称呼，明信片上盖有市里的邮戳，所写的内容就如故事开始时说的那样：“我非常渴望去探访您……”

我把明信片拿在手中，仔细地观察着，却什么蛛丝马迹也没发现，只是感觉这些话不像是出自女孩儿之口。明智显得特别严肃，跟伯父讨要了明信片，说先借用几天。没有人会拒绝这，伯父爽快地同意了他的请求。但明智的举动，让我有些摸不着头脑。

明智的询问至此结束了，伯父自然想询问他的看法。

“哦，我还没有考虑好，只是先询问一些问题……不过请放心，我一定努力，争取早点儿把小姐接回来，没准两三天就把事情解决了。”

离开伯父家，我和明智并排向前走。当时，我有很多问题想问明智，可是他说只是暂时了解了案情而已，以后具体会怎么做，他一点儿没说。

第二天吃过早饭，我前往明智的住处。我迫切地想了解他对此案的看法，还有接下来他会采取什么样的方式来解决这个案子。

因为急于见到他，所以见到纸烟铺的老板娘，我只是礼节性地打过招呼，就想上楼找他。这时，老板娘却喊住了我，我只能停下脚步。

“真是不凑巧呀，他不在家。他一大早就出门了，也不知道干什么去了。”

明智平时并不会这样，也许他是真的进入最佳的工作状态了吧。要知道，平时不到日上三竿，打死他也不会起床，今天还真是颇为新鲜呢。我只好返回自己的住处。然而我心里始终有些担忧，过了一小会儿，我又去了一次，如此几趟都没遇到他。直到第二天，都已经正午了，他依然没有踪影。我心急如焚，纸烟店的老板娘也焦急万分，甚至还到他的房间里，想寻找留言条之类的东西，却失望而归。

我的第一反应就是，要赶紧通知伯父他们，于是匆忙赶往伯父家。伯父、伯母还在那里虔诚地祈祷诵经。我说了明智的事情后，他们也大惊失色，难道黑手帮把明智也绑去了吗？如果真的那样就麻烦了，他是我们私自聘请的侦探，若出了意外，我们怎么还有颜面面对他的妈妈呢？气氛瞬间就紧张了起来。我原本对明智抱有很大的希望，根本没想过他会出什么事儿，却被伯父一家的惊慌失措感染了，也慌了起来。大家都一筹莫展，只有时间在“嘀嗒嘀嗒”中慢慢地流逝着。

我们都静静地在伯父家的餐厅中坐着，正茫然无措的时候，有人把一封电报送上了门。

“已携富美子同归。”

天哪，这电报竟然出自明智之手，来自千叶。大家都喜不自禁地狂呼起来。

幸好，明智没出什么意外，而且最令人兴奋的是，伯父的女儿安然无恙地回来了。一直被忧愁笼罩的伯父家，一下子就欢腾了起来，每个人的脸上都带着笑容。

等待自然是煎熬的，我们望眼欲穿，直到天快黑了，明智才出现在大家面前。只见他脸上如沐春风，笑容盛放。富美子消瘦了些，安静地跟在明智的身后。心疼女儿的伯母，赶紧把富美子领到房间里休息。为了表示谢意，伯父早就备好了酒宴，夫妇二人尊明智为上宾，并且紧握他的双手不放，一个劲儿地向他道谢，千言万语似乎也无法表达他们心中的感激之情。在如此棘手的绑架勒索案中，能够解救人质，明智的确功不可没，何况他面对的是黑手帮，而且警察这么久了也毫无线索。虽说明智是名侦探，但能这么迅速而且毫发无损地把人质带回来，谁也料想不到。明智只身就把案子解决了，伯父、伯母不胜欢喜，感恩戴德，如同迎接战场上归来的英雄一样迎接明智，设下酒宴，也完全理所应当。明智得到了所有人的敬重，即使是我，也对他有些崇拜的意思了。大家都围拢过来，想了解一下大侦探破案的惊险过程，顺便更深地认识黑手帮。

“对不起，我不方便多讲。”明智显出一副左右为难的神情。

“虽然我是个急性子的粗人，可是让我自己把那么多绑匪都抓起来，是不现实的。我冥思苦想，总算想到了一个不伤害你家小姐的方法，最后让绑匪不得不答应我的要求。我和他们做了个交易，他们放人，把一万元的赎金退还了回来，还保证以后也不会对你家有不利的行为。我则不能向外界泄露黑手帮的秘密，不能有任何抓捕黑手帮的举动。只要贵府的损失降到最小，我想就是最好的结果。一切就到此为止吧，再节外生枝反而不好。所以我和绑匪谈好条件就返回了。请大家理解我，别再打听有关黑手帮的事情好吗？喏，这些就是被绑匪拿走的一万元现金，请您点一点。”

明智一边说着，一边把用白纸包裹着的一万元现金递了过来。虽然没有听到跌宕起伏的破案故事，然而我并不遗憾。因为我相信，他肯定有苦衷，只是不方便讲给伯父他们听罢了。但即使他和绑匪之间有什么严格的约定，对我这样的好友至交，他总不能还守口如瓶吧？我心里如此想着，就觉得酒宴的时间格外漫长，真希望快点儿结束啊！

其实于伯父一家而言，抓不抓到绑匪，真的无关紧要，只要一家人安然无事就好。因此伯父对明智的感激真的是发自肺腑，不住地和明智碰杯。本来酒量就很浅的明智，此时早就面带赤色，但脸上的笑意却更加浓了。大家热烈地攀谈着，客厅中洋溢着愉快的笑声。至于每个人都谈论了些什么，似乎不重要。但是有一些话，我觉得有必要交代一下。

“谢谢你救了我女儿，我敢拍着胸脯保证，以后不管你遇到了什么困难，只要我能帮上忙，一定在所不辞。怎么样，今天你有没有需要我帮忙的？”伯父端起酒杯，一脸笑意。

“多谢！”明智开口道，“我打个比方如何？我的一个朋友，仰慕你家小姐已久，只是不知道您能不能同意他们结合？”

“哈哈……您真会开玩笑。只要这人人品没问题，我是不介意考虑一下的。”伯父郑重其事地回答道。

“当然，我的朋友可是一个虔诚的基督教徒，人品还会有问题吗？”

我感觉明智的玩笑开得太认真了，这也让伯父有些不悦，但是他没有发作。

“那就好。虽然我对基督教徒一向没好感，不过既然是您提出来的，我总会考量一下的。”伯父说。

“非常感谢您的支持。您可得时刻准备着，因为随时可能有人来贵府提亲，您刚才的话可不能不算数啊！”

听到他们的交谈，我如坠云雾。也许只是玩笑而已，但是谁也保不准他们说的就是事实。我不由得想起巴里摩戏剧中的一个人物——易罗德 · 霍姆斯。他和一个姑娘相识相爱，最终结合，完全是靠着一次偶然事件作为契机。如此想着，我的脸上便绽开了笑容。

伯父盛情招待明智，明智想要告辞时，伯父也再三留客。然而毕竟夜色已深，明智还是坚决告辞了。伯父深感抱歉，亲自把明智送到大门口，又把一个钱包硬塞到明智的口袋里，里面装着两千元现金。伯父再三强调这是聊表谢意。

既然走出了大门，我就无须顾忌什么，立刻把心中的疑问抛给了明智：“我想知道事情到底是怎样的，即使你对黑手帮许下了承诺。”

“哦，我可以告诉你，”没想到，明智回答得非常爽快，“我们找个咖啡厅吧，坐下来我和你慢慢聊。”

我们在一家咖啡厅坐下，特意挑了一个不是很显眼的位置。

“其实这个案子的突破口，就是现场没有脚印。”明智接过服务员送来的咖啡，娓娓讲了起来。

“我罗列了六种可能性。第一种就是，你伯父和警察都没有发现罪犯的脚印的原因是罪犯可能借助了野兽或者鸟类的脚，从而混淆了视听。第二种或许有些荒谬，就是盗贼或许有走钢丝的本领，能够不留脚印。第三种是，你伯父和牧田把罪犯的脚印踩没了。第四种是，你伯父或牧田中有一人的鞋正好和罪犯的一模一样。这四种情况，只要到现场就能判定发生过没有。第五种就是，根本就没有什么罪犯，你伯父只是为了某种利益上演了这出戏。第六种就是，罪犯就在现场，就是牧田。

“于是，我决定去一下现场，验证自己的猜测。所以第二天一早，我没惊动任何人就跑到T草原去了。如果能在现场把前面四种情况否掉，就只剩下了后面的两种情况，范围就会极大地缩小。

“然而，我这次去却发现了警察的疏漏。地面上有很多小孔样的痕迹，也许是被什么尖锐的东西扎过。这些痕迹都隐在你伯父和牧田的那些脚印中，且多数在牧田的脚印中。这些痕迹并不明显，不仔细看完全注意不到。我于是就想到了一种情况——学仆牧田虽然长得十分瘦小，但是扎着一条很宽的丝绸做成的黑腰带，上面打着一个大大的腰结，那么大，看着令人感到有几分好笑。但这一下子就让我把一起都联系了起来，我好像明白了事情的真相。”

说到这里，明智呷了一口咖啡。他充满期待地望着我，许是猜想我也能像他那样明白事情的真相吧？可是很遗憾，我的推理能力极差，明显要让他失望了。

“到底怎样了啊，你说啊！”

由于有几分窘迫，我大叫了起来。

“反正你只要知道我罗列的第三种和第六种情况都符合了就是。换而言之，绑匪就是学仆牧田。”

“牧田？怎么会？”我惊得眼珠都要掉出来了，“这肯定错了，牧田是多老实的人啊！”

“那难道是我错了？”明智面不改色，“你说说你认为有漏洞的地方，我再答复你。”

“简直是破绽百出啊！”我皱了一下眉头。

“首先，伯父说绑匪比他的个头儿还高，最少也得接近一米八了吧？你再看看牧田，他长得那么矮小，怎么会是他呢？”

“是啊，似乎是截然不同的两个人，但这才更值得猜疑，咱们日本人的个子普遍偏矮，这个罪犯却这么高，而且高得让人难以置信。但如果牧田借助高跷，自然就可以做到。而如果所用的高跷没那么高，我还不会怀疑到他。说到这里，你还不明白吗？牧田事先就把高跷带到了现场，然后绑在了脚上。因为是在晚上，他离你伯父的距离又有差不多二十米，你伯父自然是发现不了的。他拿了赎金回来，就得想方设法毁掉自己留下的脚印，于是他又找了借口留在现场，说是要看看绑匪留下的痕迹，其实是在破坏罪证。

“这么简单的骗局，你伯父没发觉，是有原因的。首先，绑匪穿着黑色衣服，牧田平常却一身素白，谁也不能联系到一起。他真是狡猾，你知道吗？那条黑色的丝绸腰带不只是个摆设，更是他的作案工具。黑色腰带那么宽，他的个子是那么矮小，他完全可以把自己整个裹进去，而别人绝对不会发现。”

这么拙劣的真相，简直让我大跌眼镜。

“哦，你是不是该告诉我，牧田也是黑手帮的？真奇怪，他们怎么搞到一块了……”

“天啊，你还没明白？你真是糊涂到家了。你们怎么都有迫害妄想症？你伯父、警察，还有你，怎么都会想到黑手帮呢？也是，我也清楚，在当时那种情况下，这么想情有可原。但是如果你不慌乱，我想不用邀请我来，你自己也能弄清真相。这件事自始至终就和黑手帮毫无关联。”

天哪，我的脑袋简直成了一团糨糊，明智越解释，我反倒越迷糊了。我脑海中充满了疑问，把我堵得透不过气来，我真不知道应该从哪个问题开始发问。

“你不是和黑手帮达成协议了吗？现在这么说是不是自相矛盾？再说，让我费解的是，如果牧田就是绑匪，那他怎么就无动于衷，任由一切发展呢？何况，牧田只是个学仆而已，他有多大能耐，能拐走富美子，甚至还把她藏了好几天？富美子离开家的时候，他可是一整天没出我伯父家的大门的。就他这人，能干出这件惊天动地的事吗？何况……”

“听你一说，还真是破绽百出啊！可是如果明信片上的那些内容你能破译的话，自然不会如此吃惊。你要知道那是一篇带有密码的文章。”

明智边说边拿出那天从伯父那儿借的明信片，就是有“弥生”两个字的那张。朋友们，为了更好地理解一切，请您把故事开头的那些内容再温习一下。

“如果没有读懂这个，我自然也想不到牧田那里。因此，这张明信片这次立了大功。起初我不能确定它就是一篇带有密码的文字，只是心里稍微感到疑惑而已。让我感到蹊跷的是，它来自富美子离开的前一天。我反复分析了上面的笔迹，虽然写明信片的人在极力掩饰，却依然能发现这出自男人之手。还有，你伯母曾提及过她询问富美子时，富美子的表情有些不自然。现在你来看这张明信片，写得非常认真，每列都有十八个字，极有规律。如果画一条横线的话，”说着，他就用铅笔画了起来，“你沿着我画的线仔细看，最上面这行全是汉字。你看是不是？”

“一好割此外叮袋自叱歌切。”

“你发现了？”明智把铅笔横过来，点着明信片说，“如果你认为这只是个巧合，就大错特错了。我认为这其中必有问题。那天回去之后，我就一刻不停地思考这点。我曾经对密码很感兴趣，所以解开这个也并不太难。我把第一行汉字先圈了出来，但我不确定那些代表什么，难道和汉诗或者某些经书有联系吗？查证后发现不是。我做了种种不同的推测，又发现有两处的字被擦掉了。如此工整的内容中，却有如此不和谐的地方，我有些讶异。被擦掉的都是第二个字，把它们去掉，难道是为了对应上文的浊音吗？若真如此，每个汉字就都表示一个假名，我轻松地想。可是再往下推论就颇费精力了，简直像爬山一样。还是让我来讲讲我最后的推断吧！总而言之，我发现汉字的笔画数目就是解开这个密码的神奇的钥匙，我们可以把汉字的左右两部分分开来看，比方说‘好’这个字，把它从中间一分为二，左右两部分都是三画，把这两个数字组在一起，就变成了‘33’。现在按照这个方法，把明信片每列的第一个字换成数字来看，就呈现为下面的图表：

原字	一	好	割	此	外	叮	袋	自	叱	歌	切
左面偏旁的画数	1	3	10	4	3	3	11	6	3	10	2
右面偏旁的画数	/	3	2	2	2	2	/	/	2	4	2

“你仔细观察一下，左面最多的笔画数是 11，右面最多的笔画数是 4。这其中是不是存在着某种规律？就像日语的五十音的排列次序一样。不过这也许是碰巧吧。我又试了下，把横排（即子音）连起来看，刚好是 11 个。把竖排（即母音）连起来看，‘一’字只有一笔，没有右偏旁，因此对应子音和母音都是第一的字。‘好’字左面偏旁和右面偏旁的笔画数一样，都是 3，所以对应五十音第三行第三列的字。按照这样的规律推断下去，就变成‘アスヰチジシンバシヱキ’，呵呵。这肯定也需

要破译，我最后把它们翻译成‘明天一点新桥站’。看来这个人熟悉密码，并且在利用密码和姑娘约会，把时间和碰面的地点都交代了。所以，这张明信片只是男女私会的信物，除此以外，我想不到别的。因此，这件事根本就和黑手帮没有什么关系。如果要确认绑架案是黑手帮干的，就得首先明确知道寄信人是谁。可是除了富美子，再没人认识寄信人，这真是奇怪啊！如果把牧田的所有举动联系上，就不存在什么疑惑了。我想富美子是自己离家出走的，因为无法跟父母交代，所以只能写信给父母请求谅解。但是阴差阳错，牧田不小心发现了富美子的秘密，知道她瞒着家人和男子交往，而牧田因为自身的缺点，特别敏感多疑，嫉妒之下，他就撕了富美子写给父母的信件，自己冒充黑手帮发出了恐吓信，并送到了你伯母面前。因此，这封恐吓信没通过邮局寄就解释得通了。”

明智一口气讲了这么多，似乎有些累了，停顿了一下。

“真是意想不到啊！可是……”我还想继续问下去。

“先别急着打断我，”明智继续说，“我调查过现场以后，就顺便来到你伯父家门口，我知道牧田一定会出来。后来，外出办事的牧田果然出来了。我引诱他来到了这家咖啡厅，也坐在今天的这张桌子前。我起初和你一样，给他贴上了忠厚老实的标签，认为他之所以参与此事，必然有自己不得已的苦衷。因而我再三表示，他所说的一切，我不会让第三个人知道，我会竭尽所能地保守秘密，还能适当地给予他一些帮助。也许是被我的诚意打动了吧，他终于吐出了他的秘密。

“服部时雄，你是不是认识？要知道，他是一个虔诚的基督教徒，也正因为如此，你伯父对他向富美子求婚的行为大动肝火，甚至下了通牒，再也不准他登门拜访。可怜的服部时雄，真的是伤心至极，又无能为力——老人们棒打鸳鸯真是不应该。你伯父根本没发现他们还有来往，而且正处于热恋中。富美子小姐毕竟还很年轻，有些意气用事，一气之下就离家出走了。她的想法过于简单。她以为做父亲的总会谅解亲生女儿，她以为虽然宗教分歧不可避免，但只要把生米煮成熟饭，谅你伯父也不能把他们怎样，所以她就想出了离家出走的办法，自以为非常聪明地想用离家出走让你伯父妥协，从而接受他们的婚事。于是，相爱的两个人一声不响地到乡下的朋友那儿快活去了。听说他们给家里写了好几封信，可惜都被牧田私自毁掉了。为了案子，我亲自到千叶县跑了一趟，这对人儿根本不晓得因为他们，家里的人被折磨得多厉害。他们只顾着谈情说爱，根本无心关心家中的事。我费尽口舌，同他们讲了一夜，最后允诺说服你伯父同意他们的婚事，才勉强把富美子带回家。现在看来这个目的能达到，因为你伯父今天的口风松动了许多。

“我们再谈谈牧田，他也被卷进感情的旋涡了。要知道，这个可怜人在我面前毫不掩饰地落泪。虽然他并不出色，可是也有心上人，是什么样的女子我不了解，但感觉对方给他提了金钱的要求。为了讨好那个女人，他必须付出大量的金钱。本来他设想好了，富美子没回来之前，他就离开你伯父家。爱情真是具有魔力的东西，这样一个憨厚老实的男子，竟然大费周章设计出这样一个圈套来，真的完全是被爱情驱使啊……”

听完所有的细节，我深有感触，不由得长叹一口气。这事真的是值得人们深思啊！

也许是讲话太多，明智显出一副疲倦的样子，我也没什么可说的了，于是我们都一言不发，只是长时间地对望着。

后来，明智好像忽然清醒过来似的，对我说道：“咖啡都凉了，咱们回家吧！”

我们要分别了，互相告别前，明智忽然想起了什么，他把伯父表达谢意的那两千元钱连同钱包，都塞到了我手中。

“如果你什么时候方便，替我把这个转交给牧田，就当作他结婚时我送的贺礼吧！你难道不觉得他很值得同情吗？”

我笑了，答应得非常爽快。

“人生如戏啊！真没想到，我竟然还当了一次月老，见证了两对年轻人的爱情。”明智一面说着，一面露出了会心的笑容。

幽灵

“这一次可以放心了，辻堂终于死翘翘了！”

平田氏听到得力的手下跟自己说这些的时候，被惊得目瞪口呆。早就听闻辻堂长卧病榻，但他一直对自己怀有敌意，似乎处处都要和自己作对。这个人说话十分毒辣，曾扬言要平田氏的命，要是他死的话，也要先亲自杀了平田氏。这样的人竟然死掉了？

“你没搞错吧？”平田氏显然对此很怀疑。

“我怎么会错？家里都给他出丧了呢，我都看到了。而且我为了确认消息的真假，还跟他的邻居打听了一下，他真的死了。他只有一个儿子，两个人生活在一起。现在父亲没了，他儿子在棺材旁哭得昏天暗地。他儿子一点儿也不像他那么刚强，怎么看都是个十分软弱的人。”

听到手下这么讲，平田氏反而有些失落之感。为了防范辻堂，平田氏给院子加建了坚固的水泥院墙，不仅如此，还在墙头镶嵌了碎玻璃；为了获得更多的保护，门前的那栋房子几乎是送给警察白住了；为了壮胆，他让两个长得身强力壮的学仆上门住下，外出总是选择白天，而且总是和那两个学仆一起，晚上就闭门不出了。之所以如临大敌，都是因为有辻堂这个危险人物的存在。平田氏家现在比较富裕，可这都是他一点点积累起来的。有时不得已，也会采取一些非常手段，做一些违背良心的事情，于是恨他的人慢慢多了起来，辻堂是其中表现得最疯狂的那个。这个疯子，总是让自己不知如何是好，如今，他变成了孤魂野鬼，平田氏紧绷着的那根弦慢慢地松了下来，可是又无端地有几分怅惘，像是感受到了寂寞。

平田氏非常小心，在听到消息的第二天，又到辻堂家附近转了转，听了一下人们的议论，确认手下没有撒谎。他对辻堂的戒备心一下子消失得无影无踪，感觉浑身轻松无比，心情也明媚了起来。

平田氏忽然变得这么快乐，家人都有些不太适应，因为以前他总是拉着脸，表现得十分严肃。不过平田氏并没有笑多久，很快，阴郁又笼上了他的脸，家人也只能战战兢兢地小心伺候。

辻堂死后三天，一切都很平静。第四天早上，平田氏一如平常那样靠着椅背，心不在焉地翻看收到的邮件。在杂乱堆放的信件中，有一封信让他的脸“唰”的一下子就阴沉了下来。虽然那封信写得十分潦草，但是平田氏却再熟悉不过那字迹了。

> 也许我死后很久您才能收到这封信。得知我已经死去的消息，您是不是会拍掌叫好呢？您担心了那么久，这回总算不用再把心提着了。但虽然我的身体死掉了，灵魂却不灭，而且我保证一定会把你弄死。您是有很多防范的招式，可是那只能对付活人，对我是无济于事的。我早已变成了轻飘飘的鬼魂，来去自如，您有再多的钱，再怎么提防也是白搭。我虽然病卧床榻，可是我早就发过誓，不杀死你绝不为人！这几十天对我来说真是折磨，因为我时刻都在想怎么才能除掉您。如果不能杀死您，我该怎么办？您得百倍千倍地小心了，因为冤魂不散，杀伤力不可估量！

这封信除了少数汉字外，几乎都是片假名，理解起来相当不容易，但平田氏读懂了大体内容。看这封信字迹杂乱无章，就能想到辻堂写的时候一定费了很多力气，他一定嘱咐过他的儿子，在他死后再把信邮寄出来。

“这是在恐吓我吗？竟然用这么幼稚的方法！一定是他生病时间长了，又老糊涂了，说的简直就不是人话！”

可是随着时间的流逝，平田氏感觉越来越不安。他越来越相信恐吓信里所说的会发生，他不晓得对手会采取怎样的行动，也不知道怎么进行防守。越这么想，他就越恐惧。他忧心忡忡，而且神经严重衰弱，经常整晚整晚地睡不着。

辻堂虽然死了，可是他儿子还活着，这让平田氏不安。虽然辻堂的儿子胆小怕事，但是如果他要为父亲报仇，非要杀死自己的话，也很棘手。所以，平田氏就把以往派去盯着辻堂的那些手下，改派去盯着他儿子了。

几个月过去了，没有什么事情发生，虽然平田氏精神还是非常紧张，并且依然睡不好，但是他所担心的鬼魂事件并没有发生，辻堂的儿子也老老实实的。所以，平田氏认为是自己精神过于紧张，才有了那些不必要的忧虑。可是，当他慢慢地放松警惕时，一天晚上，一件意想不到的事儿发生了。

这一天，平田氏难得有了兴致，在书房里写些东西。天慢慢变黑了，小区里慢慢安静下来，没有了人声，只是偶尔从远处传来一两声狗叫。

“您的这个寄来了。”

家里的学仆轻轻地走了进来，把一封信放在书桌的一角上，又轻轻地退出去了。

从表面就能明显看出里面装的是照片。十天前有个会社组织了一次庆祝会，平田氏也参加了，并和发起人一起合过影，想必是那照片洗了出来吧。

平田氏对于聚会之类并没有什么兴趣，此时正赶上他写字写得太久，感到疲倦了，就趁着休息顺手把信封打开。他只是瞟了一眼，就“砰”的一下把信扔到了桌子上，似乎受到了莫大的惊吓。不仅如此，他眼神里还充满了恐惧。随后，他不安地查看着屋子的四周。

时间一点一点地流逝着，过了很长时间，平田氏才壮着胆子去拿信封里的照片，却仍然是仅仅瞟了一眼，就又吓得扔掉了。他就这样捡起扔掉，扔掉捡起，反复了好多次，才终于安静下来，认真地看那张照片。

天哪，那个人怎么会出现在上面！平田氏以为自己产生错觉了，就使劲儿搓着眼睛，还把照片反复擦了几下。可是那个影子仍然清晰地在照片上面！他感到毛骨悚然，忍不住把照片扔到火炉里去了。他再也不敢回头，一口气跑出了书房，恨不得自己长出飞毛腿来。

那个邪恶的家伙，辻堂的鬼魂终于出场了！

平田氏清楚地看到，在前面的七个发起人身后，辻堂幽灵般地出现了，他的脸上如同戴着一个面具，阴森可怕，眼睛里充满着仇恨，直直地盯着平田氏。

平田氏被吓得浑身发抖，他跑到床上，用被子把自己紧紧地包裹起来，可是凉意还是一阵阵袭来。直到天亮以后，阳光照射了进来，平田氏才稍微有了点儿活力。

“太荒诞了！肯定是我眼睛花了，所以没看清楚。”

平田氏自言自语着，再次走向自己的书房。阳光暖暖地照进来，昨天的一切恍如做梦一般。平田氏想再看看那张照片，可是昨天冲动之下已经把它烧没了，只留下一堆灰烬，只有包裹照片的那张纸，静静地躺在桌面上。原来昨天的经历全是真实的。

回头仔细分析一下，这件事真的让人感到恐怖。辻堂的面孔出现在那张照片上，已经够可怕的了，偏偏还有之前的恐吓信。难道这个世上真的有鬼魂存在吗？或者说自己之所以能把照片看成那样，是因为受到了辻堂的毒咒，精神早已不正常了？真是可怕！

平田氏魂不守舍，在之后的两三天里，他的脑中全是照片一事。会不会是辻堂也去过那个照相馆，工作人员洗照片的时候，无意中把他的底片和自己的照片底片重叠了，并洗了出来？平田氏马上派人去照相馆调查，可是照相馆根本没有任何失误，而且辻堂根本没有留下去过那里的记录。

一周后，一个自称是某个会社经理的人给平田氏打来了电话，平田氏抓起话筒，可是，里面传来的却是一阵稀奇古怪的笑声。

“嘿嘿……嘿嘿……”

声音显得十分遥远，平田氏正这么想着时，声音又清晰了起来，就像发出笑声的人正不怀好意地站在自己身边一样。那人对别的丝毫不感兴趣，只是自顾自地一个劲儿发笑。

“你是 × 先生吗？喂，听到我说话了吗？”

平田氏恼羞成怒，禁不住大声喊了起来。那个声音越来越小，最后完全消失了。接线员的声音响了起来：“先生，请问您要接什么号？”

平田氏的手都抖了起来，“啪”的一声把电话挂掉了。他呆呆地凝视着屋内一个角落，一动不动。忽然，他意识到，那不正是辻堂阴魂不散的笑声吗？这简直太恐怖了。平田氏把目光转向电话，电话似乎变成了一件不祥物，然而他的目光始终挪不开它，他就那么一边盯着电话，一边慢慢倒退着向屋外走去。

平田氏失眠得越来越厉害了。他入睡总是十分困难，入睡后却又噩梦连连，时常被梦惊醒并尖叫。家里的人对此都十分忧虑，建议他去找医生看看。如果平田氏还是个孩子该有多好，那样就可以扑进妈妈的怀里尽情倾诉了，他可以将自己最近的遭遇一五一十地告诉她。可是这只能想想罢了，他在人前还必须掩饰自己的情绪：“这有什么啊？只是没休息好罢了。”他也只能这样敷衍过去，因为他既不想拂了人们的好意，也不想去见什么医生。

又是几天过去了，平田氏所在的会社要召开股东大会，他必须在会上发言。原本这半年左右，会社业务一直蒸蒸日上，业绩简直能用“前所未有”一词来形容，并没有什么难题需要平田氏操心，他只需走走过场而已。在一百名左右股东面前发言，对他来说简直是家常便饭，因此可以预想，他的发言一定会顺利。

可是他的发言并没有一直顺畅地进行下去。（发言的时候，他一直都在观察下面股东们的反应。）他忽然就呆住了，不说也不动，简直令人捉摸不透。

那其实是因为他猛然发现，在众多的股东后面，出现了一张和辻堂一样的脸，而且那人眼睛一眨不眨地盯着他。

“我刚才列举的事例……”

平田氏使劲儿压住心里的慌张，把嗓音提高了几分，继续说下去。可是无论如何，他感觉那张讨厌的脸一直在。他六神无主，话也说得颠三倒四。他觉得那张和辻堂毫无二致的脸上，似乎浮现出了不屑一顾的神情。

平田氏完全乱了方寸，他都不知道自己是怎么发完言的。他给大家使劲儿鞠躬后，直接离开了主席台，大家都一脸惊异地望着他，他却向门口走了过去，他想找到那个不怀好意的人。可是无论他怎么寻找，那张脸却再也没有出现。为了排除这颗定时炸弹，他重新回到主席台上，那张脸出现位置附近的每个股东，他都仔细地打量了一遍，可是这次连与辻堂长得相似的人也找不出来了。这个会场在大厅中，每个人都能进出自如。也许只是有个人长得和辻堂相像，而当平田氏要寻找他时，他早就离开了大厅？可是相似度如此之高，不让人怀疑吗？平田氏不由得又想起辻堂的信里所说的那番话。

从此，辻堂就如同鬼魂一般，无处不在。平田氏到剧场看戏的时候会遇到他；去公园的时候，只要夜幕降临，那张脸就会出现在夜色中；平田氏回自己家的时候，那个影子也会在门口游荡。只要平田氏不死，那鬼魂恐怕就会一直纠缠他。有一天，夜已经很深了，平田氏的轿车刚要驶进大门，里面飘出来一个人影，刚好擦着车子经过。在这一刹那，平田氏随意地往车外看了一眼。天哪，那是辻堂的脸！这时候，正好家里的学仆和女佣出来迎接平田氏，等到平田氏让司机查看的时候，那人早就消失得无影无踪了。

“难道辻堂是诈死吗？他故意准备了这一切来折磨我？”

平田氏竟然冒出了这样的念头。可是那些整天监视着辻堂儿子的手下，却一直向自己汇报说什么事情也没发生。辻堂倘若没死，怎么会这么久都不去看看他的儿子？至少要见一面吧？然而却没有。最让人费解的是，这个人怎么会对自己的行踪了如指掌呢？要知道，平田氏为人低调，外出的时候往往连家里的用人都不会告知，家里的人大多时候对平田氏的行踪都不了解，所以那个人如果要做到如影随形的话，只能时刻盯着平田氏的车子，他应该一直埋伏在平田氏家门口的某个角落吧？可是平田氏家周围十分僻静，如果有别的车辆出现，肯定会被发现。如果他是打车过来的，车会停在哪里？如果他是走着过来的，那似乎就更不可能了。这么思来想去的，平田氏感到烦躁不已，难道真的是辻堂的鬼魂吗？

“看来我似乎是精神错乱了。”

可是，即使是退一万步来讲，自己真的精神错乱了，为什么还会感到如此恐惧呢？平田氏觉得自己被绕进了一个怪圈，无法自拔。

突然，他脑中灵光一闪，想到了一个好办法。

“希望这样能得到我想要的答案，嘿，我怎么总是慢半拍呢？”

平田氏一刻也不耽搁，快步来到书房里。他拿起纸笔，给保管辻堂户口簿的村公所写了一封信，要求对方给把辻堂的户口簿副本邮寄过来。当然，他是以辻堂儿子的口吻写的。如果辻堂的户口簿上显示他还在，那么一切就水落石出了。“但愿真的如此。”平田氏甚至为此在心里祷告。

户口簿副本是几日以后邮寄来的。这一次，平田氏有了深深的失落。

在户口簿副本辻堂的名字上，赫然有一个红红的叉子，而且辻堂死亡的具体时间精确到了小时和分，包括申报死亡的具体时间，上面也都记录得清清楚楚。按照记录来看，辻堂是已死无疑了。

“您最近看起来有些憔悴啊，是不是哪里不舒服？”

平田氏身边的人都关切地问。平田氏也忽然觉得，自己似乎真的是一下子就老了，白发也一下子增多了不少，根本不是两三个月前的样子，和那时简直判若两人。

“要不要出去走一走，顺便休养几天？”

医生提出了建议。家里的人前一阵子都束手无策，所以也趁机劝他出行，顺便去疗养。自从辻堂的那张脸出现以来，平田氏感觉自己整个家都不安全了，所以他也想离开家出去走一走，于是便答应了下来。他的计划是去一个温暖的海滩，那里离家很远，应该不会被打扰。

平田氏于是开始忙碌起来，写信去旅店预订房间、整理自己所需的随身物品、考虑带哪个用人去照顾自己……因为一直都在考虑这些，所以平田氏暂时忘却了烦恼。他甚至像年轻人那样，对这次旅行充满了憧憬，也显得十分快乐。

看到大海，平田氏整个人都放松了下来。大海的景色美不胜收，当地人淳朴好客，加上旅店里也十分舒适惬意，平田氏感到十分满足。一般的海滨浴场过于喧哗，作为温泉小镇，这里却透着宁静与简单。平田氏每天的生活就是去泡泡温泉，无事时到海边徐徐散步，时间不知不觉地就过去了。

那张可怕的脸，应该不会出现在这个地方，所以平田氏的心情每天都十分轻松愉快。

这一天，他突然来了兴致，顺着海滩走出去很远。他就那么信马由缰地走着，走着，却浑然没有意识到，夜幕已经悄悄降临，沙滩上早就没有了人影，只有海浪在一遍遍地拍打着岸边，似乎暗示着有什么事儿要发生。

他赶紧转身往旅店赶。因为走出太远了，他担心自己只往回走到一半，天就彻底黑下来了，所以越想越慌，脚步也快了许多。他气喘吁吁地走着，以至于浑身都被汗水打湿了。

但是，平田氏总有种错觉，身后似乎总是响着一个人的脚步声，并且那人一直紧追着自己。他扭头去看，却什么也没发现。那些松树在夜晚显得影影绰绰的，那里边不会藏着什么人吧？平田氏心里非常不安。

平田氏又赶了一段路，忽然看见前面的小丘上似乎有一个人。他感觉不再那么害怕了，于是加快了步子，想和那人说上两句。那人兴许能给自己点儿力量吧？

走近了，平田氏发现那好像是个老男人。那人背对着自己，只能看到他静静地蹲在那里，好像是在沉思的样子。

也许是被平田氏的脚步声惊到了，那人猛地把身体转了过来。一张惨白的脸，被夜色衬得是那么的醒目。

“天哪！”

平田氏一下就跳了起来，狂喊着转身就逃，他的叫声里充满了恐惧。虽然他已经到了知天命之年，此时的速度却绝不亚于一个参加跑步比赛的小学生，那真是一路狂奔啊！

刚才他看到的，竟然是过堂那张瘆人的脸！

“小心脚下！”

平田氏只顾发了疯般狂奔，完全没有注意到脚下如何。真是不幸，他不知踩到了什么，一下子摔倒了。一个年轻人发现了，连忙赶来查看：“没事儿吧？天哪，您流血了！”

平田氏的脚指甲被碰掉了，疼得他差点儿晕过去。年轻人取出一块崭新的手帕，十分有经验地帮他把伤口包扎起来。此时的平田氏已经因为惊恐与疼痛，走不了路了，年轻人只能抱着他回到旅店。

平田氏以为自己第二天肯定也无法行走，结果情况并没有那么糟糕。经过一晚上的休息，他的精神恢复了许多。只是脚上还有伤，不能随意走动，其他的并无大碍。

早饭刚过，那个年轻人就登门拜访。原来，他和平田氏住在同一个旅店。平田氏先表达了自己对年轻人的感激之情，然后就和他闲聊了起来。平田氏此时急需一个可以交谈的对象，何况对方还是一个对自己有恩的人，所以他显得十分兴奋。

没想到用人退下后，那个年轻人就郑重地开口道：“可能您没发现，我早就注意到您了……您似乎遇到了什么事儿，能不能和我讲讲？”

平田氏十分惊愕，一个刚刚和自己认识的年轻人，究竟想要了解什么呢？难道是辻堂的事？要不然的话，他也不会这么唐突地提问吧。可至今为止，平田氏从没跟外人提起关于辻堂鬼魂的事儿，因为这简直太荒谬了！

所以，对于年轻人的问题，他虽然作答，却并不想全盘托出。

但不知道这年轻人是不是太会说话了，他竟然让平田氏像中了魔似的，在不知不觉中，把所遭遇的事情全都倒了出来。平田氏无意间的一句话，都会让他抽丝剥茧般地继续问下去。兴许普通人随意一问，平田氏还可以想办法敷衍过去，但这个年轻人，却让平田氏不得不做出回答。他谈话总是十分巧妙，慢慢地就引导着平田氏不由自主地把一切说了出来。平田氏完全失去了自控能力，再也无法回避这个话题，向这个年轻人说出了关于辻堂鬼魂的一切。

这个年轻人了解到所有的细节后，又用他高超的谈话技巧，自然地让平田氏和他聊起了其他话题。当他非常礼貌地向平田氏告辞时，平田氏不仅没有因为被他套出自己的秘密而感到愤怒，相反，他觉得这个年轻人十分诚恳，值得信任。

就这样平静地过了十几天，虽然平田氏已经不太喜欢这个地方，但是脚伤还未痊愈，回到自己家里也会感到寂寥如故，所以就继续留在了旅店。何况那个年轻人经常来找自己聊天儿，他十分风趣，总能让平田氏感到轻松，这也是平田氏选择留下来的主要原因。

这天，年轻人又登门看望平田氏。他颇有意味地冲平田氏微笑着说道："那个鬼魂彻底消失了，如今您去哪里都安全了。"

这句话来得有点儿突然，平田氏没完全理解，一下子呆在了那里。他情绪纷乱，除了惊异外，还有种被人戳到痛处的烦闷。

"我忽然说这些，您也许不能一下子接受，不过，我是认真的。那个鬼魂再也不能兴风作浪了。您看这个！"

年轻人的手里握着一张电报，他打开给平田氏看，上面的内容是这样的：您真是料事如神。罪犯已经认罪，请您指示下步行动！

"这封电报是我在东京的一个朋友发过来的。现在很显然，辻堂的鬼魂，确切地说，应该是辻堂本人，他已经招供了。"

这简直太突然了！平田氏愣了一会儿，有些怀疑地看着电报，又把目光投向年轻人。

"跟您解释下啊，我原本就对侦破案件有兴趣，特别是世上那些稀奇古怪的、一时毫无头绪的案子，更是让我着迷。如果能把它们破解，我就感觉特别自豪，我最大的乐趣就在这里。"年轻人微笑着解释说，"不久前，我从您这里得知了这个古怪的案件。由于天天面对刑侦案件，所以我立刻感觉这件事不太正常。从我的角度看，您应该也不是轻易会被鬼魂吓到的人。您只是被假象所迷惑，这个鬼魂并不能去所有的地方。当然，您可能认为他既然能跟着您来到海滩，一定神通广大，可是仔细分析后，就能发现他基本都出现在户外，即使进入室内，也是出现在剧场和大楼那种人流复杂、能够自由出入的地方。如果他真的是鬼魂，怎么会受到限制呢？如果他真的要报复，直接找到您家里岂不是更省事？而发生在您家里的，也只有照片和电话事件，还有在你家门口晃了一下而已。鬼魂怎么会甘心如此呢？所以，我反复斟酌，总算把他逮住了，尽管其中过程颇为曲折，也耗了些时日。”

年轻人解释了这么多，平田氏还是感到难以置信。他曾经对辻堂的死产生过怀疑，也讨要来了户口簿副本，然而他并没有找到真相。

这个年轻人究竟采取了什么手段，能让辻堂乖乖就范呢？

“这并不难，这个家伙的手法其实非常容易识破。只是可能大家都没往那方面想，所以导致情况越来越复杂。不过，他表演的那场葬礼还真是生动啊，谁承想他会演戏？谁也料想不到小说中的情节，竟会被搬到东京的真实生活中啊。再说，辻堂还和儿子断绝了来往。他还真是冷酷，这和他的作案手法也一致。他的高明之处就在于，他掩藏了自己所有真实的情感，做出人们的惯常思维想不到的举动。人们总是习惯以己度人，只要第一判断出现错误，就会一直错下去。再说鬼魂的出现也被安排得天衣无缝，和你说的一样，不管他如影随形地跟着哪个人，相信这个人都会对此感到恐惧。还有户口簿副本的证明，让他的死亡显得再真实不过了。”

可是让我疑惑不解的是，他怎么会对我了如指掌，我到哪里，他就会去哪里？户口簿总不会出错，对吧？真是搞不明白。”平田氏渐渐被年轻人的解说吸引，插话道。

“嗯，我也注意到了这点，所以我就在想，有没有什么办法，可以让这些看似充满矛盾的事实变得合情合理。于是，我发现了这些事件的共同点——一件芝麻大的小事儿，却对破案极有帮助。这几件事，竟然都和邮件有密切关系。照片是邮来的，户口簿副本也是。甚至您这次旅行，也曾通过邮件确认。

“哈哈，您这回听懂了吧？辻堂显然在您家旁边的邮局里做了职员。不过他肯定乔装打扮过，您不可能认出他。您邮出去和收到的所有信件，都被他偷偷看过——打开信封很容易，只要用蒸汽高温处理就可以，不会留下什么痕迹。照片和户口簿副本，想必都被他处理过。他阅读了您的来往信件，知道了您要旅游的去处，因而不是非得值班的时候，他就会找个借口溜出来，找到您，冒充一下鬼魂。”

“也许稍微多用点儿时间，能把照片合成那样，但是我不理解，户口簿怎么能造假呢？”

“这个用不着造假，他只要模仿户口管理员的字迹就行了，户口簿的纸张都是特制的，想要去掉点儿什么不容易，但如果只是加上几个字，绝非难事。再说了，即使是政府的文件有时也会出现疏漏，这么说可能有点儿不好听，但是，户口簿是证明不了一个人是活着还是死去的。当然，户主的资料是很难进行更改的，如果是家庭其他成员，想必只要画上一道红线，那个名字立马就会消失。并且其他的人，不管是谁，对政府的文件都不会产生任何怀疑。因此，我通过您得知了辻堂的户口所在地，就写信又跟他们要了一份户口簿副本。两下一对比，自然真相大白。您看看这本。”

年轻人从怀中又掏出了一份户口簿副本交给了平田氏。平田氏仔细一看，上面的户主已经变成辻堂的儿子，辻堂的名字则被写在下面的一栏里。看来，辻堂早有装死的预谋，所以提前把户主让给了自己的儿子。户口簿副本只说明了他不再是户主，却证明不了他是否死亡，因为辻堂的名字上面没有被画上横线，也没有“死亡”二字。

这个案件是由明智小五郎侦破的，他就是故事中的那个年轻人。经过这个案件，他成了企业家平田氏的好朋友。

顶楼的散步者

第一节

乡田三郎认为自己最近的状态很不正常，因为他感觉自己百无聊赖，不管是做事情还是干工作，甚至玩游戏，都完全提不起兴趣。

他在校的时间很少，毕业以后，他也曾尝试做一些简单的工作。但是迄今为止，他都没有找到能倾注热情的职业，或许这样的职业根本就没有。因此，他的工作时间从来没有超过一年，最短的一次只有一个来月。他像不断弹跳的青蛙一样，换了一份工作，再换一份工作，最后，他终于清醒。如今的他不再热衷于对工作的寻求，只是日复一日地打发着流逝的光阴，真正是无聊至极。

夸张的是，日常的娱乐活动以外，乡田三郎买了有关娱乐活动的百科大全，他像大海捞针一样，在里面不断翻出纸牌、网球、游泳、登山、围棋等活动，甚至对赌博，他也进行了研究。各种娱乐像天上令人眼花缭乱的飞花一样，不断向他扑来，但是就像对待工作那样，他对任何一种娱乐活动都毫无热情。这个世上，很多男人对女人和酒有热情，其中的快乐能让许多人醉生梦死。但是，不可思议的是，我们的乡田三郎先生对此显得相当冷漠。或许是他的身体不宜饮酒？他竟然酒不沾唇。在女人面前，他并不是柳下惠，他也会流连花丛。但纵然如此，他仍然感到空虚和寂寞。

“如果一直这么无所事事，还是自我了结吧！”

这样的念头，经常会出现在他的脑海里。不过，蝼蚁尚且偷生，他虽然口头上时常念叨着要死要活的话，但是他还是活着，就这样平淡无奇地过了二十五年。

按照惯例，他的亲友每个月都会或多或少给他打一些钱过来，所以即使他什么也不做，生活也不会过于艰难。虽然这些帮助只能保障他的日常开销，他率性而为的习惯却一点儿没有改变，他最大的乐趣就是拿这些钱来哄自己开心。举个例子，有了钱之后，他可能会赶紧给自己更换一个新的住所，就像他对待工作和娱乐那样。他甚至对东京所有的寓所都了如指掌。他在一个地方停留的时间，不会超过一个月，甚至才半个月，他就会像走马灯似的赶往别处。自然，有时候他也想逃离这些住所，满世界地自由漂泊，或者像隐居的神仙那样，归隐深山老林，可是早已习惯了红尘都市的生活，他怎么可能忍受得了那种荒凉与孤独？像无形中被都市牵绊着脚步，哪怕他非常渴望出去走走，但总会不由自主地返回东京。每到这种时候，他只能给自己再更换一次住所。

这一回，他把家安到了东荣馆，那里刚刚建成，屋子里还有些潮湿，墙壁也不太干燥。

这篇小说以乡田三郎的杀人案为主要内容，可是在进入故事之前，我必须补充一下，乡田三郎作为故事的主角，有一位不可或缺的朋友明智小五郎，那是一位业余侦探，对那些刑事案件颇有兴趣。

他们两人在一个咖啡厅里不期而遇。那时和乡田同来的朋友中，有一位和明智相识，就让明智和乡田三郎互相做了介绍，他们就认识了。当时，明智英俊的外貌和不俗的谈吐，深深吸引了乡田三郎。从此，乡田三郎就时常去明智家，明智也会到三郎家走几趟。明智也许是被三郎不同于常人的性格所吸引，没准儿会把三郎当作研究对象，而三郎却只是单纯地喜欢听明智口中形形色色的案件。

那些故事里，有人把自己的同事杀死后，扔进实验室里的火炉毁尸灭迹，这是有关韦伯斯特博士的案件；有的主人公知识广博，精通多国语言，并且在语言事业上颇有建树，这是尤金埃拉姆的杀人案；有人在文艺评论上成就斐然，但却是罪恶的化身，这是韦恩莱特的案件；有人要为父亲治疗麻风病，狠心把小孩臀部的肉割下油煎，这是野口男三郎的案件。所有这些令人毛骨悚然的内容，都会让无聊至极的乡田三郎感到新鲜刺激。一听到明智口若悬河地讲这些故事，他就会在脑子里进行联想，那些场面，似乎正无比清楚地展现在他眼前，让他感受到一种神奇的魔力。

和明智相识虽然只有两三个月的时间，但是三郎似乎早就忘却了生活的平淡无奇。他开始对有关犯罪的书籍感兴趣，不仅大量购买，还每天废寝忘食地进行阅读。读完一本书后，三郎总会感叹道："天啊，真是闻所未闻的故事！"他会沉浸其中不能自拔，并且展开丰富的联想，幻想自己成了书中的主角，书中那些不寻常的事情是自己的亲身经历。

即便这样，三郎也不会真的让自己变成故事中的那些罪犯。他不能不考虑父母、兄弟、亲戚这些身边人的感受，也忍受不了人们对自己的鄙视，当然他缺乏的还是那种奋不顾身的精神。而且书中的那些罪犯虽然都很有智慧，他们的计划也几乎无懈可击，但是无论他们考虑得多么周密，都会留下破案的线索，只有微乎其微的案例中的罪犯能躲开警察的追踪，三郎最害怕的就是这。不过三郎的致命弱点就是，他虽然对什么事情都提不起兴趣，却非常热衷于"犯罪"。所以，他把所有的书都读完以后，就开始模仿"犯罪"了。因为不是真正的犯罪，所以他不必担心自己会被警察盯上，因为一切还没有成为事实。

以前他对浅草感到十分厌烦，但是作为热闹的娱乐场所，对于喜欢犯罪的人来讲，这里绝对是一个好地方。浅草的空中悬挂着各种各样的玩具，颜色烂俗，仿佛是被小孩子掏空了玩具的箱子。三郎经常光顾这里的电影院。影院外边那些狭窄的胡同儿，还有公共厕所后面闲置的空地，虽然人迹稀少，却是三郎发现的新大陆。

在这些地方，对于自己的"犯罪"游戏，三郎玩得乐此不疲：他会拿白色粉笔在墙上画上箭头儿，假装是在和犯罪同伙进行联络；每当看见有人衣着华贵，他就想象是遇到了富贵之人，便冒充小偷，紧紧尾随其后；有时他会在纸条上写下莫名其妙的符号（这是他臆想的某个杀人案的场景），然后趁无人之时放到公园的椅子缝里，再得意地躲藏在某棵树的后面，观察是否有人发现了字条。

因为要到不同的地方，所以三郎经常改变自己的装扮，他会打扮成工人、乞丐，或者学生的模样。他最热衷于男扮女装，他把自己的和服和心爱的手表全都变卖了，只为了有钱来买那些价值不菲的假发套和女人的各种衣服。每次换女装，三郎都要花费不少时间。他常常从头到脚装扮成女子的模样，在夜深人静的时候，走出自己的住所，到了他感觉合适的地方，就把外套脱掉。有时他还会前往那些静悄悄的公园，或者在电影开始后进入影院，挤到男子席[1]，装成妖媚的女人调戏那些男人。由于时常以女人的样子出现，三郎常常错以为自己真的就是妲己，抑或人们所说的狐狸精，每次捉弄完那些男人，他都有种恣意妄为后的窃喜。

经常模仿罪犯的样子，弥补了三郎生活上的空虚，过程中出现的小插曲也能让他感到些许安慰。但是，模拟犯罪始终只是模拟，少了一些犯罪的激情——很多人都把犯罪的激情看作犯罪产生的魔力。由于缺少了激情，三郎玩“犯罪”游戏的热度慢慢降低了。只过了三个月左右，他就已经觉得这种游戏索然无味了。慢慢地，他和以前自己非常崇拜的明智之间的来往也少了。

[1] 男子席，日本大正年间（1912—1926），影院里分设男子座席和女子座席。

第二节

前面的讲述，想必可以帮助读者们了解三郎特殊的“犯罪”癖好，以及他和明智小五郎的那些交往。现在我们就开始进入正题，从乡田三郎的新公寓说起，看看在东荣馆这里，乡田三郎的生活会不会有什么新意。

在东荣馆没有建成之前，三郎就急不可耐想搬来了，所以公寓刚建好，他就首先住了进去。当时的他，和明智已经结识一年左右，早就觉得以前热衷的那些模仿犯罪的游戏索然无味了。因为无所事事，所以时间变得格外漫长难挨。他也曾试着去和新寓所周围的人交往，时光似乎也过得快了那么一点点。可是总是套用同样的表情和言辞，去和人们虚伪地周旋，这简直是无聊至极的折磨！于是虽然三郎到了新处所，认识了一些面孔，但是热度只维持了一个星期，对于生活，他又周而复始地感到了厌倦。

不知不觉，三郎搬到东荣馆已经十几天了。每天都处在愁闷之中的他，忽然发现了“新大陆”。

他的房间在寓所的第二层，卧室的陈设比较简陋。卧室旁边建有一个壁橱，中间用厚实的木板隔开，成为上、下两层。一般情况下，三郎会把行李放置在下面，上面用来放置收起的被褥，睡觉时再把被褥铺到房间里。但是他突然有了奇想，晚上，被褥依然放在壁橱里，他直接爬到被褥上，这样休息会不会很舒服呢？以前的住所里，也有壁橱，可是壁橱里很脏，甚至会有蜘蛛在里面结网，三郎当然不会想进那里睡觉。现在的公寓里，天井被刷得洁白，四周的墙壁是明亮的黄色调，一切都崭新无比。这样的环境，不由得让三郎感到激动，激起了对壁橱的热爱。躺在壁橱隔层里的他，感觉自己就像在一叶小舟上，那种感觉真的很奇妙。

从那晚有了新发现开始，三郎就喜欢待在壁橱里休息了。这公寓很安全，每个房间都能从里边反锁，因此三郎在壁橱里的时候，不必担心女佣贸然闯入。他在壁橱里铺了四层褥子，软乎乎的，一觉过后，感觉舒适无比。他懒懒地打个盹儿，凝视着离自己头顶只有两尺左右的天井，心中有一种莫名的情绪。

他猛然打开拉门，外面的灯光如线如豆，这微光让他心中雀跃不已，感觉自己仿佛成了侦探小说里的主角。他接着拉大了缝隙，想象着会出现的各种奇异的画面。他打量着自己的房间，就像一个闯入别人屋内的扒手一样，充满了不安和刺激。

他有时白天也会进到壁橱里，那长不到一间[1]，宽只有半间的空间，是他进行无尽遐想的绝妙之地。他会眯缝着眼躺在壁橱里面天马行空地想象，任随烟雾从缝隙里飘出去，烟雾缭绕，不知内情的人，估计会错以为壁橱被谁引燃了吧?

三郎一连两天都待在壁橱里，到第三天，喜欢新奇的他就感到厌倦了。那天，他百无聊赖地躺着，用手摸着一切能摸到的东西。他忽然发现了令他惊异的事，头顶的一块天花板，似乎在微微地颤动！他想知道是什么原因，就用手往上顶了一下，天花板弹上去了，但是手刚放下来，它又“嗖”的一下弹了回来。那块天花板上没有钉子，不过三郎总感觉它像被什么压着一样。

里面会不会有条巨大的蛇？这么一想，三郎浑身都感觉冰凉冰凉的。他抹了下冷汗，想逃出去，却因为不知里面是什么而感到有些不甘。

---

[1] 间，是日本的长度单位，1 间约等于 1.81818 米。

他又用手去推动天花板，这回似乎感觉更重些，并且只要天花板动一下，上边就传来一种怪异的声音，类似金属相撞的声音，咣当咣当的，闷闷的。

三郎的好奇心一下子就被激发了出来，他想索性把这块天花板撤掉，好好观察一下里面到底藏着什么玄机。天花板被三郎扯掉了，同时，一个不知是什么的东西叽里咕噜地滚了下来，三郎“哎呀”一声闪到一边，要不是身手敏捷，非被它砸中不可。

三郎定睛一看，泄气了。什么嘛，只是一块石头而已，也不大，比压咸菜的石块还要小。本来以为会有惊喜的他，摇了摇头，一下子就蔫儿在那里了。唉，要是个新奇玩意儿就好了。他思忖着，很快就明白了，这块天花板，肯定是安装电路后留下的通道，所以是活动的。这块石头，应该是为了预防空中的灰尘飘到壁橱里把壁橱给弄脏了，被人随手压在了上面。

三郎感觉有些可笑。可是笑过之后，他又找到了一个好玩的游戏。

他久久地盯着那个洞口，感觉从洞口延伸过去的顶楼就像埋藏宝藏的山洞一样幽深神秘。他马上兴奋了起来，把头伸进洞里，想要一探究竟。此时，清晨的阳光早就从外面投射了进来，照到屋子的各个缝隙中，因此顶楼里并没有预想的那么黑暗，甚至就如同被大小各异的灯照到了一般，到处都有斑驳的光亮。

他看到了屋梁，横在屋顶，粗粗的、长长的，就像一条趴卧在那里的巨蟒——虽然有光线射进来，但是一切的影像还是不够清晰。他接下来看到了椽子，这些椽子和屋梁构成一体，形成直角，支撑着屋梁。建筑者还用了很多木棒，来增加天花板的牢固性。这座建筑又窄又长，三郎头顶的房屋似乎也长得看不到边，有种进入了地下溶洞的错觉。

“简直太完美了！”三郎察看了顶楼后，忍不住自言自语道。

常人引以为乐的事情，在三郎眼中不值一提，这些人们习以为常的事物，反而让他沉迷不已。

从此，三郎就开始了他的“顶楼散步”。

不管是白天还是黑夜，只要进屋，三郎就会急不可耐地把头伸到那些屋梁和椽子之间。因为这座建筑竣工不久，一切都是干净的，屋顶还没有什么灰尘，老鼠一时间还没有在这里安营扎寨，三郎不必担心衣服会被弄脏，因此他往往只穿一件衬衣，就钻到顶楼里。春天，外面的天气还有些寒冷，可是顶楼里，温度适宜，一切在三郎看来都刚刚好。

第三节

一排房子紧密有致地围绕在东荣馆的四周，众星捧月般地把庭院围在中间，整体为方框形，和其他地方的建筑并没有什么不同。顶楼也是框形结构，从三郎居住房间的天花板出发，绕上一圈，又能回到起点。

三郎居处其他的房屋，都被厚厚的墙壁隔开，并且门上都有锃亮的金属锁把门。只有顶楼，是一个没封闭的空间，通过那里，可以随意地进到别的房间看一看，并且每个房间都有被石头压住的天花板，如果三郎想盗窃的话，简直易如反掌。平常，小偷从走廊进入房间偷盗，自然会落入房客或者用人眼中，那简直是自寻死路。可是如果把顶楼当作通道，就安全多了。

虽然公寓是新竣工的，但是缝隙颇多，比如，活动的天花板比比皆是。在房间里可能不知别处情况如何，但是在昏暗不清的顶楼上，却往往能通过从缝隙俯视，发现许多情况。

三郎已被遗忘的“犯罪”癖好，似乎一下子满血复活了。顶楼真是个有趣的地方，在这里进行“犯罪”游戏，他一定会得心应手。仅仅是想象着，三郎就有些激动。以前怎么没发现这个宝地呢？二楼住户的秘密，一下子在他眼前打开，三郎像是打了鸡血似的，乐此不疲地去窥视，简直像入魔了一样。这样过了一段时间后，三郎感到自己的生活变得充实多了。

三郎感觉还不够，他回想书中罪犯的穿着打扮，就想用在自己身上。

他本想穿一身玄衣，可是他并没有这些装备，只能凑合着穿了一身深褐色的衣裤。他又穿上袜子，小心地戴上一副手套，避免留下指纹。好像还缺一把枪，不过没关系，手电筒可以代替。

夜晚的顶楼十分安静，一丝光亮也没有，里面全是木头，上面有很多毛刺，三郎慢慢地往前爬着，克制着不发出动静。他感觉自己就像蛇一样，在灵活地游动着。这个念头一冒出来，他自己都有些惊异，也有些恐惧。但是最终，激动战胜了胆怯。

就这样，三郎把顶楼开辟成了自己的“乐园”，一连几天都在这里进行“顶楼散步”。

三郎发现了不少新鲜事儿，用这些让他颇感意外的素材，完全可以写成一本引人入胜的小说，但是因为与本书关联不大，所以我只能挑选一二，略做举例。

我们是无法去体会这种从天花板俯瞰房间的趣味的。但是能窥见人们的真实本性，还是让人颇为激动的。三郎发现，人们独居的时候，所表现出来的状态，不管是言行举止，还是神情，都简直像另外一个人。而且，从上方往下看，即使是一个简单的坐垫，也会产生微妙的变化。不管是观察人物，还是观察书、柜子等生活用品，都只能看到它们最上层的部分。偌大的屋子里，榻榻米成为所有事物的共同背景。

即使是从别人平淡的生活中，三郎也能发现满足自己好奇心的事。他随时会发现一些可乐的、悲哀的或者令人恐惧的事情。有的公司职员，平时言辞激烈地抨击不合理的资本主义制度，可是一旦升职后，就会喜不自胜地反复抚摩升职令——当然是在无人之处。有个商人，平时总是穿着奢华的丝绸制品，一副一掷千金的样子，可是休息时，却视衣服如珍宝，小心翼翼地折叠，并且还会把它压在坐垫下面。有个人的和服不小心被污渍弄脏，他竟然张嘴把它舔干净了。有个大学生，还是个棒球手，脸上长满了粉刺，却给自己的女佣写情书，只不过不知怎么放置，就一会儿把信放到托盘上，一会儿又把它拿下来，犹犹豫豫的。还有的人空虚寂寞，竟然找来小姐，做出一些儿童不宜的表演——如果不怕看到某些恶心的画面，这样的表演比比皆是。

三郎发觉，即使是普通的房客，他们的表现也是千姿百态的。

有的人特别圆滑，见什么人说什么话。有的人一旦离开房间，就会把室友贬得一文不值，似乎有什么深仇大恨。还有的人，当面总会想方设法取悦别人，背地里却对别人嗤之以鼻。有个女学生，住在东荣馆的二楼，她一直在恋爱中，是三角恋？不，五角六角似乎都不止。她周旋在不同的男子中间，只是这些傻瓜毫无知觉罢了。三郎可以洞见她的内心，或许是因为待在顶楼里？三郎感觉自己像隐形人一样，不被别人发现，却能看到别人的生活。

有时，三郎也想象着，如果从天花板潜入别人的房间会怎么样，但只是想想而已，他没那个胆量。顶楼内，像三郎屋内那种活动的天花板很多，平均下来，每三间屋子就有一处，所以去别的屋子并不费劲儿，但是谁也料不准房主何时会回来。即便屋里无人，窗户也是透明的，很容易被别人从外面发觉。

何况，从天花板进到房间的壁橱里，再打开壁橱的门到房间里，然后返回壁橱，回到自己屋子里，这中间不可能不闹出动静，邻居或是经过走廊的人，一定能够察觉。

那一天晚上，三郎在顶楼溜达了一遍，在顶楼的房梁间爬着，想回自己的房间，却发现和自己房间正对着的那间屋子的天花板上，有一个小缝，透出光亮。在那缝隙旁边，有个直径两寸多的突起。三郎用手电照着一看，原来是一块木节，很大，大部分已经从木板上脱落，剩下的勉强连接着，看似一碰就会掉下来。三郎反复观察房间内的人，早已酣睡，所以他就想把这块木节去掉。他屏住呼吸，一点儿一点儿地小心抠着，生怕被发现。过了好久好久，他才把那木节抠下来，露出的节孔，上面大些，下面很窄，把抠下来的木节放回去，正好能遮住刚抠出来那个窥视口。

这个节孔虽然下面窄，但上面的直径至少有三厘米，比以前的那些缝隙都要宽。三郎从这个节孔向下打量，可以非常清楚地看到屋内的陈设，他向四处看，忽然，他发现，这里住着的，是一个让他感觉非常不舒服的人。这人名叫远藤，是医学专业毕业的，现在在一家牙科诊所实习。此刻，远藤就在三郎的眼下酣睡，三郎感觉他那张扁平的脸似乎变得更加让人讨厌了。

远藤似乎有些洁癖，房间内纤尘不染，所有的东西都摆放得有条不紊。书桌上的文具、书架上的书籍、椅子上的坐垫以及被放在枕头边上的闹钟，还有盛放香烟的漆器盒子、玻璃烟灰缸，无一不证明着主人是个非常爱干净的人。可是鼾声如雷的远藤，似乎与这些东西有些不协调。

三郎忍不住把眉头蹙了起来，他感觉看着远藤太不舒服了。虽然远藤的脸还算干净，也许对某些女人具有杀伤力，但是他的脸太长了，虽然长着美女式的富士额[1]，可是眉毛太短，眼角还有难看的鱼尾纹，眼睛太小，鼻子又过长，嘴巴大得能塞进去个苹果，嘴唇肥厚，发紫，显出病态，反正和他苍白的脸放在一起，成了让三郎最讨厌的部分；远藤也许患有鼻炎，鼻子不透气，只能靠张大嘴呼吸，发出一种令人讨厌的呼噜声，简直惊天动地。

三郎看着那张扁平的脸，不知为什么，总想上前捶打几下，否则心里就不舒服。

---

[1] 富士额，指前额的发际线呈现出富士山般的形状，是美女的特征之一。

第四节

看着远藤丑陋的睡相，三郎突发奇想：如果从空中吐一口唾液，能不能正好落进远藤的口中呢？天哪，他怎么会这么想呢？可远藤的嘴正对准着节孔，三郎十分想验证一下，就把自己短裤上的腰带抽了出来，挂在节孔的上面，他眯起一只眼，从腰带的上端瞄下去，真是太神奇了，腰带、节孔和远藤的嘴巴，竟然三点成一线。那么，如果从节孔吐一口唾液下去，就一定会吐进远藤的嘴里。

三郎才不会无聊到真的吐一口唾液下去。因此，他把节孔堵上了，打算回自己的房间。可是他脑海中却突然响起一个声音：杀死远藤。他被自己吓了一跳，浑身发抖，脸色苍白，远藤和自己并没有什么恩怨啊！

岂止是没有恩怨，他们连彼此熟悉都谈不上——他们只是凑巧在同一天搬到东荣馆，互相拜访过寥寥几次而已。三郎之所以想杀掉远藤，并不是因为他有多么讨厌远藤，那只能勉强算一个诱因！三郎之所以生出杀机，是因为他本身热衷于杀人游戏，并且多次产生杀人的念头，只是因为害怕被人发现，没有付诸行动罢了。

现在三郎觉得，如果自己出手，应该没人察觉得到，因此他内心跃跃欲试，想要体验一下杀人。只要不暴露自己，哪怕是个无辜的路人，三郎也不会在意。而且，他潜意识里的残暴因子，让他觉得只有更残暴地杀人，才能满足自己的渴求。为什么三郎认为选择远藤，自己会比较安全。这里还有隐情。

大约是刚搬来东荣馆的第四天吧，三郎结识了一个住户，相约去咖啡店一聚。正在那时，远藤也来了，三个人挤到了一张桌子上。三郎讨厌喝酒，就喝了咖啡，另外两人喝的是酒。走出咖啡店，返回住处，他们还兴致正浓，微醺的远藤死拖硬拽地邀请大家去他的房间玩。远藤十分亢奋，让女仆泡茶招待大家，又讲起了自己过往的艳遇——其实在咖啡馆时他就一直在讲。远藤不住地舔着自己的厚嘴唇，嘴唇因充血变得特别红，这让三郎十分反感。可是远藤还在那里口若悬河地说着。

“我差点儿陪着那个女的死掉。那时还在上学，因为学医，所以我很容易就搞到了药，我们准备一起到郊外殉情。”

远藤见大家惊疑，就勉强起身到了壁橱前，他把门拉开，在众多的行李中摸索了一阵儿，拿出了一个瓶子，瓶子是茶色的，只有小手指那般长，瓶底有少量的白色粉末。远藤把瓶子举起来，示意三郎他们看。

“看，是不是少得可怜？但就这些，完全能杀死两个人……你们可得守口如瓶啊！”

远藤喋喋不休地讲着自己的艳史，可是三郎只对这瓶毒药记忆尤深。

“把毒药从天花板上顺着节孔流进人的嘴里，他就会悄无声息地毙命，我真是太佩服自己的智慧了！”

这么一想，三郎就抑制不住自己的狂喜，简直要心花怒放了。其实只要用心思考，此法并不可行，太烦琐，而且就像是一种特意设计的表演。然而三郎晕了头，完全忽略了这些，只是急于设想如何实现这个计划。

毒药如何拿到手？这应该不是个问题，远藤不会总待在房间里吧？可以趁他离开时，迅速地从行李中拿出药瓶，那行李的样子早就被三郎镌刻于脑海中，找到并非难事。远藤不会有事没事就去翻那行李，因而短期内药瓶的丢失不会被他发现。即使他发觉了，私自保存毒药也构成了犯罪，他自然不敢大声张扬，只能哑巴吃黄连。再说神不知鬼不觉地取走药瓶，谁又能怎么样呢？

假若这种方法失败，那么只能从天井进到远藤的房间里取走毒药。

可是，这简直是铤而走险，随时有暴露的可能。之前就交代过，房主说不准何时就会回来，并且玻璃窗让屋内的一切暴露无遗。最主要的是，远藤屋里的天花板上没有三郎屋顶的那种活口，三郎再怎么也不至于自己去把钉得牢牢的天花板掀掉，跳进别人的房间吧？

只要把毒药溶进水里，把它滴到远藤的嘴中就万事大吉，因为远藤患有鼻炎，嘴巴一直是张着的。可是能顺利吗？

这似乎也不值得担忧，因为药的毒性大，药液调得稠一点儿的话，根本不需要多少，几滴足矣。何况是在远藤熟睡时进行，他根本感觉不到。即使他最终发现了，也早就来不及了，药液根本无法呕吐出来。三郎知道，这种毒药味道很苦，但所需不多，只要加点儿糖进去，一定能掩盖原来的味道，必然能达到目的。这天花板上滴药的想法真是绝妙，相信远藤死也想不到吧。

可是这药会不会失效呢？想对付远藤，到底用多少药量才合适呢？这些还真是问题。如果他只是被毒晕过去，却不能死掉，那就真的太令人失望了。不过三郎并不会因此被卷进去，因为天花板上还没有堆积灰尘，如果戴着手套行事，不会留下任何指纹，节孔恢复原样，不会留下犯罪的印痕。即使人们猜测到毒药来自天花板，可是谁又有证据证明罪犯是谁呢？像三郎这样与远藤没有什么过深交往的点头之交，又不曾有个人恩怨，又怎么会被怀疑是凶手呢？而且如果推测不出毒药来自天花板，酣睡中的远藤绝对不知道毒药来自何方。

这些都是三郎从顶楼回到自己屋内之后的臆想，他认为万无一失。大家也许已经发现，不管上面的步骤进行得如何顺畅，都遗漏了一个重要的细节。可悲的是三郎一心规划自己的蓝图，对此毫无察觉。四五天之后，三郎反复斟酌，认为时机成熟了，就去拜访了远藤。在这之前，他也一直在完善自己的计划，比如，对于药瓶，要如何处置才最为妥当？

三郎想，如果谋杀远藤的事顺利，他就会在最后把药瓶扔下去，当然依然是通过节孔。这样会起到一石二鸟的作用，首先，他不必费心思考怎么去掩藏这个药瓶，只要把它扔下去，即使被发现，也只是罪证而已。

而且把药瓶丢在远藤的尸体旁，别人一定会猜测远藤是自杀而亡。一起拜访过远藤，而且听过远藤艳史的那个男人，一定能证明这个药瓶本就属于远藤。再说了，远藤这人作息极有规律，他都是按时休息的。休息之前，他会关闭门窗，而且会把窗子从里面反锁起来，连一只鸟都飞不进去，更别说是人了。

想到就要杀死远藤，三郎极度亢奋，在和远藤交谈的时候，他差点儿把自己的心思流露出来。他甚至想恐吓远藤一下过瘾，不过他最终还是控制住了自己的冲动。这次见面，三郎对自己平时厌恶的远藤表现出了极大的包容，虽然这让他内心十分煎熬。

“你这个长舌妇一样的讨厌鬼，我很快就会让你无声无息地从地球上消失。别看你此刻喋喋不休，但你得意不了多久了，就让你再苟活几日罢了。”

看着远藤的厚嘴唇机器一般不知疲倦地上下嚅动着，三郎不由得在心里发了狠。一想到这个讨厌的男人很快就会变成一具无知无觉的尸体，他就亢奋得无法自抑。

第五节

如三郎预料的那样，远藤停止了与他的交谈，匆匆去了卫生间。时间应该是晚上十点左右吧。三郎环视四周，又向窗外仔细地打量了一番，这才蹑手蹑脚地走向壁橱。他把壁橱轻轻地打开，摸出了那瓶毒药。因为记得位置，所以轻而易举就拿到了手，然而三郎还是冒出了冷汗，心脏怦怦乱跳。如果远藤中途折返，后果不堪设想。三郎深感后怕。而且不管自己会不会被他发现，只要远藤稍微留意，就会发现端倪，进而发觉毒药失窃。现在，三郎完全应该收起杀人的心思，他有偷窥的癖好，能观察到远藤的反应，何况只是偷瓶毒药，应该不会被判重罪。

三郎出奇顺利地得到了药瓶。远藤如厕归来后，三郎敷衍了几句就匆忙告辞，返回了自己的住处。他把窗帘全部放了下来，整个屋子顿时成了一个被隔离的世界。可是他还是有些心神不宁，于是又将门反锁。他终于在书桌前坐了下来，忐忑地把药瓶小心地从贴身的兜里掏了出来，举到了眼前。

“Morphinum Hydrochloricum（o.g.）”，药瓶外的纸上有这样的字眼儿，兴许是远藤随笔写上的吧。关于吗啡，三郎并不是一无所知，他知道这是一种毒药，只是到了今天才看到实物。他把药瓶伸到灯光下，反复端详，感觉那药瓶竟然像被美丽的光环环绕着。不足半瓶吗啡，就足以让一个人丢掉性命，的确令人惊恐——三郎没有计量用的天平，因而他只能听信于远藤，远藤当时醉酒不太清醒，但是他说的话不能忽视，三郎所预估的致死剂量，是药瓶里的一半。如此一来，被抓住的问题就更无须担忧。

三郎把瓶子放到桌上，拿出砂糖和酒精，接着就像药剂师那样开始摆弄起来。此时周围阒然无声，人们早就沉入梦乡之中。三郎小心地用火柴棒蘸上酒精，慢慢地滴到药瓶中。他感觉做着这些的自己有些像恶魔，可是他的内心却因此得到了极大的满足。

三郎仿佛看见了巫婆的面孔。在无边的黑暗中，巫婆狡黠地望着不断升腾着气泡的毒药，脸上挂着阴毒的笑。

这让三郎不禁内心一凛，随之蔓延的便是满心的恐惧，并且这恐惧的感觉愈来愈强烈。

“Murder cannot be hid long a man’s son may，but at the length truth will out.”

三郎的脑海里突然冒出莎士比亚的诗句，不知是在哪里读过。三郎的内心立刻像被烈火炙烤着一般，深感焦灼，即使他再三确认自己的计划万无一失，内心的恐惧感还是让他越来越感到无力。

杀死一个和自己无冤无仇的人，只为满足自己杀人的恶趣味，难道公平吗？自己是不是受到了恶魔的蛊惑？是不是已经变成了恶魔？

虽然早已经把毒药配置好，但是三郎深陷于恐惧之中，茫然无措，浑然不觉早已夜半三更。他努力劝说自己放弃杀人的计划，可又被杀人的诱惑驱使着，始终不能说服自己。

就这么犹豫着，三郎忽然想到了一个重要的细节，这对于计划的实施绝对是影响极大的。

“呵呵……”

三郎不由得咧嘴笑了起来，但很快意识到此时已是深夜，便把笑声压得很低很低，生怕被别的房客听到。

“傻瓜，你真是蠢到极点！既然这么一本正经地周密计划，怎么还分不清意外和一般情况呢？上次远藤的嘴巴正对着节孔，可谁能知道下次还会不会这么凑巧？如果再糟糕一点儿，他的嘴巴再也对不上那节孔了怎么办？”这个疏忽荒唐可笑，可三郎所有的计划都是以此为基点展开的。为什么至今他才发现这个再明显不过的疏漏呢？真是咄咄怪事。兴许是三郎自视过高了，他真的是智力不足吧？三郎意识到了自己的疏漏，对自己稍感失望之余，莫名其妙地轻松了许多。

“这样其实也不坏，起码我不用再为杀人深感不安了，挺好挺好。”

虽然三郎如此劝慰自己，可是在随后的日子中，三郎进行“顶楼散步”时，还是会时不时地打开节孔，窥视远藤这个邻居，丝毫不感到厌烦。其一，三郎一直关心那瓶毒药的命运，想看远藤是否能发现它早已被窃。其二，三郎还是怀抱希望，期待远藤的嘴巴会再次正对着节孔，因而，不管哪次“散步”，那个毒药瓶都被他揣在自己的上衣口袋里。

第六节

距离三郎开始“顶楼散步”已经十几天了。这期间，他每天都会在顶楼往返几次，时刻警惕着，生怕被别人发觉。这种在深渊边行走的感觉真是难以形容，不是心惊肉跳之类的话语可以诠释的。这天晚上，三郎再次来到远藤屋顶的天花板上。他惴惴不安，感觉自己像是在占卜，是凶是吉，全靠运气。没准儿老天就会给我一个惊喜呢，他一面在心里祈祷自己好运，一面慢慢地把那个节孔打开。

天哪！眼前的情景真的是让三郎颇感意外。远藤在床上鼾声如雷，嘴巴张得大大的，位置和那一次完全一样，正好对着节孔。三郎以为自己看花了眼，赶紧搓了搓眼睛，又扯出自己短裤上的腰带进行比量。他欣喜若狂，激动中还掺杂着一种莫名的恐惧，让他血脉偾张，以至于脸色变得越来越苍白，幸好被夜色笼罩着。

三郎颤抖着把药瓶从口袋里掏了出来，他的手似乎不听使唤了，一直在哆嗦。他控制着自己的情绪，奋力拔出瓶塞，然后用自己的腰带校准了方向，使三点成一线。天哪，此刻三郎的心里真是五味杂陈，说不清到底是什么感觉！一滴落下去了，随后是第二滴，第三滴……一共有十几滴毒药滴到远藤的嘴中。滴完，三郎顿觉浑身无力，有些后怕地合上了眼睛。

“他会不会发现我？一定发现了，天哪，他如果大叫起来该怎么办？”

假若手中不握着药瓶的话，三郎早就紧紧捂住自己的耳朵了。

然而，三郎所有的担心似乎都显得多余，下面的远藤一声没吭。

三郎亲眼看着药准确无误地落入了远藤的嘴里，杀死他应该问题不大吧？然而，为什么远藤一点儿反应也没有呢？三郎鼓起极大的勇气，微微睁开双眼，趴到节孔上向下扫了一眼。此时，远藤舔了舔嘴唇，还莫名地用双手擦了擦，这些应该都是无意识的举动。看见远藤依然酣睡着，三郎感到此行真没有想象中那样艰难——在酣睡中，远藤无意识地咽下了毒药，却丝毫没有察觉。

时间似乎一下子凝滞了，三郎紧紧地盯着可怜的远藤，二十几分钟内，那张大脸还是一脸平静，但对于三郎来说，却仿佛过去了两三个小时一样。突然，远藤睁开眼睛，并坐了起来，有些疑惑地四处张望着。也许是感觉昏眩了吧，他摇着头，揉着眼睛，嘴中含糊不清地说着什么，做完这些让人费解的动作之后，他又躺到了枕头上，似乎有些难受，辗转反侧，睡不安稳。

过了一阵儿，远藤似乎没了翻身的力气，身体的翻动慢慢地停止了，继而鼾声如雷。他如同酒醉的人一样，脸颊发红，鼻尖和额头上都是汗珠。也许在睡梦中，他的身体正与毒药进行生死的较量。这么想来，三郎不寒而栗。

很快，远藤脸上的红润消失，取而代之的是纸般的苍白，慢慢地又变成死灰。不知何时，他不再打鼾，呼吸的气息也越来越微弱……最后胸部平静下来。三郎以为他死了，可是他的嘴唇又抽搐起来，呼吸急促。如此这般反复了几次之后，远藤终于彻底“睡沉”了，身体似乎也慢慢僵硬了。他靠在枕边的脸庞上，残留着一抹怪异的笑容，也许他真的“往生”了吧？

一直大气都不敢出的三郎，手心里都攥出了一把汗，此刻终于长舒了一口气，他如愿以偿地杀了人。不过貌似远藤并没有受罪，他死得是多么平静啊，甚至都没有喊出声来，脸上也没表现出难受，是在酣睡中静静地离去的。

“哎呀，弄死一个人竟然毫不费力！”

三郎对这次谋杀有了些许遗憾，根本没有想象中的激情嘛，简直就像一日三餐般再平常不过。如果杀人是这般无聊，再杀几个也不为过吧？三郎这么思忖着，沮丧的情绪慢慢地被一种突然袭来的恐惧替代，他忽然觉得正透过节孔打量着远藤尸体的自己，如同恶魔一样令人害怕。他感觉自己的血管要爆裂了，又似乎听到有人在呼唤自己的名字。他把眼睛从节孔处挪开，在黑洞洞的顶楼里四处张望着。许是一直盯着亮处的缘故，他感觉自己的眼前金光闪闪，形成久久不散的光晕。他把眼睛瞪大，却感觉远藤的大嘴就隐藏在那些光晕里，似乎随时都能跳出来把自己吞掉。

到这时，三郎只是初步实施了自己的杀人计划。他克服了自己的恐惧，把手中的药瓶从节孔处扔到房间里——药瓶里面还残留着少许毒药。他慌乱地把节孔堵住，又用手电筒照着检查了一番，确认没有留下犯罪的蛛丝马迹后，才爬过顶楼的大梁，返回自己的住处。

“终于告一段落了。”

虽然三郎因恐惧早已大脑缺氧，四肢也极为僵硬，但是他为了克服内心的恐慌，还是勉强在壁橱里换了衣服，穿上和服。他又回忆着是不是遗漏了什么在现场，猛然间，他想起了自己短裤上的腰带，怎么不见了？是落在杀人现场了吗？他焦躁不安地找起来，可是怎么也找不到。

他紧张得心都要从嗓子眼儿里蹦出来了，又浑身上下仔细摸索了一遍，还是找不到。天哪，怎么能把它弄丢呢？好在谢天谢地，他最后终于在上衣口袋里翻到了那根腰带！万幸，万幸。

三郎终于把心放回了原处。他轻舒一口气，正打算把腰带和手电筒都掏出来，忽然，他浑身一战，天哪，还有个东西，毒药瓶的瓶塞还在自己的口袋里呢！

他往远藤嘴里滴毒药的时候，生怕把瓶塞掉到顶楼，就顺手放进了自己的口袋中，事发之后，由于仓皇不安，他忘了瓶塞的事情，只把药瓶处理了。瓶塞虽然不起眼，可是如果一直留在身边，就会让别人怀疑到自己，后患无穷。因此，虽然惴惴不安，他也不得不重新返回杀人现场，把瓶塞从节孔扔下去。

当晚，三郎终于决定入睡时，为了防止意外，没在壁橱里休息。此时，凌晨三点已过，但是极度激动的他，无法真正入眠——既然能忘了把瓶塞扔下去，一定还会有其他地方的疏漏。这么想着，三郎就如坐针毡。他努力使自己平静下来，慢慢梳理今晚的行动，一点儿一点儿地排查，看自己是否真的留下了什么罪证，但最终，他也没有找到自己的疏漏之处。

他彻夜未眠，好不容易才熬到天亮。有早起的房客去洗漱，三郎听到他们的脚步声，迅速起身，打算外出。他内心非常害怕远藤的尸体被人们发现的那一刻，到那个时候，他怎样做才最恰当？如果自己表现得不自然，露出端倪惹人怀疑的话，就几乎等于不打自招了。所以，三郎认为在人们发现尸体时避开是明智之举。

可是，如果起床后不吃早餐就外出，会不会更令人生疑呢？

“啊，天哪，我差点儿就犯了大错。”考虑到这一点的三郎，重新回到了被窝中。

早饭前这短短的两个小时，三郎真不知是如何挨过去的。幸运的是，在他吃过早餐，匆忙地逃离住所以前，没有发生任何意外。离开东荣馆之后，他为了消磨时光，只能漫无目的地不断在街道上游来荡去，穿过一条街再到另一条街。

第七节

结果证明，三郎的计划是完全可行的。

中午时分，三郎返回住处的时候，远藤的尸体已被搬走，警察也结束了初步调查。三郎从其他人口中得知，没有人认为远藤是他杀，警方也做出了自杀的判断，进行初步的调查取证后，就直接回去了。

没有人了解远藤自杀的原因，只是根据他平时的表现，认为很可能是失恋——他刚刚和一个女人断绝了关系，虽然对他而言，失恋如家常便饭，也常被他挂在嘴边，并没有什么特别意义，可是大家一时也找不到别的理由，只能如此判断了。

此外，不管是什么缘由，远藤自杀的迹象是很明显的：房间并没有被打开，门窗都是反锁着的，装过药的药瓶扔在枕旁，也被证实了是远藤自己的物品。从这些来看，根本不能怀疑到别人头上。谁能想到毒药是从天花板的节孔中滴落下来的呢？

即便如此，三郎还是不能放宽心，整天惴惴不安。事情过去了好几天，他才慢慢地放松了下来，并且对自己无声杀人的高明手段颇为自得。

“如何？我三郎是不是特高明？看看啊，谁能料到，杀人犯就住在这个公寓里，恐不恐怖？”

三郎认为，一定有更多的杀人犯隐藏在不为人知的地方，逃过了惩罚。像那些“天网恢恢，疏而不漏”的鬼话，一定是执政者欺骗人们的，或者说是老百姓过于愚蠢，才会相信。不管何种犯罪，只要考虑周密，手腕高明一点儿，是不会被察觉的。然而当夜晚来临时，三郎还是无端地感到胆怯，他觉得远藤那张灰色的脸一直在眼前浮现。不过也许他只是心理上暂时出现了问题，过段时间就会好起来。可是自从出事那晚，三郎就不再进行“顶楼散步”了，对他而言，只要不把他认定为罪犯就万事大吉了。

那天是远藤死去的第三天，三郎刚吃完晚餐，正兴致很高地哼着小调，拿着牙签剔着自己的牙齿，好久不见的明智小五郎突然出现了。

“嗨！”

“久违了！”

他们客气地寒暄起来。可是三郎对于明智的到来心有不安：他为什么在这个节骨眼儿上来拜访？这不能不让三郎感到忧虑。

“这公寓里有人服毒自杀了，真的假的？”

明智刚坐下来，就迫不及待地抛出了这个三郎最忌讳的问题。

也许是明智在别人口中听到了这件事，而他认识的三郎就住在死者这边，出于急着弄清楚事情来龙去脉的本性，他才前来找三郎探听虚实。

“是的，死者是吗啡中毒死的。案发时我不在现场，所以很多情况我也不大了解，不过听别人说是因为感情纠纷。”

因为生怕明智发现自己不想讨论这个话题，三郎努力装出一副很感兴趣的样子回答道。

“他这个人到底是什么样的？”

明智继续发问。他们于是继续就远藤的为人处世、自杀原因和自杀的方式进行了讨论。开始时，三郎的内心还颇为忐忑，对于明智的每一个提问都十分戒备，因而回答得颇为谨慎。然而，随着交谈的深入，三郎慢慢地放松了下来，内心甚至还有点儿对明智的嘲弄。

“你怎么看待远藤的自杀？没准儿是谋杀呢！我倒没有什么根据，只是很多谋杀不是经常被布置成自杀的样子吗？”

三郎嘲弄着把这些话吐了出来，感觉内心畅快无比。明智还是什么著名的侦探呢，也黔驴技穷了吧。

“那也不是没有可能啊！我刚听说这件事时，就觉得远藤死得有些不明不白。若方便的话，你能否在前面带路，我们一起去远藤的房间里看一看？”

“当然可以！”三郎神气活现地表态，“远藤的老乡就住在他旁边的屋子。如果您去，他肯定会很配合。”

他俩出了门，前往远藤的房间。领着明智走在走廊里的三郎，心头莫名有种自豪感。

“侦探竟然让杀人犯在前面带路，真是不可思议啊！”

想到这，三郎很想笑上几声，不过他很快就闭紧了嘴巴。但在这样的“辉煌时刻”，他真是很难自抑啊！他不自觉地严肃起来，感觉自己就像黑帮首领一样，他在内心对自己佩服得五体投地，真想对自己夸上两句：“你好，黑帮老大！”

北村就是远藤的朋友，他开口做证说远藤最近确实失恋了。因为他早就耳闻过明智的大名，所以明智根本没费什么周折，就让北村直接带着他们去打开了远藤的房间。因为儿子的死，远藤的父亲也不辞辛苦地从故乡赶了过来，到这天下午，丧礼才刚刚结束。房间里还保持着原状，远藤的物品还散乱着，没有人收拾。

人们发现远藤死亡时，北村已经到公司上班了，因此对于尸体当时的具体状况，他并不十分清楚，只是道听途说了一部分，有个大致的了解。作为一个“局外人”，三郎也尽其所能地补充着自己所听到的众说纷纭的传闻。

明智一边耐心地听两人讲述着，一边用慧眼观察着屋内的一切。突然，他的目光投射到桌子上的闹钟上，就再也挪不开了。

他若有所思地问：“这个是闹钟？”

“当然。”北村顿时打开了话匣子，“这可是远藤的心肝儿宝贝。远藤这人时间观念特别强，每天晚上都会给闹钟定时，第二天六点整，我总会被他的闹钟吵醒。出事那天也是如此，闹钟一如往常地响了起来，可是谁能想到远藤会出事呢！”

听北村这么一讲，明智顿时来了兴趣，他下意识地把手插进自己的长发，往后拢了拢，接着继续问道："你确定那天闹钟真的响了吗？"

"当然，这哪能错？"

"在警察调查的时候，你说了这点没？"

"没……可是我不理解，您问这些有什么用？"

"难道你一点儿不觉得奇怪？一个人既然晚上就要自杀了，怎么还会设置第二天的闹钟呢？"

"原来是这样啊！不过这还真是让人感到反常呢！"

北村有些愚钝，直到此刻才稍微感觉到事实与结论有出入。但是，明智对他说的那些，他并不能完全领会。不过这也很自然，案发之时，门窗都被反锁着，而且毒药瓶就在死者身旁，种种迹象都表明远藤是自杀的。

三郎听了他们的对话，顿时如坠深渊。他怎么会犯这么低级的错误，竟然带着明智来到案发现场？！真是愚蠢透顶。

接着，明智对远藤所住房间的每个角落，都进行了仔细的检查，即使是天花板也没遗漏。他在天花板上一块一块地敲击，倾听每处的声音，检查天花板是否被人移动过。尽管如此，明智也没料到毒药来自天花板上的节孔处，有人作案后又把那里恢复了原样。在发现天花板完好无损后，明智就不再把精力放在那里，转而检查其他的地方。三郎这才把心放了下来。

一天很快就结束了，明智并没有发现新的疑点。从远藤的房间里出来后，明智又到三郎的屋内坐了一会儿，简单地聊了几句，然后就告辞了。不过我觉得有必要把他们的一段谈话公布出来，虽然这段谈话貌似无关紧要，却对这个故事的结局起着至关重要的作用。

当时，明智拿出香烟，点燃后望着三郎，若有所思地说："哦，我刚才好像没看见你抽烟，你是戒烟了吗？"被明智突然这么一问，三郎才意识到，自己这个抽烟上瘾的人，已经两三天没抽过一根香烟了。

"我也纳闷儿啊！怎么竟然一点儿烟瘾也没了呢？就是看你抽，我也没什么烟瘾啊？”

“你这种状况多久了？”

“我得好好想一想，似乎两三天了吧！想起来了，从周日到现在，我已经三天没有抽过一支烟了，我也不明白我是怎么回事儿。”

“这么说，就是从远藤自杀的那天开始的了？”

三郎被明智的话吓得打了个激灵。可是，远藤的死和自己抽不抽烟又有什么关系呢？所以，三郎只是笑了一笑，敷衍了过去。然而明智是不会无缘无故地那么说的，这并不好笑，再说，也不能不让人生疑。

第八节

想起那个闹钟，三郎晚上就再也不能安睡了，并且简直彻夜难眠。但即便远藤的死被定性为他杀，也没有什么证据可以指认自己就是罪犯啊，这些担心似乎根本就是杞人忧天。然而现在了解一切的是明智，他很棘手，三郎因此更加恐惧了。

庆幸的是，半个多月过去了，让三郎惴惴不安的明智一直没有再次出现。

“天哪，终于熬过去了。”

三郎紧绷着的心弦松弛了下来，虽然偶尔会被噩梦惊醒，但是每天都还算是平安无事。让他颇为高兴的是，自从杀人以后，以前那些让他丝毫提不起兴趣的娱乐，现在竟然分外吸引他。所以，最近他很少待在家里，一直在外面晃荡，晚上十点钟左右，他才返回家中。这天，他习惯性地打开壁橱，打算拿出被褥，准备休息。

“哇！”

猛然间，他尖厉地叫了一声，双脚也不由自主地往后倒退了几步。

是在做梦，还是自己已经精神错乱？在壁橱的上面，竟然出现了死去的远藤的人头，倒挂着，头发乱蓬蓬的，十分骇人。

三郎本能地往外逃，一心想冲出房间。可是到了门口，他又疑惑了，会不会是自己看花眼了？为了验证一下，他提心吊胆地转过身，又向壁橱里看了看，哪里是看错了，那张脸正得意地冲着他笑呢！

三郎又“啊”了一声，飞快地把门拉到一边，恨不得给自己插上翅膀飞出去。

“乡田！乡田！”

壁橱里有人不停地叫着三郎的名字。

“别怕，是我啊！跑什么啊？”

这声音很耳熟，但绝对不是远藤的。意识到这点，三郎这才停下来，心惊肉跳地望向身后。

“抱歉，抱歉啊！”

这人一面冲三郎打招呼，一面做出三郎每天习惯性的动作——从壁橱向下跳。来的人不是别人，正是明智小五郎。

“很抱歉，是不是吓到你了？”

从壁橱跳下来的明智，一身西装，笑着对三郎说：“我只是在向你学习而已。”

这太恐怖了，简直比幽灵更让人感到恐慌，明智必然是已经把整个案件理清楚了。

三郎的心情此刻真的是难以形容。发生过的一切，就像风车一般，在他的脑子里轰响着、旋转着，他只感到大脑中一片模糊，只能茫然地望着明智。

“冒昧问一句，这粒纽扣是你衬衫上的吧？”

明智的语气极其平静，他把手中的黑色纽扣递过来，对三郎说：“我询问了其他房客，不是他们的。天哪，你看你的衬衫，怎么第二颗纽扣没了？”

三郎惊诧极了，不由得低下头来，发现果然有一粒纽扣不见了，他竟然一点儿都没有意识到是何时没了的。

“扣子和你衬衫上的一模一样，所以，肯定是你的无疑了。你想知道我在哪儿得到它的吗？你有没有兴趣猜一猜，是在顶楼里，还是在远藤屋内的天花板上？”

事已至此，三郎也不得不接受事实了，可是他怎么就没发现丢了扣子呢？他当时明明用手电筒反复检查过啊！

明智一脸无辜地微笑着，这简直让三郎冷到骨头里，他手足无措，不知该看向哪里，明智却紧盯着他的眼睛，毫不留情地说："是你杀死了远藤？"

三郎的内心早就溃不成军。如果明智没有掌握证据，不管他怎么巧妙地进行推理，三郎至少可以辩驳一下。可是如今让他抓住了把柄，三郎只能缴械投降了。

三郎如同泥塑的一般，整个人都呆住了，欲哭无泪。他站在那里，脑海中却浮现出那些久远的过去，甚至几乎已经忘记的小学生活，也都被他回忆起来了。

就这样，三郎和明智都保持着各自的姿势，在两个小时里，几乎没有一丝改变。

"请你帮我还原事情的本来面目。"明智终于沉不住气了，开口说道，"放心，我不会去举报你，我只是想验证一下自己的推论是否准确。你也明白，我最大的热情就是寻求真相，其他的我并不在乎。其实，这个案件没有任何证据。你要问那个扣子？哈哈，这只是我一个小小的计谋——没有任何证据的话，我相信你一定会矢口否认自己的罪行。上一回我来拜访你，偶然看见你缺了第二个扣子，因此我从商店里买来了同款扣子。没有人会在意一枚扣子是何时丢失的，何况你当时亢奋无比，因此我的计谋变得可行，很容易让你信以为真。

"我不相信远藤是自杀的，的确是由那个闹钟开始的，这点相信你也很清楚。后来，我又去咨询当地的警察，通过警察的现场发现，基本清楚了事发时的状况。有人告诉我，吗啡瓶子竟然掉到了烟草盒子里，把里面的香烟弄得到处都是。我当然还得知，远藤的生活一直有条不紊、井然有序，他既然打算自杀了，还打算在睡梦中结束一切，怎么却把药瓶乱扔，还把香烟弄撒了一地？不是有点儿令人匪夷所思吗？

"于是我更不相信远藤是自杀的。后来我发现，从远藤死后你就不再抽烟了，当然这也可能是巧合，但是两件事同时巧合，就难免让人有所怀疑。我忽然又想起你以前很热衷于模仿犯罪，你有犯罪的极大可能。

“在那之后，我就时常光临这所公寓，偷偷地观察远藤的屋子，当然做这些时，我都会避开你。我发现除却门窗，到远藤的房间里只有天花板这一个通道，所以我就学着你，开始在顶楼散步，顺便观察下面房客的状况。我甚至趴在你的头顶上，观察了你很长时间，发现你一直都是六神无主的样子。

“调查越深入，我就发现你是凶手的可能性越大。可是，我还是没有什么切实的证据。因而，我只能处心积虑演出扣子那场戏。哈哈……再见吧！也许以后我们再也不会相见，因为我相信你早就下定了决心，你会去自首的，对吧？”

对于明智所说的纽扣一出戏，三郎并没有什么感觉，他木然地站在那里，甚至连明智是何时离开的都不知道。他无比茫然，猜测着自己被拉到刑场上时会不会感到恐惧。

把毒药瓶从天花板的节孔处扔掉时，三郎并非没看见它最终的去处。他甚至异常清晰地看到了药瓶掉到了烟草盒里，而香烟散落了一地。也许正是从那个时候起，他的内心深处就对香烟产生了深深的憎恶。

黑蜥蜴

黑天使

听说，每年一到圣诞夜，这个国家就会有几千只火鸡被活活勒死。

京城最繁华的地方莫过于G街[1]。闪烁的霓虹灯如同挂在夜空中不计其数的彩虹，将行人染得姹紫嫣红。可是，谁能想到呢？在这条街的后面，仅一步之遥的地方，就是京城最能藏污纳垢、滋生邪恶的黑街。

每天晚上11点之后，G街都会变得无比冷清，几乎看不到一个人影。这对那些喜欢夜生活的狂欢客来说，实在算不得什么好事儿。可是，G街是京城最具有代表性的街道，本就该规行矩步、秩序井然。而它背后的黑街，则是另一番景象。晚上11点，是黑街热闹的开始。对感官刺激和肉体欢愉充满渴望的淫乱男女，在门窗紧闭、光线昏暗的房间里怎么也要折腾到凌晨两三点呢！

前面我们提到圣诞夜。对，就是在某一年的圣诞夜，深夜1点左右，黑街上一栋宏伟的建筑里——尽管从外面看屋子里一片漆黑，不像是有人的样子——正举行着一场大型派对。派对正进行到高潮，人们近乎疯狂。

这间屋子即使是与挂牌的舞厅相比，也不遑多让——房间宽敞，地板光滑。几十个男男女女，或是举着酒杯大声叫好，或是歪戴着各种颜色的条纹尖帽疯狂跳舞，还有人摆出大猩猩的姿势，追着妙龄少女嬉闹。有人痛哭流涕，有人怒吼叫嚣。五颜六色的纸片在人们头上

[1] 这里指的是银座。

像雪花似的散落纷飞，绚丽的彩带如飞泻的瀑布，不计其数的红气球、蓝气球在呛人的烟雾中四处飘荡。

“啊！黑天使！是黑天使！”

“黑天使来了！”

“太好了！女王万岁！”

人们瞪着迷蒙的醉眼大声呼喊，转眼间又爆发出一阵暴风雨般热烈的掌声。一个女人迈着轻盈的舞步飘然而至，人群自动让出一条通向舞台中央的路。女人一身黑色的装扮：晚礼服、帽子、手套、丝袜、皮鞋，无一不是黑的。在这全然的黑色中，她妖冶粉嫩的脸庞，就像一朵怒放的红玫瑰。

“诸位宾客，大家晚上好！我已经醉了，可我还要喝酒，我们还要跳舞！”美丽的妇人将手臂高高举过头顶，用娇媚的声音给大家鼓劲儿。

“喝酒！跳舞！黑天使万岁！”

“喂！侍应生，香槟！上香槟！”

空气中很快就传来了“砰、砰、砰”的“枪声”，软木子弹越过五颜六色的气球，飞向天花板。人们举起酒杯，整齐地喊着“黑天使万岁！”的口号，接着就是一阵清脆的碰杯声。

要说黑街女王怎么会有如此高的声望？且不说出身背景——还没有人能探听出女王陛下的来历，一个女人在这些素质中——倾国倾城的美貌、卓尔不群的行为举止、挥金如土的豪奢手段、不计其数的珠宝饰品，但凡有这其中一项，便足以在黑街拥有女王的尊号。而黑天使除了具有这些素质，还是一个大胆的表演者，这让她拥有一种别样的魅力。

不知谁高声喊了一句：“黑天使，我们要看宝石舞！”人群中立即爆发出一阵热烈的欢呼声和掌声。

角落里的乐队开始奏乐，用淫乱的萨克斯舞曲挑逗人们的耳朵。

在人群中央的空地上，宝石舞已经开场。黑天使褪去全身衣物，变身白天使。她皮肤白皙、身材窈窕，浑身上下一丝不挂，只装饰着两条璀璨的珍珠项链、一对翡翠耳环和镶嵌着无数钻石的手环、手链，以及三枚戒指。除此之外，不要说布，连一根线头都没有。

现在，她只是一团珠光宝气的粉肉，抬手、踢腿，跳着只有在埃及皇宫才能看到的妖冶舞蹈。

“喂，看啊！黑蜥蜴在动呢，真漂亮！”

“嗯，是啊，那只小虫子爬起来了！”一个穿着时髦燕尾服的青年男子轻声对身边的人说。

一只黑色的蜥蜴趴在那美丽女人的左臂上，随着女人的舞动而规律地摇晃。它脚上莫不是长着吸盘，否则怎么会抓得那样稳？它似乎马上就会从女人的肩膀爬到脖子，再从脖子爬上女人的下巴，然后直奔女人娇艳的红唇而去。可是，黑蜥蜴从未离开女人的那只臂膀，因为它只是一只活灵活现的蜥蜴刺青。

不过四五分钟，这支让人脸红心跳的艳舞便结束了。男人们激动地喊着、叫着，冲上舞台，七手八脚地抬起裸体美人，像抬神轿般喊着响亮的口号，在屋子里来回转圈。

“冷！好冷啊，送我去浴室！”

听到女王的命令，男人们立即将神轿抬向走廊，去早已备好的浴室。

妖冶妇人的一支宝石舞，为黑街的圣诞夜画上了圆满的句号。人们带着各自的玩伴回家的回家、去酒店的去酒店，三五成群地走了。

狂欢之后的舞厅又脏又乱，五颜六色的彩纸和彩带铺了一地，就像船舶离港后的码头，一片狼藉。几只气球稀稀拉拉地飘在天花板上，一副消沉落寞的景象。

在这个空荡荡的房间的角落里，有个年轻人死气沉沉地蜷缩在椅子上，就像被人揉成了一团可随手扔掉的垃圾。他穿着花色俗气的宽肩西装，系着红色的领带，看起来像个奶油小生。他的鼻子和大部分拳击手的一样是平的，身形壮硕，表情凶恶。只是他现在的神情与他的仪表很不搭，愁眉苦脸地蜷缩在那儿。稍不注意，还真以为是一堆被扔掉的破烂。

怎么这么慢，不知道别人有多着急吗？这可是生死大事，她在磨蹭什么呢？说不定警察很快就会找过来，急死人了。

他哆哆嗦嗦地用手指梳拢蓬乱的头发。

这时，一个穿着制服的男侍应生，穿过厚厚的彩带山，送了杯威士忌过来。他接过酒杯，气哼哼地抱怨道：“怎么这么慢！”然后一仰脖灌了下去，又命令说：“再来一杯！”

“小润，抱歉，我来晚了。”这时，让年轻人苦苦等候的黑天使终于来了。

“那群纠缠不休的公子哥儿讨厌死了，我好不容易才摆脱他们。来吧，告诉我，你一生只有一次的请求，是什么？”她坐在他对面的椅子上，严肃地问。

名叫小润的年轻人还是一副沉重的表情，低声说：“我们换个地方。”

“你怕有人偷听？”

“嗯。”

“你犯罪了？”

“对。”

“伤人？”

“不是，比那严重得多。”

黑衣女人微微颔首，没再继续往下问，她站起身说：“好，我们去外面谈。G街现在除了修地铁的工人，一个路人都没有，我们去那边聊聊，怎么样？”

“好。”

于是，这对奇异的组合，扎着俗气红领带的男青年和妖娆艳丽的黑天使，并肩走出了这栋建筑。

外面一片寂静，在深沉的夜色中，只有路灯和柏油路格外醒目。两个人的鞋底踩在柏油路上，发出“咯吱、咯吱”的声响，形成一段特别的舞曲。

黑衣女人率先打破沉默：“看你这蔫头耷脑的样子，还是我认识的小润吗？说吧，到底犯什么事儿了？”

“杀人。”小润死死地盯着脚面，用绝望的声音坦白道。

“哦？杀了谁？”黑天使听了这样惊人的消息，神色居然毫无变化。

“筱子那个贱人，还有她的情夫北岛。”

“噢，忍不下去了吗？在哪里动的手？”

“奸夫淫妇的公寓。我把尸体塞进大衣柜了，明天早上就会被人发现。所有人都知道我们三个人之间的纠葛。今天晚上我去找他们，公寓管理员还有一些住客都看到了。若是被警察抓到，我就完了……外边的世界这么好，我不想去坐牢。”

“你想跑？”

“是的……老板，你说过要报答我的救命之恩，不是吗？”

“对。当初是你在紧要关头救了我一命，从那时起，我就对你钦慕不已。”

“所以，你报恩的时候到了。借我一千元，我马上就得走。”

“我可以借你一千元，可你当真逃得掉吗？警察一定会在横滨或神户的码头布控，就等着你自投罗网。在这种时候，没有比惊慌失措的跑路更蠢的做法了！”黑衣妇人说起这些事儿头头是道，看上去好像有些类似的经历。

“难道，你想让我在东京躲着？”

“比仓皇逃窜要好。不过，这样做也很危险，我们得想一个更好的办法……”

黑衣女人忽然止住话头，思索起来。过了好一会儿，她才再次开口，问了一个非常奇怪的问题：“小润，你公寓的房间是在五楼吗？”

“是。怎么了？”年轻人焦急地问。

“哈哈，太棒了！”女人惊叹道，“我有个好主意，这不会是老天安排好的吧？小润，我可以保你平安无事。”

“什么办法？你跟我说啊！”

黑天使嘴角一挑，露出个诡异的微笑，目不转睛地盯着男人苍白的脸，一字一顿地说：

“我要你死，要你亲手杀了雨宫润一！”

“啊，你说什么？”

年轻的雨宫润一吓了一跳，张着嘴愣愣地看着黑街女王娇艳的脸。

地狱图

雨宫润一站在京桥桥头等黑天使，这是他们约定好的。他心浮气躁，越等越急。终于，一辆汽车驶到他面前停了下来。司机是个穿着黑西装、头戴鸭舌帽的年轻人，他从车窗里伸出手，招呼雨宫润一过去。

雨宫润一觉得这出租车未免太过豪华，且十分古怪，于是挥手拒绝道："不用，我不坐车。"

司机笑着说："是我，还不快上来！"——竟然是个女人的声音。

"啊！夫人？您还会开车啊？"

不过十分钟的时间，跳宝石艳舞的黑天使就一身男装开了辆小汽车过来，这如何不让年轻的雨宫润一大感吃惊？他和这位黑衣妇人已经认识一年多了，可直到今天还不知道她的来历。

"哼！小瞧人了不是？开车这点儿小事儿有什么难的。别在那儿站着了，快点儿上车！都两点半了。再磨蹭，天都亮了！"

雨宫润一惊疑不定地上了车，还没坐稳，汽车就像离弦的箭一般，顺着夜幕中空旷无人的大道疾驰而去。

"这个大袋子，是干什么的？"

雨宫润一忽然看到椅子上有个大麻袋，于是问道。

美丽的司机转过头看了他一眼，说："救你命用的。"

"这么神秘！你要带我去哪儿？说实话，我有些害怕。"

"你是G街的英雄，怎么现在净说丧气话？刚才我们说好的，你什么都不问。现在这样，难不成是不相信我？”

“不，不是。”

之后，无论雨宫润一怎么问，司机都一声不吭，神情专注地看着前边的道路开车。

车子绕过U公园[1]的大池塘，爬了一段斜坡，在一处格外僻静的地方停了下来。附近只看得到长长的围墙，一户人家都没有。

男装美女命令道：“小润，有手套没有？有就戴上。再把外衣脱了，上衣的扣子都扣上，帽子压低，遮住眉眼。”她一边说，一边把所有的车灯都关了，不管是前后灯，还是车内的小灯。

因为没有路灯，四周一片漆黑。熄灭发动机后，没有开灯的车子，就像个伫立在黑暗中的瞎子。

“行了，带上麻袋，跟我走。”

雨宫润一听命行事，下车后，又将黑西服的领子立了起来。黑衣女人一副西洋小偷的模样，抓着雨宫润一的手，把他扯进了附近一扇虚掩着的门里。

门内，树木遮天蔽日，两人在树下穿行，穿过一片宽敞的空地，又在几栋狭长的西式楼房之间穿行了一段时间。路上只有零星几盏路灯。到处都是黑漆漆的一片。

“夫人，这是T大[2]吧？”

“嘘，别出声！”黑衣女人抓着雨宫润一的手使劲儿一捏，厉声训斥道。

雨宫润一只觉得浑身发冷，隔着两层手套贴合在一起的掌心带着温暖的湿意。可是，杀人犯雨宫润一现在哪有心情去感受这些，他连对方是女人的事儿都快忘了。

他在黑暗中行走，时不时就会想起三个小时前那场让人魂飞魄散的

[1] 这里指上野公园。

[2] 这里指的是东京帝国大学。

变故。他掐着自己昔日爱人筱子纤细的脖颈，不停地用劲儿，再用劲儿，眼看着筱子的舌头从齿缝间伸出来，嘴角流出鲜血，瞪着圆溜溜的大眼睛凶狠地看着自己。垂死之际，她的手指还痛苦地在虚空中抓挠了几下。这一幕幕的场景，不停地在他脑海中浮现。恍惚间，他似乎看到一团巨大的阴影矗立在自己前方，不由得毛骨悚然。

两人走了好一会儿，才在一栋西式洋房前停下脚步。那栋洋房立在一处宽阔的空地上，围在四周的木板墙塌了大半。

黑衣妇人轻声说："就在这儿了，进去吧！"

她找到门上的锁，把可能是之前就配好了的钥匙插进去，只听"咔咔"几下金属转动的轻响，锁很快就开了。

推开门跨进院子，女人立即回身将门掩好，又打开准备好的手电筒，顺着亮光，朝着洋房里面走。地上荒草丛生，洋房像一栋无人居住的鬼屋。

爬上三级石阶，前面像是一道门廊，白色栏杆上的油漆掉得七零八落，水泥地面坑坑洼洼。往前走了五六步，迎面一道古香古色的厚重大门紧紧地关着。

黑衣女人拿出钥匙，开门领雨宫润一走了进去，之后又开了一扇门，来到一间空旷的大屋子里。房间里有浓重的消毒水味，像医院的外科病房那样。除此之外，还有一种古怪的甜酸味，非常呛人。

"我们到地方了。小润，等会儿无论看到什么，都不能出声。这边房子里虽然没有人，墙外却有人在巡逻。"黑天使贴着他的耳朵，恐吓一般轻声说。

雨宫润一傻傻地站在原地，只觉得有一种莫名的寒意爬上脊背。这到底是什么地方？这刺鼻的味道是怎么来的？在这空荡荡的、说话都带回音的房子里，到底藏着怎样的秘密？

四周一片黑暗，北岛和筱子垂死挣扎时恐怖恶心的面容再次浮现在他眼前。难道是那两个家伙的恶灵将我引上了黄泉路，让我在这黑暗的幽冥世界中忐忑不安？雨宫润一之前从未有过这种感觉，现在被吓得直冒冷汗。

黑衣女人像是在找什么东西，手电筒的圆形光斑在地板上晃来晃去。

带着天然纹路的木地板十分粗糙，上面什么都没铺。圆形光斑从一块块地板上爬过。很快，一个类似桌腿的物体出现在光圈范围内。光圈向上，那果然是张长条形的大桌子，虽然涂料掉了不少，坑坑洼洼的，看着却很结实，上面还放着什么东西。天啊！是人，人的腿！难道有人在这里睡觉？

那是一个瘦骨嶙峋的老人的腿，脚脖上还用绳子系着一块小木牌！怎么回事儿？

唉，这么冷的天，老人怎么光着身子睡觉？

光圈慢慢从老人的腿移动到肚子，然后是可以清晰地看到有肋骨痕迹的胸膛、鸡脖子般纤细的脖子、软塌塌垂着的下巴、外翻的嘴唇、龇着的牙、大张的嘴、磨砂玻璃般混浊的眼睛……原来是一具尸体！

脑子里想着的东西居然出现在了光圈里，雨宫润一被吓得面无血色。他刚刚才犯下了难以挽回的大错，心里正惊疑不定，连这是哪儿都尚未搞清楚，骤然看到这个场景，只当自己是疯了，或者正在做噩梦。

光圈继续移动，接下来的场面，让他彻底失去了理智，大声尖叫起来，哪里还记得对黑衣女人的承诺。

眼前的场景，只有地狱里才会出现吧！三张榻榻米大的水槽里，一层一层摞满了人类赤裸的尸体，男女老少的都有。

不计其数的尸体在血水池中交缠在一起，这地狱图般的恐怖景象怎么会出现在现实世界里？

“小润，你这胆子也太小了，别一惊一乍的，这是实习用的解剖室，每个医学院都有。”黑衣女人镇定自若地嘲讽道。

哦，这样啊！对，这里是大学校园。可是，为什么要来这么恐怖的地方？雨宫润一虽然素来胆大妄为，此刻也不得不为这位美丽伙伴的古怪行为，感到惊异万分。

手电筒的光圈在尸山中缓慢移动，最后停在最上层一具非常醒目的年轻人的尸体上。

黑暗中，那像是一张幻灯片中的场景：一个黄皮肤的年轻人，躺在那里一动不动。

“找到了。”黑衣妇人用手电筒照着这具尸体，轻声说：“这个年轻人是K精神病院的病人，昨天死的。K精神病院和T大有协议，会以最快的速度，把死掉的病人的尸体送来这里。我的朋友，或者说是我的手下，是这间解剖室的管理员。所以，我很清楚这里有一具年轻的尸体可以供我们使用。怎么样，还不错吧？”

“什么还不错？”雨宫润一又慌又怕，这女人到底想干什么？

“难道你没发现，这个人无论是身高还是体型都和你差不多，只有脸不一样吗？”

雨宫润一听了，仔细一看，发现尸体主人的年龄和体型，果然和自己差不多。

啊！原来是想让这家伙给我当替身。可是，这个贵妇打扮的女人，怎么会想出这样无法无天、让人惊骇不已的办法？在这其中，她是否有什么险恶用心呢？

“明白了吗？我的办法不错吧？一般魔术师都想不到这样的办法。只有最大胆的魔法，才能让一个大活人在这个世界上凭空消失。来，把那麻袋拿过来，我们一起把这个家伙装进袋子里，搬到车上去，就算恶心，也先忍着吧！”

相比于尸体，雨宫润一此时更怕的，其实是这位准备救他的黑衣女人。她到底是做什么的？有钱的贵妇人或许喜欢玩一些出格的游戏，可她没道理为了自己如此费心筹谋吧！她之前说的这间解剖室的管理员，真的是她的手下吗？她居然能在这样的学校里安插人手，这得是多么强大的邪恶势力啊！

“小润！别傻站着了，快点儿把袋子拿过来。”

黑暗中传来了女人责备的声音。雨宫润一从这句斥责里感受到了一种古怪的压力，只觉得心脏都要停止跳动了。他瞬间变成了一只在小巷中遭遇大猫的小老鼠，只能乖顺地照着女人的命令行事。

入住 K 饭店

那天晚上，京城最豪华、最有名气的饭店——K饭店，也举行了一场盛大的舞会，请了国内外不少名流。早上五点前后，跳了一夜舞的狂欢客才差不多走干净了。前门的侍应生又困又累，上下眼皮犯了相思病一般，恨不得黏在一起。他勉强睁着迷蒙的眼睛，忽然看到一辆汽车慢慢行驶到旋转门前。

是绿川夫人！

侍应生们都很喜欢这位年轻貌美、出手大方的贵妇人，看到是她回来了，纷纷拥向车门去接。绿川夫人穿着一身毛皮大衣，在她之后下车的，是位四十多岁的中年男人。男人留着两撇上翘的八字胡和一把浓密的山羊胡，戴着一副玳瑁眼镜，上身穿了一件厚实的毛皮大衣，下身穿着一条带条纹的裤子，看上去就像个政治家。

“这是我朋友，我隔壁的房间还空着吧！请尽快收拾一下，他打算在这儿住几天。”绿川夫人对守候在柜台后的饭店经理吩咐道。

“好的，我马上派人过去，请稍候。”经理恭敬地说完，立即吩咐侍应生去打扫房间。

那位留着帅气长胡子的客人没有说话，只是随手在翻开的登记簿上签上了名字——山川健作，然后紧跟在夫人身后，走向了大门正对着的走廊。

两人各自进入自己的客房洗漱了一番。之后，男人敲开绿川夫人的房门，走了进去。

山川健作脱下晚礼服，只穿一条长裤，不停地搓着手，说："啊！手上还是有味儿，洗不掉呢！我要受不了了。这辈子从没做过这么残忍的事儿。"声音出乎意料地稚嫩，与他威风凛凛的外表完全不符。

"哈哈，这话你也说得出来，不是你杀了两个大活人的时候了？"

"哎！别提这件事儿了，万一被走廊上的人听到怎么办？"

"别紧张，声音这么小，谁能听见？"

"唉，我想起这件事儿就浑身发抖，"山川健作哆哆嗦嗦地说，"刚才，我在公寓里用铁棍砸烂那具尸体脸的时候，心里说不出是什么滋味。后来，我把那家伙扔进电梯井，听到深处传来一声闷响，像是在告诉我，尸体已经被摔碎了。啊，想起来就害怕！"

"你胆子太小啦！已经过去的事儿，想那么多做什么。雨宫润一在那个时候就已经死了，现在在这里的，是山川健作，一位体面的学者。所以，打起精神来！"

"可是，真的没问题吗？学校丢了一具尸体，他们难道不会追究？"

"动动脑子，这种事儿难道我就想不到？我之前说了，解剖室的管理员是我手下，他不会让人抓到把柄的。现在是假期，老师和学生均已离校。杂工不会记得每具尸体的身形容貌，尸体那么多，少了一具尸体，除了管理员谁会发现？而管理员又是我们的人，他会改掉登记簿上的记录，如此一来，便天衣无缝。"

"那得尽快把今晚的事儿和管理员说一声。"

绿川夫人穿着一身华美的友禅染[1]长袖睡衣，坐在床边，指着身边的位置，对化名为山川健作的小润说："嗯，早上打个电话就行了。不过，小润，有件事儿我必须和你说清楚，来，坐下。"

---

[1] 一种染布工艺，为江户时代京都扇绘师宫崎友禅斋所创。他将画扇子的技巧用于制作和服，使和服与当时的绞染、刺绣制作出来的厚实感极为不同而大受欢迎，"友禅染"因此得名，后又被命名为"京友禅"。由于所有工序都是手工操作，因而其成品皆绚烂奢华。

“这假胡子和眼镜太丑了，我可以摘下来吗？”

“摘吧，没事儿，门已经锁上了。”

然后，两人像恋人般在床上并肩而坐，轻声交谈起来。

“小润，你已经死了，知道这是什么意思吗？就是说，你现在拥有的这条命，是我给的，你要无条件执行我的一切命令。”

“我若是不听你的话，会怎么样？”

“那我只能收回这条命了。我魔术师一般的本事，你是知道的，我说一不二的个性，你也清楚。山川健作只是个木偶、风筝，我可以把它放得很高，但线永远在自己手里。再说，一个虚构出来的人，忽然消失，也不会引起别人的注意，警察又能如何呢？从今天开始，你这个武艺高强的人偶，便落到了我的手里。知道人偶是什么意思吗？就是奴隶，知道吧，我要你做我的奴隶！”

雨宫润一已经彻底被这个妖女迷惑住了，受到她的威胁，非但不恼，还有一种说不清的甜蜜依恋。

“好的，女王陛下，我愿意当您的奴隶，听您调遣。即使您让我亲你的鞋底，我也会满心欢喜地服从命令。我只有一个要求，请您务必要答应我，求您不要抛弃自己的孩子，求您不要舍弃我。”他将双手放在绿川夫人的膝盖上，撒娇一般哽咽着说道。

黑天使温柔地笑了笑，伸手揽住雨宫润一宽阔的肩膀，一下一下，轻轻地拍着，就像是在哄自己的孩子。她感觉到有湿润滚烫的泪水，透过衣服落在自己膝盖上。

“哈哈，可笑，我们这是难过什么呢！好了，打起精神来，我有件比这更重要的事儿，要和你说。”女人松开手，说：“你知道我是什么人吗？恐怕一点儿都不知道吧？”

“不知道，也不在乎。不管你是窃贼还是杀人犯，我都是您的奴隶。”

“哈哈，你猜对了。我不仅是窃贼，弄不好也是杀人犯呢！”

“真的，你也杀过人？”

“呵呵，吓了一跳吧！现在没什么不能说的，你的命还在我手里呢！

你想逃跑吗？不是真准备跑吧？”

放在女人膝盖上的手骤然一紧，“我是您的奴隶！”他再次发誓道。

“哈哈，就喜欢听你说话。从今天开始，你就是我的手下了，你要竭尽所能，把我交代你的事儿办好。我已经以绿川夫人的名义在这家饭店住了四五天了，知道我为什么要住这儿吗？因为我的目标也在这里。那个人可不好惹，我怕自己单枪匹马制伏不了他。正不知如何是好，就多了你这么一个帮手，现在没什么可担心的了。”

“你的猎物，很有钱吗？”

“哈哈，自然是个非常有钱的人。可我看上的不是钱，我的人生目标是收藏、占有世界上所有美好的物品，不管是珠宝、艺术品，还是美丽的少女……”

“人也能收藏吗？”

“当然，再美的艺术品也比不上美丽的人。我盯上的猎物是住在这家饭店里的一个绝世美人，她是和父亲一起从大阪过来的。”

“你想偷走那位小姐？”

雨宫润一没想到黑天使会说出这样一番话来，被吓得目瞪口呆。

“对，但这和其他绑架少女的事不同。我要用这个女孩儿做诱饵，拿到日本最珍贵的钻石——她父亲是大阪赫赫有名的大珠宝商。”

“岩濑商社？”

“不错。现在岩濑庄兵卫就住在这家饭店里。唯一有些棘手的，是他身边那个私家侦探——明智小五郎。”

“明智小五郎？他也在这里？”

“对，这是个实力强悍的对手。好在这个讨厌的家伙，对我还一无所知。”

“他为什么要请私人侦探，难道是发现什么了？”

“不错，我故意打草惊蛇了。小润，我从来不会趁人不备干什么事儿，因为我相信只有极为怯懦和卑鄙的人才会那样做，所以我每次动手都会提前示警。我喜欢和严阵以待的对手公平比试，这样才有趣味。相比于顺利地拿走宝物，我更喜欢对决的过程。”

“这次你也提前示警了？”

“嗯，他们还没离开大阪，就已经接到了我的警告。啊，我太激动了！明智小五郎是个强劲的对手呢！能和这样的人比试，想想就让人兴奋不已！喂，小润，这么棒的事儿，你也很期待，对不对？”

她兴致勃勃地说着这些话，情绪十分激动，手舞足蹈，疯了一般，抓着雨宫润一的手因为情绪变化，时而握紧，时而放松。

女魔术师

不过一晚上的时间，雨宫润一就完全融入了山川健作的角色。第二天早上，他洗漱完，戴上粗框眼镜和假胡子，俨然一个医学博士。在餐厅里，他和坐在对面的绿川夫人，一边闲聊一边喝燕麦粥，言行举止极为自然，一点儿破绽都没有。

他吃完饭，刚回到房间，就有侍应生过来问："老师，您的行李到了，现在给您送过来吗？"

雨宫润一年纪尚小，之前从未被人尊称为老师，此时，他竭力装出一副泰然自若的样子，沉声说："嗯，送过来吧！"

昨晚绿川夫人已经和他说过，今早会有一只大皮箱打着他行李的旗号被送过来。

侍应生和搬运工很快就抬着一只带木框的大皮箱走了进来。

侍应生离开后，住在隔壁房间的绿川夫人走了进来。她称赞这位新手下的本事："装得很像嘛！不错。怕是连明智小五郎，也看不出你的破绽呢！"

"哈哈，我还是有些本事的。先不说这个。好大一只箱子，里面装的什么？"

山川健作明显还不知道皮箱的用途。

"钥匙给你，打开看看吧！"

山川健作——留着威风长胡子的中年男人——接过钥匙，疑惑地歪着头。

“难道是我的衣服？堂堂一个博士，总不能老穿一件衣服吧！”

“呵呵，也许呢！”

于是，山川健作转动钥匙，打开箱子。不想装在里面的东西用好几层破布包裹得严严实实，装满了整个箱子。

山川健作失望地嘟囔了一句：“咦，这是什么啊？”他又仔细地打开了其中一个包裹：“这，这不是石头吗？石头又不是什么宝贝，至于包裹得这么严实吗？箱子里不会全都是石头吧？”

“对，没给你准备换洗衣物，抱歉啦！放这么多石头，是为了增加皮箱的重量。”

“增加重量？”

“对，差不多是一个人的重量。在箱子里装石头，虽然看起来有点儿傻，却有个好处，就是不用费心处理善后问题。把石头扔出窗外，把破布塞进床垫里，箱子就空出来了，一点儿痕迹都不露。想要当一个出类拔萃的魔术师，绝不能忽视这些细节。”

“哦，这样啊！可是，你把箱子空出来，想要装什么进去呢？”

“哈哈，箱子里还能装什么，即使是天胜[1]，也只有那几样可选吧！行了，我们快点儿把石头收拾好。”

他们的房间挨着饭店最里面的走廊，窗外是一个普普通通的狭小中庭，平时没什么人，庭院的地上铺满了石头，正适合他们往外扔石头。两个人连忙把箱子里的石头扔到那里，又把破布处理好。

“行了，箱子已经彻底清干净了。接下来，我再告诉你这只魔术箱要怎么用。”

绿川夫人看到雨宫润一满脸疑惑的样子，越发有了兴致。她迅速锁好门，拉上窗帘，脱掉身上的黑礼服。

“夫人，你，你要做什么，白天也跳艳舞吗？”

[1] 松旭斋天胜（1886—1944），明治时期日本著名的女魔术师。

“哈哈，吓到了？”

夫人一边笑，一边把身上的衣服脱了个精光。难道她是怪癖发作，想要展示自己窈窕的身段吗?

再穷凶极恶的年轻人，看到赤身裸体的美女，也免不了要脸红心跳、手足无措，更何况眼前这个女人，一身白里透红的皮肤闪着动人的光，身姿妖娆、曲线玲珑，还大胆地摆着撩人姿势。

理智上，雨宫润一觉得自己不该看，可视线却像有自己的主张般，非要往那边瞟，偶然间与夫人的视线相接，便让他面红耳赤、气喘如牛。在奴隶面前，女王自然可以随心所欲地摆出任何姿势，而不用感到羞怯和窘迫，最后流着冷汗绝望叫喊的，一定是奴隶。

“哎，放松点儿好不好？没见过裸体的女人吗？”

她将自己身上每一段曲线，甚至是每一处阴影，都大大方方地在这位手下面前展示出来。然后，她跨进皮箱，像尚未出生的婴儿般蜷缩着手脚躺下来。

“喏，这就是我的魔术了，你觉得如何？”蜷缩在皮箱里的“肉块”，用雌雄莫辨的声音问道。

曲起的膝盖挤压着丰满的乳房，腰部线条已全部打开，屁股高高地撅着，两手交叉环在脑后，头发乱糟糟的，胳肢窝暴露无遗。

扮成山川健作的小润渐渐放开了胆子，在箱子前躬下身，涎着口水贪婪地打量眼前的尤物。

“夫人，您现在是箱中美人了。”

“哈哈，对。为了保证合上盖后，里面的人不会窒息而死，箱子上还开了很多不起眼儿的小孔。”

说完，她“啪”地合上箱盖。箱盖落下的瞬间，扇起的暖风和成熟女人的体香杂糅到一起，吹拂到年轻人泛起潮红的脸上。

合上箱盖，呈现在眼前的，便只是一只棱角分明的黑色皮箱。谁能想到里面还有个丰满妖冶的粉色肉体呢？古往今来的众多魔术师，都喜欢将丑陋的箱子和美丽的女人搭配到一起，原因就在这里。

“怎么样？如此一来，就不会有人怀疑箱子里藏着一个大活人了吧？”

夫人将箱子掀开一条缝，像躲在蚌壳里的维纳斯般露出美丽的面庞，浅笑着寻求雨宫润一的同意。

“是，是的……所以，夫人打算像这样，把珠宝商的女儿藏在皮箱里带走，对吗？”

“当然。明白了吧！刚刚我只是想给你演示一下。”

过了一会儿，绿川夫人穿好衣服，又重新装扮一番，才将自己胆大包天的绑架计划，原原本本地告诉了山川健作。

“我负责将那姑娘请到箱子里，具体的计划已经想好了，还准备了麻药。你负责将箱子从这里运出去。这是我给你的第一个考验，你有多少本事，就拿出来吧。

“你要放出风去，说自己今晚九点二十分要坐火车去名古屋，并提前让人帮你买好票。走的时候，你要带着皮箱，并找酒店的搬运工帮你把它送上火车。换句话说，要让人误以为你去了名古屋。事实上，你只坐一站，在中途的S站就已经下车了，明白吗？你要跟车上的乘务员说自己忽然想起一件急事儿，必须下车，让他帮你把皮箱拿下去。这事儿虽然有点儿麻烦，但你是个聪明人，应该不会出什么纰漏吧？

“下车后，你从S站带着皮箱坐车回东京。这次住M饭店，选最好的房间，你要装出一副富豪的派头，越张扬跋扈越好，动静不妨闹得大一些。明天我会离开这里，去M饭店找你。你觉得这个计划如何？”

“挺有意思的。我真的要敲锣打鼓地进去吗？我一个人做这种事儿，心里有点儿没底。”

“哈哈，你杀人都不怕，还怕装富豪？别像孩子似的畏首畏尾，没事儿的。越是干坏事儿，越不能畏畏缩缩，明目张胆才最安全。万一被人看出破绽，你把行李一扔，撒腿跑路不就行了！和杀人比，这都不算什么。”

“夫人为什么不和我一起走呢？”

“因为我要竭尽全力拖住明智小五郎。在你抵达目的地以前，我必须盯紧他，以免他发现什么线索。我的任务是吸引那个碍事侦探的全部注意力，这可比运箱子难多了。”

“是这样，那我就放心了。只是……我在M饭店等着，你明天早上可一定要来啊！还有，万一你来之前，那姑娘醒了，在皮箱里喊起来，我要怎么办？”

“哎，这么点儿小事儿，也能让你愁成这样？我会在这种地方犯错？我不仅会把那女人的手脚捆住，嘴也会堵得严严实实的。即使麻醉剂的药效过了，她也出不了声，连动都动不了。”

“哎，我的脑子今天转不动了，说起来都是夫人刚才那场大胆的演出，迷得我魂飞天外了。求夫人下次别这样即兴表演了，我还年轻嘛，到现在，心还怦怦乱跳呢！哈哈，说起来，我们在 M 酒店会合后，有什么安排吗？”

“会合之后的事儿，属于最高机密，你作为手下，是无权过问的，只要按照主人的交代埋头做事儿就行了。”

就这样，他们制订了详细的绑架有钱小姐的计划。

女贼与名侦探的赌局

这天晚上，酒店宽敞的会客厅里热闹非凡，客人们吃过晚饭，便三五成群地聚在一起抽烟、闲聊。放在屋角的收音机正在播报晚间新闻，倚着靠垫、展开晚报认真阅读的绅士，随处可见。一群外国人围坐在圆桌旁边闲聊，偶尔传出的尖锐的说话声，听着像是一个美国女人的。

岩濑庄兵卫和他的宝贝女儿早苗小姐，也在那些客人之中。早苗小姐穿着一身带华美花纹的黄色和服，腰间系着一条银丝带，披着黄色的外褂。早苗小姐的个子比同龄人高，一身传统的和服，十分显眼——会客厅里的女人大多穿的洋装。除了衣着打扮，大阪女性独有的那种典雅从容的举止和温柔婉约的气度，也让早苗小姐十分引人注目，再加上，她还有一张戴着无框眼镜、白皙柔嫩的脸。

女孩儿的父亲岩濑庄兵卫，则是一个留着灰白色三七分头的中年壮汉，红脸庞，下巴刮得干干净净，一身名流商贾的打扮。他寸步不离地跟在女儿身后，一脸戒备、时不时四下张望的样子，更像一个尽忠职守的保镖。

这次出行虽然也有商业上的原因，但更重要的是，岩濑庄兵卫家即将与京城的一户子爵人家结亲，婚事已经大体敲定，岩濑庄兵卫要带上女儿早苗，将她介绍给对方认识。不想，半个月前，岩濑庄兵卫忽然接到了犯罪分子的绑架预告信，一天一封，弄得他心烦意乱。

请保护好您的宝贝女儿，恐怖的恶魔正虎视眈眈，准备将她绑走。

虽然每封信措辞不同，字迹也不一样，但内容都大体如此，让人一看就心惊胆战。收到的信越多，岩濑庄兵卫就越害怕，总觉得女儿被绑架的日子很快就会到来。

其实一开始岩濑庄兵卫也没把这些信当回事儿，只想着是什么人的恶作剧。可是，收到的信多了，他难免担心起来，还特地报了警。可是警察也查不出这些神秘的恐吓信是谁发出来的——信上没有留下任何线索，邮戳的地点也各不相同，有时是大阪市，有时是京都，有时是东京或其他地方。

一来，岩濑庄兵卫不想失去子爵家这门好亲事；二来，他想着在家里每天都能收到这种不知来源的恐吓信，暂时离开或许是件好事儿，所以才下定决心带女儿出来。

为以防万一，岩濑庄兵卫还特地请了私家侦探明智小五郎来保护自己的宝贝女儿。他以前曾经请明智小五郎帮自己查珠宝盗窃案，所以非常相信明智小五郎的本事。名侦探先生原本不想接手这种案子，但因为岩濑庄兵卫一求再求，实在推脱不过，只好答应这段时间住在他们的隔壁，以阻止这件不同寻常的绑架案的发生。

现在，高挑瘦削、穿着一身黑色西服的明智小五郎，正坐在会客厅一角的沙发上，和一个同样穿着一身黑礼服的美貌妇人轻声交谈。

侦探盯着对方的眼睛问："夫人好像对这个案子很感兴趣，我能知道为什么吗？"

黑衣女人回答道："因为我特别喜欢看侦探小说。这件事儿还是岩濑先生的女儿告诉我的，你不觉得这很像小说里的桥段吗？所以我的兴趣才这么大。更重要的是，我还因此认识了赫赫有名的明智先生，感觉自己也成了小说里的人物。"

读者想必已经猜到了，这位美貌的黑衣妇人其实就是我们的主角"黑蜥蜴”。

这个女人因为疯狂迷恋宝石，很早就以忠实顾客的身份和岩濑庄兵卫结识了，这次“碰巧”住进了同一家酒店，自然是要多多来往。她凭借高超的交际手腕，轻而易举便赢得了早苗小姐的信任。因为关系太好，早苗小姐甚至把这件本该严格保密的事儿也同她说了。

“可是夫人，现实很少会像小说那样富有戏剧性。我认为这次的事儿，多半是社会上某些不入流的流氓混混的恶作剧。”侦探一副兴致不浓的样子。

“你虽然这样说，但还是很认真地做了调查，不是吗？晚上在走廊里巡视，向饭店的侍应生打探有没有异常情况，您做的这些事儿，我都看到了哦！”

“连这些鸡毛蒜皮的小事儿，您都知道了，果然不简单。”明智小五郎嘲讽道，双目死死地盯着夫人美丽的面孔。

“女人的第六感告诉我，这并不是什么恶作剧，您最好警醒一些。”夫人一边毫不示弱地与侦探对视，一边意味深长地说。

“谢谢，我记住您的忠告了。放心，既然我在这里，小姐就不会有事儿。再凶狠狡诈的恶徒，也逃不过我的眼睛。”

“嗯，早就听说你本事高强了。只是这次，我怕会是另一番景象。听说对方也很厉害，有通天彻地之能，非常可怕……”

啊，这个女人果然不同寻常，居然在名侦探明智小五郎的面前，大肆吹捧自己。

“哈哈，夫人又没有见过那位窃贼，怎么对他评价这么高？要不我们打个赌如何？”明智小五郎开玩笑般地提了个有趣的建议。

“打赌？好啊！能和您这样的名侦探赌上一局，我太幸运了。这是我最喜欢的首饰，我愿意用它做赌注。”

“哈哈，夫人怎么还当真了。好吧，我若是输了，小姐若真的被人绑走……嗯，我该用什么做赌注呢？”

“就赌上你作为侦探的名誉吧！您要是答应，我就压上自己所有的珠宝。”

阔太太斗气时，似乎常有这种突发奇想的行为，不过这次较劲儿中，却藏着女窃贼急于和名侦探一决胜负的期待，只是不知道能不能瞒过明智小五郎的眼睛。

“有意思，也就是说我如果输了，必须放弃侦探这一职业，是吗？好！你一介女流，连重要性仅次于生命的珠宝都能舍弃，我一个豪迈男儿，又怎么能怕丢了自己的饭碗呢？”明智小五郎不甘示弱地说。

“呵呵，好啊！那我们就一言为定了。说起来，我真想看看明智先生以后会换什么行业呢！”

“一言为定！我也很期待夫人拿出所有珠宝的那一刻！哈哈！”

就这样，轻松的闲谈忽然变得严肃起来。两个人刚刚敲定这个异想天开的赌局，对此一无所知的早苗小姐便走了过来，笑着打招呼：“两位在说什么悄悄话呢？我能加入吗？”她的语气虽然很轻松，神色间却带着淡淡的忧虑。

“啊，小姐来了，过来坐。明智先生刚才还在抱怨说这些事儿都很无聊呢！那些恐吓信肯定是什么人搞的恶作剧，不用放在心上。”绿川夫人一副关怀体贴的样子，口是心非地说出这些话来宽慰早苗小姐。

接着，岩濑庄兵卫也到了。四个人坐在一起，默契地绕开恐吓信，只说些无关紧要的琐事儿。不一会儿，四个人的谈话就成了两个人一组的闲聊，岩濑庄兵卫和明智侦探、绿川夫人和早苗小姐，男人和男人、女人和女人。

人偶

女人们很快站起来，将聊得热火朝天的男人扔在了大厅，不紧不慢地从大厅里散乱的椅子间穿行而过。两个人除了黑色的丝绸礼服和黄色的和服外套看起来差别很大外，其他的不管是身材，还是发型，甚至是年龄，居然都差不多。人们都说美女是没有年龄的，难道真的是这样？绿川夫人已经三十多岁了，看上去还像少女般朝气蓬勃、稚嫩娇美。

两个人随意走着，不知不觉离开了大厅，顺着走廊走向楼梯那边。

“小姐，还记得我昨天说的那个人偶吗？要不要去我房间看看？”

“啊，您带过来了？我要看。”

“我无论去哪儿都带着那个人偶呢，它是我最喜欢的奴隶。”

啊，绿川夫人口中的人偶，到底是什么呢？

“喜欢的奴隶”这样古怪的形容没有引起早苗小姐的丝毫警觉。可是读者听到“奴隶”这个词，应该会想到假扮成山川健作的雨宫润一吧，毕竟他也是夫人的奴隶呢！

绿川夫人住一楼，早苗小姐他们住二楼。两人在楼梯口稍微停了停，早苗小姐终于接受了绿川夫人的邀请，准备去她的房间看人偶。就这样，她们朝走廊那边走去。

“来，快进来。”一到房间门口，夫人就打开门催促道。

“咦？你不是住二十三号房吗？不是这间吧！”

是的，这个房间的门牌号是二十四，也就是说，这是夫人房间隔壁山川健作的房间。

那个杀了人的拳击手，吃过晚饭便逃也似的回了房间，正苦等这一刻的到来呢！房间里，早就备好了泡好麻醉剂的纱布和棺材似的皮箱，只等猎物落入圈套。

早苗小姐的犹豫是有道理的，她察觉到了异样，有一种不好的预感。直觉正不停地向她示警，告诉她再往前一步，就是地狱。

可是，绿川夫人仍是一副从容自若的样子，和平时没有任何不同："没错啊，这就是我的房间，快进去吧！"说着，她便揽住早苗小姐的肩，将早苗小姐拖了进去。

两个人的身影刚一消失，房门就"啪"的一声合上了，之后就是一阵上锁的"咔咔"声，显然是有人在里面反锁了房门。

同一时间，门里还响起了模模糊糊的闷哼声和呻吟声，听着像是有人被捂住口鼻之后发出的声音。

很快，房间里的怪声便消失了，房间像夜晚的森林般安静了下来。可是很快，里面又发出一阵怪声：窃窃私语声、凌乱的脚步声、物体的碰撞声等。直到大概五分钟之后，房间才再次安静下来。之后，随着拧锁的声音响起，门被打开了一条细缝，一张戴着眼镜的脸从门缝里探出来，眼珠滴溜溜转了几圈，窥探着走廊里的情况。

看到走廊上空无一人，那个人立即闪身出门。奇怪，居然是早苗小姐，而非绿川夫人。在我们的想象中，她不是应该被塞进皮箱里了吗？

不，不是。虽然她的头型、衣服和眼镜，都与早苗小姐一模一样，但仔细一看，仍旧有些差别，比如太过丰满的胸和稍显高挑的个头儿，特别是她的脸，虽然妆化得很精细，发型和眼镜也发挥了不小的作用，可是，手就是再巧，也无法把一个人的脸修成另一个人的模样。眼前这个人仍旧是绿川夫人，只是用了和早苗小姐相同的装扮而已。不过，五分钟就能完成这样的变装，这位窃贼倒也对得起自己魔术师的名头。

至于可怜的早苗小姐，毫无疑问，已经被塞进了皮箱里，成了女贼绑架计划的战利品。她身上的衣服饰品都在绿川夫人这里，所以她本人必然是像夫人早上展示的那样，一丝不挂，被绑着手脚、堵着嘴巴，凄惨地被团成一团塞在箱子里。

变身为早苗小姐的绿川夫人一边关门一边轻声嘱咐道：“人我就交给你了。”

门里的男人用低哑的声音说：“好，放心吧！”

答话的自然是化身为山川健作的雨宫润一。

夫人将一个鼓起的包袱夹在腋下，小心翼翼地避开别人的视线，快步走到楼上岩濑庄兵卫的房间。她偷偷往里一看，太好了，岩濑庄兵卫不在，多半还在楼下大厅里和明智小五郎闲聊。

这间客房分为卧室、客厅、浴室三个部分。客厅里放着沙发、扶手椅和书桌等家具。夫人走进客厅，打开书桌的抽屉，将岩濑庄兵卫常用的装卡莫汀[1]的药盒拿出来，用早已准备好的另一种药把里面的药全部换掉，然后又原样放回抽屉。

之后，夫人走进卧室，关上明亮的壁灯，只留一盏昏暗的床头灯。一切准备就绪后，她便按下服务铃召唤侍应生。

很快，一个侍应生敲门后走进客厅说：“请问，您有什么吩咐吗？”

夫人将卧室的门微微推开，半张脸都藏在阴影里，客厅里的灯也只能照到她的衣服。她模仿着早苗小姐的声音说：“我父亲还在楼下的大厅里，麻烦你去喊他一下，让他早点儿回来休息。”不得不说，模仿得非常像。

侍应生应声而去，很快，走廊上就传来了凌乱的脚步声，岩濑庄兵卫打开门走进来，气喘吁吁地轻声责备道：“怎么只有你一个人？绿川夫人呢？”

夫人还和之前一样，藏在漆黑的卧室里，只露出半边衣服，她用和早苗相像的声音，轻声答道：“我有点儿不舒服，所以刚才在楼梯口和夫人道别，自己回了房间。爸爸，我要睡了，您也早些休息吧。”

[1] 一种镇静催眠药，因为易让人产生依赖性，现在已被禁用。

父亲没有产生任何怀疑，只当是女儿在卧室里与自己说话。他坐在客厅的椅子上，喃喃抱怨：“我真是拿你一点儿办法都没有。说了多少次了，绝对不能落单，万一出了什么事儿，可怎么办啊！”

夫人用少女般天真的口吻答道：“所以，我才叫爸爸赶紧回来啊！”

这时，名侦探明智小五郎也进来了。

“小姐准备休息了？”

“嗯，换衣服呢！她说有点儿不舒服，想早点儿睡。”

“好，那我也回房了。”

明智小五郎走后，岩濑庄兵卫锁上门，在客厅的书桌上写了会儿信，然后像平时那样，从抽屉里拿出卡莫汀，就着桌上水瓶里的水吃了几片药。他站起身，走进卧室。

“早苗，还不舒服吗？好点儿没有？”他一边温和地问着，一边绕到屋角的床铺前，想看看女儿的情况。不想，夫人先一步将毯子拉到下巴上，又把脸藏到了灯光的阴影里，背对着岩濑庄兵卫，烦躁地说：“没事儿，没事儿，困死啦！”

“哈哈，怎么了，今天有点儿奇怪，是不是生爸爸的气了？”

岩濑庄兵卫虽然说了这样的话，却没有多想。因为怕惹女儿生气，他便小声哼着歌儿，换上睡衣，上床睡觉了。

夫人准备的强效安眠药效果极好，岩濑庄兵卫的头刚一沾到枕头，便睡得人事不知了。

过了一个多小时，晚上十点多，正在房间看书的明智小五郎忽然听到隔壁传来急切的敲门声。他吓了一跳，连忙开门去看，只见侍应生拿着电报，正使劲儿敲门，一边敲，还一边喊“岩濑先生”。

“门敲得这么响，里面怎么一点儿反应都没有，太奇怪了。”

明智小五郎忽然有种不祥的预感，也不管是不是会影响到其他客人，便冲上去和侍应生一起使劲儿砸门。

他们使劲儿地敲了好一会儿，强效安眠药才败下阵来，房里传来岩濑庄兵卫模模糊糊的问话：“怎么了，什么事儿啊？吵死了！”

明智小五郎叫道："快开门，收到一封电报。"

又过了一会儿，他们终于听到了"咔嗒、咔嗒"的开锁声，然后门被打开了。

岩濑庄兵卫穿着睡衣，强忍困意揉着酸涩的眼睛，打开电报看了好一会儿才反应过来，皱着眉说："浑蛋，又是恶作剧。没完没了，折腾得人连觉都睡不好！"说完，他随手将电报递给了明智小五郎。

注意今晚十二点。

简简单单一句话，意思却很明显，这是绑匪的恐吓——将于今晚十二点绑走早苗小姐。

明智小五郎的口吻越发严肃："小姐没事儿吧？"

岩濑庄兵卫踉跄着走到卧房门口，朝角落里的床铺看了一眼，悬着的心放了下来，说："能有什么事儿？早苗一直好好地睡在我旁边呢！"

明智小五郎也在后边向卧室里看了一眼，早苗小姐背对着门，睡得正香。

"我最近每晚都靠吃安眠药入睡，早苗也这样，她今晚还有点儿不舒服，也是可怜，让她好好睡吧！"

"窗户关了吗？"

"关了，白天就插上了插销。"说完，岩濑庄兵卫又躺到床上，"明智先生，麻烦你帮我把门锁上，钥匙就先放在你那儿。"

强烈的困意甚至让他连锁门的力气都没有了。

"不，我想在这里多待一会儿。卧室的门就不要关了，这样等下你睡了，我也能从这儿看到窗户那边的动静，如果真有人想破窗而入，我马上就能发现。窗户是卧室除门以外唯一的入口，我只要看着那儿，就万无一失了。"

明智小五郎对于自己接下的每个案子都会尽心竭力，对这个案子也一样。他坐在客厅的椅子上，点上一支烟，专心致志地监视着卧室的动静。

过了整整三十分钟，卧室没有任何异常。有时，明智小五郎会到卧房门口看看早苗的情况，早苗小姐睡得很熟，连姿势都没变过，岩濑先生则呼噜打得震天响。

“哟，还没睡呢！侍应生和我说岩濑先生收到一份电报，十分古怪，我不放心，上来看看。”

明智小五郎被突如其来的声音吓了一跳，回头就看到绿川夫人站在半开的门外。

“原来是夫人，对，是有那么一封电报，不过有我这个傻乎乎的侍卫在，总不会出事儿。”

“所以，确实有人往饭店发了封恐吓电报？”黑衣妇人推开门，走了进来。

读者看到这里，或许会抗议说：“作者在乱写些什么啊？绿川夫人不是假扮成早苗小姐，睡在岩濑庄兵卫旁边吗？绿川夫人只有一个，怎么现在又从走廊进来了？这根本不现实嘛！”

可是，作者绝对没有瞎写，前面的两个场景都是真的，而且世界上并无第二个绿川夫人。至于这到底是怎么回事儿，读者不妨继续往下看，谜题很快就会解开了。

暗夜骑士

绿川夫人合上门，在明智小五郎对面坐下来，望着卧室的方向，轻声问："早苗小姐已经休息了？"

"嗯。"明智小五郎像在思考着什么，态度十分冷淡。

"小姐的父亲也在睡觉？"

"嗯。"

前面我们说过，因为吃了强效安眠药，岩濑庄兵卫困得睁不开眼，所以把守卫工作交给明智小五郎后，便躺在早苗小姐旁边的床铺上，睡得打雷都惊动不了。

"哎，你除了'嗯'不会说别的了吗？"绿川夫人笑容灿烂，"想什么呢？都在这儿站岗了，还有什么可发愁的？"

"嗯？夫人记挂的，恐怕是我们之前的赌约吧！"明智小五郎抬起头，看了夫人一眼，"你是不是在心里暗暗祈祷，希望小姐被人绑走，好赢得这场赌局？"他以讽刺来回应美人的讥讽。

"哎，这叫什么话，好像我真希望岩濑先生出事儿似的。我是真担心，告诉我吧，刚才那封电报上说的什么？"

"让岩濑先生在今晚十二点加强戒备。"明智小五郎啼笑皆非地说。说到这儿，他视线不由自主地扫过壁炉架上的座钟，十点五十分。

"还有一个多小时呢！你要一直等下去吗？不会闷吗？"

"当然不会闷。事实上，我觉得很有意思。要不是当了侦探，我一辈子也遇不上这样富有戏剧性的时刻。夫人累了一天，若是觉得闷，不妨早点回去休息吧！”

“哎，自私的家伙，这样快乐的时刻，我怎么会让你独享？跟你说吧，我对事情的发展也充满期待呢！女人其实比男人还爱赌博，这是天性，反抗不了的。可能会给你带来些不便，但请别赶我走，好吗？”

“你还真的是奔着打赌来的。行，想留就留吧！”

这对心思各异的男女，就这样安静地对坐了一会儿，直到夫人突然发现桌子上有一副扑克牌。她提议玩一局扑克提神，明智小五郎同意了。于是，两人在等待歹徒到来的间隙，居然玩起了扑克牌。

人在恐惧的时候，往往会觉得时间过得非常慢。好在玩着扑克牌，一个小时不知不觉就过去了。当然，在此期间，明智小五郎虽然玩得兴致勃勃，却从未放松警惕，眼睛一直从卧室敞开的大门盯着卧室里，卧室的窗户平静如常。

“距离十二点还有五分钟，不玩了。”绿川夫人已经没了玩牌的心思，神情看起来有些焦虑。

“别啊，五分钟还够玩一局，这样我也可以轻轻松松地过了午夜十二点这个关卡。”明智小五郎一边洗牌，一边挽留绿川夫人。

“你也别太轻敌了。之前在大厅的时候，我就说了，这次的贼人言出必行，一会儿肯定会……”夫人一脸焦躁地说。

“哈哈……夫人，你太紧张了。您说吧，那贼人就算想来，又能从哪里进来呢？”

夫人听了，立即伸手指向大门。

“哦，从门进来是吗？那好，为了让夫人安心，我把门锁上。”

说完，明智小五郎起身拿出岩濑庄兵卫交给他保管的钥匙，锁上了房门。

“好了，如此一来，贼人若是想接近早苗小姐的床铺，就只能砸门了。你知道的，客厅是去卧室的必经之路。”

可是，夫人仍不放心，就像一个被鬼故事吓到的孩子，又伸出手指向卧室的窗户。

“哦，那扇窗户。您总不会认为窃贼会在院子里架起梯子，然后从窗户爬进来吧？而且窗户已经从里面锁死了。再说，就算窃贼敢破窗而入，我们在这里也能看得一清二楚。若是发生了什么紧急情况，夫人还可以看看我射击的本事。”

说着，明智小五郎拍了拍右边的口袋，那里装着一支袖珍手枪。

“早苗小姐不知内情，睡得香甜倒也可以理解，岩濑先生怎么也睡得这么熟，在这样危急的情况下，他的心也太大了。”夫人走到卧室门口悄悄向里张望，疑惑地轻声说道。

“他们可能是被恐吓信吓得有些神经衰弱，每天晚上都靠安眠药入睡。”

“原来是这样。啊！只剩一分钟了。明智先生，不会有事儿吧？”夫人猛地站起身，焦躁地喊道。

“能有什么事儿，一切正常啊！”

明智小五郎也跟着站了起来。他不明白绿川夫人怎么会这样激动。

“还有三十秒钟。”

绿川夫人用闪亮的目光，与明智小五郎对视。啊，女贼现在满心都是胜利的喜悦。她终于打败了名侦探明智小五郎！

“夫人也未免太看得起贼人的本事了。”

明智小五郎眸光闪烁，终于对夫人奇异的表现产生了疑惑。只是他绞尽脑汁也想不出这个神秘莫测的美貌妇人如此兴奋的缘由。他暗暗想道：“我是不是漏掉了什么事儿？”

“嗯，是啊！可是你不觉得这很像是小说里的情节吗？我仿佛看到了暗夜骑士正悄悄地溜进卧房，掳走美丽的小姐。”

“哈哈……”明智小五郎不由得捧腹笑道，“夫人，你看清楚，就在你为中世纪的西方怪谈心醉神迷时，午夜十二点已经过了。看样子，这场赌局，是我赢了。不知夫人准备什么时候献出您的珠宝啊，哈哈！”

“明智先生，你怎么确定是你赢了？”

夫人撇了撇红唇，用邪恶的语气清晰而缓慢地说出这句话，瞬间涌上心头的胜利感，甚至让她忘了贵妇的礼节。

“哎？你这话是什么意思？”

明智小五郎敏锐地发现她话里有深意，一股寒意骤然爬上脊背，他不由得变了脸色。

“你难道不该验证一下，早苗小姐是不是还在吗？”夫人严肃地说。

“可是，可是早苗小姐明明……”

名侦探此时终于慌了，宽阔的额头上甚至出了一层汗，这让他看起来十分可怜。

“刚才您就说她在床上睡觉，可是，床上的人真的是早苗小姐吗？不会是其他女孩儿吧？”

“不可能，这么荒谬的事儿……”

明智小五郎嘴上说得硬气，心里却一点儿把握都没有。他飞也似的冲进卧室，抓着沉睡的岩濑庄兵卫使劲儿摇晃。

“怎么了？出什么事儿了？”

岩濑庄兵卫已经和睡魔抗争了好一会儿，神志正在慢慢恢复，听到明智小五郎急促的呼喊，他立马半坐起来，慌乱地问。

“快去看一眼，睡在那边的，真的是您的女儿早苗小姐吗？不会是别人吧？”这人真的是明智小五郎吗？怎么会问出这么愚蠢的问题。

“什么意思？当然是我女儿。除了她，还能是谁……”

说到这儿，岩濑庄兵卫心里忽地一跳，像是想到了什么，他止住话头，死死地盯着早苗的背影。

“早苗！早苗！”

岩濑庄兵卫急急地喊着女儿的名字，对方却毫无反应。他跳下床，心惊胆战地冲到早苗床前，抓着她的肩膀，想要把她叫醒。

可是，天啊，怎么会发生这样的事儿？太不可思议了。本该盖着肩膀的毛毯下居然是空的，一按就瘪了。

“明智先生，糟了，我们被骗了！”岩濑先生的吼声中带着难以名状的恐慌和悲愤。

“睡在床上的不是早苗小姐吗？那是谁？”

“谁都不是，你看啊，根本就不是人。我们被骗惨了！”

明智小五郎和岩濑先生连忙冲到早苗床前想要一探究竟。是啊，一直被他们当成早苗小姐的，根本不是人，甚至连活物都不是，只是一颗人偶脑袋。那种光着脑袋的人偶头在西洋商品店的橱窗里十分常见，恶贼只是找了一个这样的头，给它戴上眼镜，套上和早苗小姐头发一模一样的假发，再用团成一团的长条棉被装成身体，最后盖上了毛毯而已。

得意扬扬的名侦探

嗬，居然是人偶头，这确实是一个巧妙的骗局，让人无论如何都想不到。恶贼明显没把明智小五郎放在心上，不然怎么会用这种骗三岁小孩儿的招数？但说起来，骗小孩子的招数对大人反而异常有效，比如明智小五郎，就从未想过贼人会用这样幼稚的手段来对付他。

那绿川夫人之前提到的那个绑架了早苗小姐、用可笑的人偶头代替早苗小姐的“暗夜骑士”到底是谁？读者想必已经猜到了，其实就是绿川夫人自己。前面我们已经说过，她假扮成早苗小姐，准备好一切后便上床装睡，岩濑先生见女儿睡了，放松警惕，在安眠药的作用下彻底陷入熟睡。这时，绿川夫人便拿出事先准备好的人偶头摆好，自己则悄无声息地溜回了房间。读者还记得吧？她起初是夹着一个包袱进入岩濑庄兵卫房间的，包袱里藏的就是这个魔术的关键道具——人偶头。

明智小五郎当了这么久的侦探，还是第一次陷入如此尴尬屈辱的境地。首先，他辜负了岩濑庄兵卫的信任。其次，他在绿川夫人面前吹嘘太过，现在当真是颜面尽失。更不要说打败他的，还是这么一个骗小孩儿的人偶头，这样的耻辱简直让他恨不得找个地缝钻进去。

“明智先生，你也看到了。因为你保护失利，我女儿被人绑走了，现在请赶紧布置一下，把我女儿救回来啊！你一个人要是做不到，我们就找警察帮忙。对，这个时候，也只能报警了！快给警察打电话，不，还是我来吧！”

岩濑庄兵卫满心怒火，已经顾不得什么绅士风度了，语气十分强硬。

“先不忙着报警，再等一等。小姐起码在两个小时以前就被人绑走了，我们现在折腾得再狠也抓不到凶徒。”

明智小五郎竭力让自己保持冷静，大脑转得飞快。

“可以确定的是，在我守夜的这段时间，房间里一切正常，绑架发生在我们收到那份电报以前。所以，那封电报不是用来预告犯罪的，而是用来迷惑我们的，让我们以为犯罪活动尚未发生，让我们在十二点以前，把全部的注意力都集中在这个房间里。如此一来，贼人便能抓住机会顺利逃走。歹徒就是这样计划的。”

“哈哈，抱歉，我实在是忍不住了。大名鼎鼎的名侦探明智小五郎，居然用两个小时拼命保护一颗人偶头，想想就让人觉得好笑。”

绿川夫人也不管场合对不对，恶意十足地拼命戳明智小五郎的痛处。她现在获得了全盘胜利，根本压不住满心的欢喜。当然，就算能压住，她也不想压。

明智小五郎忍气吞声，由着她嘲讽，眼下确实是他输了，而且输得狼狈不堪。可是他犹不死心，总觉得事情还有转机，在事情水落石出以前，他绝不轻言放弃。

“这样等着，我的女儿就能回来吗？”岩濑庄兵卫本就心急如焚，听到绿川夫人那番幸灾乐祸的话，更是火冒三丈、焦躁不已，他怒气冲冲地说，“明智先生，我要给警察打电话，你没什么可说的吧？”

说完，岩濑庄兵卫也不等明智小五郎回答，就摇摇晃晃地冲进了客厅。只是他手指还没碰到话筒，电话就响了，简直像事先约好了一般。

岩濑庄兵卫张了张嘴，无奈地抓起话筒，劈头盖脸地把无辜的接线员骂了一顿，又气冲冲地喊道：“明智先生，找你的！”

明智小五郎听到这话，愣了一下，接着像是忽然想起了什么，猛地扑到电话跟前。

双方不知在电话里说了什么，总之，明智先生非常激动，最后含含糊糊地说：

“二十分钟？哪儿用那么长时间？十五分钟？不行，太久了。十分钟，我只给你十分钟，快点儿过来，听到没有？”

明智小五郎刚挂断电话，等得心焦的岩濑先生就用嘲讽的口气说：“您忙完了，能顺便帮我报个警吗？”

“先不忙着报警，我需要一点儿时间捋清思路。很明显，我料错了一件事儿。”

明智小五郎也不管岩濑庄兵卫，径自站在客厅里冥思苦想，神态中已没了之前的慌乱。

“明智先生，您能先想想我女儿的事儿吗？当初你可是信誓旦旦地跟我保证过要保护她的！”

岩濑庄兵卫被明智无动于衷的态度刺激得越发恼火，当然，这也在情理之中。

“哈哈，岩濑先生，他现在哪有心思去为您的女儿担心。”绿川夫人用愉悦的声音高声说道。也不知何时，她也从卧室来了客厅。

岩濑庄兵卫惊讶地问：“哎，什么意思？”

“明智先生，如果我猜得没错，你现在想的是和我打赌的事儿吧？哈哈……”

女贼一副嚣张跋扈的样子，再也不遮掩自己对名侦探的敌意。

“岩濑先生还不知道吧？明智先生用他私人侦探的名声，与我打了一个赌，如今输了，自然是愁得抓心挠肝。明智先生，我说得对吗？”

“不，夫人，您猜错了。让我愁苦不已的，是您凄惨的结局呢！”明智小五郎毫不示弱地反击道。

放着我女儿被绑架的事儿不管，却在这里斗气，他们想干吗？岩濑庄兵卫被他们气得头昏脑涨，只能迷茫地，一会儿看看明智小五郎的脸，一会儿看看绿川夫人的脸。

“嗯？我的凄惨结局，这话从何而来？”夫人心里一惊，不由得反问。这个女贼虽然狡诈多端，却也想不明白名侦探眼底那抹耐人寻味的笑是怎么来的。

“因为……”明智小五郎露出一副非常享受的神情，一字一顿地说，“因为输掉这场赌局的人，不是我，是夫人你啊！”

“什么？这话是什么意思，难道你不肯认输？”

“当然不肯。”明智小五郎得意扬扬地说。

“哎，你不认输，也不想办法把贼人抓住，就这样死鸭子嘴硬，能有什么用？”

“哦，夫人难道以为我会让贼人轻易脱身？不，罪犯已经落网了。”

女贼听了，大吃一惊。她确实有些看不透这个男人，他刚刚还是一副灰心丧气的样子，现在却又说出了这样一番话。

“哈哈，有意思，您是在开玩笑吗？”

“你真觉得我是在开玩笑？”

“当然，除此之外，还有别的解释吗？”

“好，我就拿出证据给你看看。嗯，比如，你的朋友山川健作，如果我告诉你，我知道他离开酒店后去了哪里，你会怎么想？”

绿川夫人一听，脸色霎时变得铁青，身体不由得晃了一晃。

“如果我告诉你，我知道山川先生买了去名古屋的票，却在中途下了车，也知道他住进了本市的M饭店，甚至知道他的皮箱里藏了什么东西，你又会怎么想？”

“不可能，你在说谎！”女贼像是骤然失去了所有力气，摇晃着身子语无伦次地说着。

“不，我说的都是真的。知道刚才和我通电话的人是谁吗？告诉你吧，是我的手下。刚才被你那样嘲讽，我都能保持冷静，就是因为我早就在饭店里安排了五个手下。早苗小姐若是被人带走了，他们一定会发现并联系我，因为我之前再三交代过他们，盯住所有形迹可疑的人。

“我等那通电话，当真是等得心急如焚，好在，终究是我赢了。夫人，您错就错在先入为主，认为我会一个帮手都不找，独自保护早苗小姐。现在，夫人是不是该像约定的那样，交出您所有的宝石呢？哈哈……”

眨眼之间，胜负逆转，明智小五郎志得意满，忍不住放声大笑。现在他所感受到的快感，比之前绿川夫人感受到的，有过之而无不及。他也不想笑得这么大声，却怎么也压抑不住。现在轮到女贼咬牙忍受对手的肆意嘲笑了。

“所以，你找到早苗小姐了？恭喜。山川先生呢，也被你抓住了？”绿川夫人努力保持镇定，尽可能用冷淡、平稳的声音说道。

“很可惜，被他逃走了。”明智小五郎并未隐瞒。

“哦，跑了！哈哈……”绿川夫人心里一松，镇定了下来。

突如其来的好消息，让岩濑先生的心情瞬间变好了：“啊，谢谢，明智先生，太感谢你了！刚才我也没弄清楚是怎么回事儿，就莫名其妙地发了脾气，请原谅我的失礼之处。不过，你之前说抓到犯人了，现在又说被他跑掉了，这是为什么呢？”

“嗯，您弄错了一件事儿。我刚才说抓到了凶手，这是真的，因为山川健作并不是这起绑架案的主谋。”

绿川夫人听了这话，不由得大惊失色。她像被逼入绝境的野兽般瞪着眼睛，惊慌失措地四下张望，眼神中充满了恐惧。

可惜门已经上锁，她就是想跑，也跑不掉了。

岩濑庄兵卫没有察觉到任何异常，还在发问：“犯人在哪儿呢？”

“在这儿，在我们面前。”明智小五郎一语道破。

“我们的面前？可是这里只有你、我，还有绿川夫人三个人啊！”

“绿川夫人便是那个穷凶极恶的女贼，绑架早苗小姐的幕后真凶！”

空气瞬间安静下来，三个人沉默了几十秒钟，最后还是绿川夫人率先开口。

“哎，你这么说不是血口喷人吗？山川先生做的事儿，凭什么赖到我头上！我不过是认识他，顺便把他介绍到了这里。你这么说，也太过分……”

可是，妖妇的戏也只能演到这里了。她的话还没说完，外面就传来了一阵敲门声。

明智小五郎连忙走过去，用手里的钥匙把门打开。

“绿川夫人，别狡辩了，人证已经到了。难不成在早苗小姐面前，你还能继续扯谎？”明智小五郎终于掀开了底牌。

三个人出现在了门外，一个是明智年轻的手下，一个是靠在他肩膀上、勉强站着的早苗小姐，最后一个是穿着制服的警察。

“黑蜥蜴”这个女贼如今已被逼入绝境。她一介女流，面前还有四个身强体壮的男人，其中一个还是警察，所以这次无论如何也逃不掉了。

可是，她神情中却没有一丝束手就擒的意思，难道她也有什么底牌吗?

是的，谁能想到呢？到了这时候，她苍白的脸上居然还浮现出了一丝红晕，随即是一抹诡异的微笑，然后，她大笑了起来。

这个狂妄卑鄙的女贼不知想到了什么，死到临头，居然还能笑得如此得意。

“哈哈，今晚这出戏到这里就要结束了吗？哎，明智小五郎果然名不虚传。看来，这一局是我输了，好，我认。可是，你能把我怎么样呢？逮捕我吗？我怕你没这个本事。侦探先生，好好想想，你是不是漏掉了什么事儿？还没发现吗？你一不小心，丢了件东西呢。哈哈……”

她的底牌到底是什么？为何到了现在还能如此狂妄。明智小五郎又漏掉了什么事儿呢?

名侦探落败

侦探在抓到作恶多端的罪犯时，心里的那种狂喜之情，普通人大概难以理解。而因为太过兴奋而放松警惕，是多正常的一件事儿啊！

“黑蜥蜴”意识到计划受阻后，当机立断开始思考脱身的办法。她头脑灵活，很快就想到了一个大胆的冒险计划。

她的神情不再像之前那样紧绷，言笑晏晏地对明智小五郎说：“所以，你要怎么做？逮捕我吗？呵呵，恐怕你没这个本事。”

当真是狂妄至极！虽然有着“黑蜥蜴”的名号，可她终究是个单薄纤弱的女人，想要凭一己之力，对付四个身强体健的男人，恐怕难度极大。再说，早苗小姐虽然看着有些虚弱，却也不能完全忽视。

她想逃走，唯一的出路就是通往走廊的门。可是，刚刚抵达的明智的手下和警察，正死死地堵着门口。虽说窗户也能算一条通道，可这里是二楼，窗户外面是被楼房层层包围的内院，基本就是条死路。这个女人真有办法逃出险境吗？

“不要再装腔作势地拖延时间了。警官，把这个女人带走吧，她是这次绑架事件的主谋！谨慎一点儿，最好捆起来。”明智小五郎对“黑蜥蜴”的挑衅置若罔闻，直接招呼门口的警察赶紧抓人。

警察初来乍到，不明就里，听说这位美貌的贵妇是主谋，不由得愣了一下。不过，他和明智小五郎之前就认识，知道刑事侦查科和明智小五郎多有合作，所以听到吩咐，立即向绿川夫人逼近。

“明智先生，你应该检查一下右面的口袋！哈哈，东西还在吗？”“黑蜥蜴”扫了一眼不断逼近的警察，高声喊道。

明智小五郎脸色一变，连忙伸手摸兜，糟了，放在里面的勃朗宁手枪不见了。“黑蜥蜴”本来就是一个“心灵手巧”的窃贼，刚刚在卧室就趁乱偷走了明智口袋里的手枪。

“哈哈，明智先生也该研究一下小偷的本事呢！你的秘密武器已经落到了我的手里。”女贼带着一脸嘲讽的笑意，从洋装的口袋里拿出一把袖珍手枪，举在身前。

“各位，请举起手来。我的枪法并不比明智先生差！而且，杀人对我来说，也算不得什么新鲜事儿。”

警察只差一点儿就要抓住她了，现在只能停下脚步。可惜，在场的四个男人全都没有带枪，只有警察带了把佩剑[1]。

“把手举起来，快！”“黑蜥蜴”双目圆睁，伸出舌头舔了舔猩红的嘴唇。她把枪逐一指向四个男人，扣着扳机的手指白皙细嫩，正微微发抖，像是随时都会扣下扳机。

她这副横眉立目的疯狂模样，果然极具震慑力。警察、明智的手下、岩濑庄兵卫，还有大名鼎鼎的侦探明智小五郎，都只能像欢呼进行了一半儿般，将手举到了半空中，虽然这样有损男子汉的颜面。

穿着一身黑色洋装的绿川夫人，果然对得起她“黑蜥蜴”的名号，迅捷无比，三两步就冲到了门边。

“明智先生，看，这是你犯的第二个错误。”

说到这儿，“黑蜥蜴”用左手一把拔下明智小五郎之前开门时留在锁孔里的钥匙，举到身前甩了甩。

明智小五郎完全没想到事情会这样发展，刚才一团混乱，他忽略了这一点。女贼智力超群，一眼就看到了其中可以利用的部分。

[1] 明治初期，警察是不佩枪的，警部以上级别的警察可以佩剑，而巡查直到明治十六年才被允许佩剑。

“然后，是小姐你。”女贼打开门，举着枪，以一脚在门外一脚在门里的姿势，对早苗小姐说：“我可怜的小姐，你虽然是日本最富有的珠宝商的女儿，却命中注定要遭遇不幸。你太美了，你的身体比宝石更让我迷恋，我不会死心的。明智先生，你听到了吗？我还没有放弃，总有一天，我会亲自上门带走小姐。好了，我们以后再见。”

说完，她“砰”的一声关上门，又从外面将门锁上，把早苗小姐和四个男人锁在了屋子里。钥匙只有一把，他们想要出去，就只能砸门或跳窗了。

好在屋里还有电话。明智小五郎立即冲到电话旁，抓起话筒联系总机。“喂，我是明智小五郎。情况紧急，请立即派人守住酒店的所有出口，不能让绿川夫人逃走。听好了，绿川夫人是重犯，请尽快通知酒店经理和所有员工，一定要把她抓住，绝不能让她逃了。对了，也请尽快让侍应生把备用钥匙送到岩濑先生的房间，这件事儿也很急。”

放下电话后，明智小五郎便心急火燎地在屋里绕起圈来。走了没几步，他又抓起了电话：“喂，我刚才说的事儿，你们办好了没有？通知经理了吗？嗯，好，就这样，谢谢。请快点儿让侍应生送钥匙上来。”

他放下电话，又对岩濑庄兵卫说：“总机行动很快，已经把事情安排好了。现在酒店的所有出口都有警卫看守，那个女人就算跑得再快，从这里到楼梯，再到楼下的出口，也要一定的时间，问题应该不大。这里的工作人员，有谁不认识大名鼎鼎的绿川夫人呢？”

可是，明智小五郎在紧急情况下的这番布置并非无懈可击。

“黑蜥蜴”飞奔到楼下后，居然没有向出口跑，而是回了自己的房间。

三分钟，刚好是三分钟之后，她的房门再次打开，一个戴着漂亮软呢礼帽的年轻绅士从里面走了出来。他穿着一身新潮的西装，戴着装饰性的夹鼻眼镜，胡须浓密，左手拎着一根蛇纹木[1]手杖，右手上搭着件

---

[1] 蛇纹木，因纹路类似蛇形而得名，是南美洲最珍贵的木材，有木材中的钻石之称。用蛇纹木做成的手杖，在英国、法国、日本和韩国等国家，通常是独属于富人的奢侈品。

大衣。

只用三分钟就完成这样一次变身，即使与阿染七变化[1]比，“黑蜥蜴”也不遑多让。有这样神乎其技的手段（她把乔装用的衣服放在了行李箱的箱底），怪不得“黑蜥蜴”要说自己是魔术师了！她还把箱子里的珠宝首饰一件不落地装在了西服的口袋里，当真是天衣无缝。

年轻绅士走到走廊拐角时，步子微微一顿，是该走正门呢，还是该走后门呢？

此时，侍应生已经用备用钥匙打开房门，将明智小五郎等人放了出来。明智小五郎冲到楼下，本能地认为“黑蜥蜴”会从后门逃跑，所以他把正门的守卫工作交给了经理，自己带着剩下的人分别守住几处后门。也不知“黑蜥蜴”是察觉了明智小五郎的部署，还是当真如此胆大，居然大摇大摆地甩着手杖，大踏步朝正门走去。

经理带着三个员工紧张兮兮地守着正门，仔细观察所有进出的客人。可是，酒店的客人有近百位，再加上一些外面来的访客，他们不可能认识每一张脸。既然目标是绿川夫人，那只要盯着女客就好了，所以，当那位年轻的绅士向他们微笑致意时，经理只是恭恭敬敬地说了一句“抱歉，吵到您了”，便打躬作揖，目送对方走掉了。

年轻绅士走下正门台阶，没有叫出租车，而是吹着口哨，悠闲地朝大门外缓缓走去。

在饭店的围墙外，这位年轻的绅士沿着微暗的人行道走了没几步，就看到一个叼着香烟、西装笔挺的男人站在路边。年轻绅士似乎从对方的脸上看出了什么，说：“哎，你是明智侦探事务所的人吧？怎么还在这儿傻站着？听说酒店里抓到歹徒了，已经乱成了一团，你不过去看看吗？”

---

[1] 在歌舞伎剧《阿染久松色读贩》中，女主角阿染（阿染是18世纪初大阪瓦屋桥油坊老板的女儿，江户时代有很多以阿染与学徒工久松的爱情悲剧为题材的歌舞伎脚本）要一人分饰久松、阿染母亲、女佣竹川等七个角色，需要快速换装，所以有“阿染七变化”的说法。

那男人果然是明智的手下，听了年轻绅士的话，连忙遮掩说："不，你认错人了！我不认识明智侦探。"

作为侦探的手下，他的回答还算有些警惕性。可笑的是，他的行为却不这样。年轻绅士还没走出几步，他就急匆匆地往饭店的方向跑去了。"黑蜥蜴"转向右边，看着男人远去的背影，心里的喜悦再也压抑不住，不顾一切地大声狂笑。

"哈哈……"

怪老头儿

明智小五郎输了，但也不算彻底失败，毕竟他还是从敌人手里救出了早苗小姐，完成了保护任务。

女贼有没有落网，对岩濑庄兵卫来说并不重要。他很感谢明智小五郎救了自己的女儿，对他的本领赞不绝口。再说，事情会走到这一步，和他自己也有很大关系。他和乔装成他女儿的“黑蜥蜴”睡在一个房间，却对女贼的身份和奸计毫无察觉，说到底，总是他的疏忽。

可是，明智小五郎并没有因此就好受一些。输在一个纤弱的女流手里，他觉得十分懊恼。

当负责监视的手下告诉他，“黑蜥蜴”早已化装逃走时，他简直要被气疯了，差点儿当场骂人。

“岩濑先生，是我的失误，是我太过轻敌了。这样一个高手，在我的黑名单上居然没有记录，真是不可思议。但我向你保证，同样的错误，我不会再犯第二次。岩濑先生，我愿意押上自己的名誉，全力保护令爱。女贼现在还没有死心，正虎视眈眈地准备再次绑架她，这次我绝不会输了。请相信我，我会用自己的性命来保护令爱，一定让她平安无事。”

明智小五郎指天为誓，言辞诚恳。因为太过激动，他白皙的脸上泛出了一抹红晕。强大的敌人，让他的斗志如烈火般熊熊燃烧。

读者们，请记住明智的话。他真的能守住自己的誓言，在下一次和“黑蜥蜴”的交锋中，反败为胜吗？如果再次败北，那他还有什么脸面继续自己的侦探事业呢？

第二天，岩濑父女就更改行程，急匆匆返回大阪的家里。虽然在路上也会担惊受怕，可是比起留在饭店，他们更愿意早点儿回家，与家人相伴。

明智小五郎也觉得他们回到家里更安全一些，他主动承担了护送岩濑父女回家的工作。没有人知道女贼会在何时动手，从饭店到东京的火车站，从火车站到大阪，再到岩濑家里，危险无处不在。所以在每一段，明智小五郎都做了周密的部署，没有比他更尽责的贴身保镖了。

最后，早苗小姐总算平安返回大阪的家里。当然，明智的保护工作还在继续，他留在岩濑的宅邸，寸步不离地守着早苗小姐。就这样，岩濑家一连几天都风平浪静。

读者们，现在让我们来看看另一位从未出过场的女性的神奇经历吧！这位女性乍一看上去也许和“黑蜥蜴”、早苗小姐，还有明智小五郎全无关系，但聪明的读者很快就会发现，她的离奇经历其实对整个故事的发展有着不可忽视的影响。

早苗小姐回到大阪几天后的一个晚上，一个女孩儿信步走在大阪市S街上，双眼无神地张望着道路两边的橱窗。

她穿着一件领口和袖口都带有皮毛绲边的外套，看起来非常合身。虽然穿着高跟儿鞋，但是她走得十分利落。可是，她不知为何看起来无精打采的，眼神中有一种放下一切、自暴自弃的绝望。事实上，这种神情是很容易被人误解的，因为那些沿街拉客的流莺也多半如此。

这不，眼前就有个人把她当成了那种女人，已经悄无声息地在她身后跟了好一会儿了。那人是个老先生，头戴褐色的软呢礼帽，身穿褐色的厚风衣，拄着一根粗藤手杖，粗框眼镜遮了半张脸，须发皆白，但满面红光。

女孩早就发现了跟在身后的老人，只是她并没有惊慌失措地逃走。不仅如此，她还用橱窗当镜子，兴致勃勃地观察起老人的模样来。

从灯火通明的S街往里一拐，便是条幽暗的小巷，小巷尽头有家以咖啡味道浓香醇厚闻名的咖啡馆。女孩像是忽然想到了什么事儿，回头瞥了跟在身后的老先生一眼，迈步进了咖啡馆。然后，她在一个被棕榈树盆景围着的、角落里的包厢坐下来。这姑娘有着爱捉弄人的性子，她竟然点了两杯咖啡，另一杯，当然是给那位即将出现的老先生准备的。

老人果然跟进了咖啡馆。店里光线昏暗，他左顾右盼，发现女孩所在的包厢后，就厚颜无耻地走了过去。

“啊，抱歉，就你一个人吗？”老人招呼一声，在女孩儿对面坐了下来。

“我猜到大叔会跟进来，所以先帮您要了杯咖啡。”女孩儿的胆子果然很大。

老先生微微一惊，随即露出一副满意的神情。他笑了笑，看着女孩儿美丽的面庞，问了一个奇怪的问题：“失业的滋味如何，不好受吧？”

女孩儿大吃一惊，红着脸，语无伦次地说：“您，您怎么知道，您认识我吗？”

“呵呵，我只是个与你素不相识的糟老头子。但你的事儿，我还是知道一些的。嗯，让我来说说看，你叫樱山叶子，是关西商事株式会社的打字员，因为和上司发生争执，今天刚刚丢了工作。哈哈，如何，我没说错吧？”

“嗯，对，你搜集信息的能力堪比侦探了。”

叶子很快又变回了之前那副破罐子破摔的样子，随口支应着，像是对老人说的一切都毫无兴趣。

“我还知道你大概是下午三点离开的公司。之后，既没有回家，也没有去找任何一个朋友，只是漫无目的地在大阪街头东游西逛。你以后有什么打算吗？”

老人一副无所不知的样子，想必从下午三点到天黑都一直跟在叶子后边，可是他劳心劳力地做这种事儿，到底有什么目的呢？

“这和你有什么关系？呵呵，如果我从今晚开始，做起皮肉生意……”女孩儿唇角一挑，冷声笑道，又是一副自暴自弃的样子。

“哈哈，难道我看上去像个老淫棍？不，我并不是那种人，事实上，你也不是。大约两小时前，你还在药店里买了样东西，不是吗？”老先生盯着叶子的眼睛，得意扬扬地说。

“呵呵，你说的是这个吧，安眠药。”叶子从手提包里拿出两盒阿达林[1]。

“你还不到失眠的年纪，一买就是两盒……”

“您怀疑我想自杀？”

“嗯，不要以为我这样的老头子，就不懂年轻女孩儿的心思——虽然成年人多半不会理解年轻人的世界，但我不一样。年轻人，尤其是尚未经历过情事的年轻人，因为某种纯洁的遐想，会把死亡当成极为美丽的风景。而与之相伴的，是一种自甘堕落、将肉体拉入泥沼的受虐欲。这两种想法虽然彼此矛盾，却总是同时出现。你买了安眠药，又口不择言地说要卖身，其实都是因为你还年轻啊！”

“所以，你是来给我当人生导师的？”叶子像是被人泼了盆凉水，冷冷地说。

“不，我可不是那么死板的人。我不会给你提意见，但我会帮你脱离困境。”

“哈哈，和我想的一样。谢谢，那你要怎么救我呢？”女孩明显误会了老人的意思，开玩笑般说道。

“不，我不是在和你调情，我是在和你商量事情，而且非常认真。我没有包养你的意思，只想问你愿不愿意为我工作？”

“抱——抱歉，你说的是真的？”叶子终于明白老人的意思了。

“当然。冒昧问一句，你在关西商事株式会社的薪水是多少？”

“四十元。”

“好，那我每个月给你两百元，包吃包住，还提供置装费，而你的

---

[1] 一种安眠药，用于治疗由神经衰弱、神经紊乱及其他各种原因引起的失眠。

工作就是游山玩水。”

“哈哈，还有这么好的事儿？”

“我不是在开玩笑，也请你认真对待。这里面有一些事情很难解释，但从你将来工作的内容来说，这点儿钱其实根本不算什么。先不说这些，你父母呢？”

“不在了。他们要是还活着，我也不会走到这一步。”

“那么，现在……”

“我一个人住在公寓里。”

“嗯，好，这样就再合适不过。你先和我走吧，公寓那边，晚一点儿我去处理。”

老人开出的条件如此奇怪，换作平时，叶子绝不会答应。可是现在，她连卖身、自杀都想过了，还有什么可怕的呢？这种自暴自弃的心理，让她最终答应了老人的要求。

离开咖啡馆，老人叫了一辆出租车，将她带到了郊区（对她来说，那一片十分陌生）一家简陋的香烟店里，之后上了二楼一间破旧的房间。那间屋子约有三坪大小，铺在地上的榻榻米已经褪色了，屋里只有一张小梳妆台和一只大皮箱。

路上，老人已经将这次工作的内容告诉了叶子，所以叶子到了这里，并没有觉得紧张，不仅如此，她还对自己的新角色跃跃欲试。

“按照雇用条件，首先，你得把衣服换了。”

老人从皮箱里拿出一套华美的和服，还有腰带、长衬衣、黑色的皮领大衣、草屐，从上到下，一件不缺，正适合叶子这种年纪的年轻人穿。

“镜子有点儿小，凑合着用吧！”

说完，老人转身去了楼下。叶子按照老人的交代换上了那身华丽的和服，一时之间，叶子心里所有的苦闷都消失了。

“很好，很合身，非常漂亮！”老人不知何时又回到了楼上，看着她的背影，竟有些呆住了。

“可是这身衣服，和短发好像有点儿不相配。”叶子看着镜子里的自己，腼腆地说。

“放心吧，我都准备好了！看，戴上这个就行了。”

说着，老人又从之前的皮箱里拿出一个白布包，把它打开，里面是一团恐怖的头发——脑后扎着发髻的假发。

老人绕到叶子身前为她戴上假发，动作十分娴熟。叶子看着镜子，发现自己简直成了另外一个人。

“最后是眼镜，度数有点儿高，忍一忍。”

老人拿出一副无框近视眼镜递给叶子。叶子也不多问，直接架在了鼻梁上。

老人催促道：“行了，我们马上出发。约好了十点整。”

叶子连忙将脱下来的衣服团成一团，塞进皮箱，然后跟在老人身后，疾步下楼。

离开香烟店往前没走几步，叶子就看到路边停着一辆汽车——不是刚才坐的出租车。汽车虽然有些破，司机的穿着却十分体面，看着像是老人的朋友。

两人上车后，司机也不多问，一踩油门，车就开了出去。路上街灯明亮，汽车开过几段弯路之后，到了黑漆漆的郊外。

“到了，来得及吧？”司机回头问道。

“嗯，十点整，时间刚刚好。把灯关了。”

司机转动旋钮，将车子的前后灯和车里的小灯全都关了。漆黑的车子在漆黑的夜色中疾驰。

很快，汽车就开到了一处大宅的水泥围墙外，开始低速慢行。这里大约每隔五十米就有一盏路灯，虽然光线昏暗，但叶子大致能看清周围的景物。

“叶子小姐，准备好了吗？动作要快，知道吧？”老人鼓励着这位即将登场的“选手”。

“嗯，知道！”奇异的冒险让叶子有些紧张，但也让她十分亢奋。

车子忽然在这栋大宅的小门前停了下来，几乎是在同一时间，有人从外边打开车门，低声说道：“快！”

叶子也不说话，迅速下车，按照事先说好的，大踏步冲进小门。

就在这时，小门里也有一个人在往外跑，她与叶子擦身而过，直接跳进汽车里，坐到了叶子之前坐的地方。

在擦身而过的瞬间，叶子借着路边昏暗的灯光看到了那个人，顿时吓出了一身冷汗。

这是幻觉吗？还是这所有的一切都是场噩梦？

叶子看到的是另一个自己。她以前就听说有一种叫作离魂症[1]的怪病，难道自己也得了？

现在，这里有两个樱山叶子，一个冲进小门，一个冲出小门跳上了汽车。两个人不管是发型还是着装都一模一样。世界上会有这样相像的两个人吗？不不不，如果只是这样，还不足以让叶子如此恐惧。在擦身而过的那一瞬间，叶子看得很清楚，对方连脸都和她长得一模一样。

可是，没有人知道叶子的恐惧，汽车载着那个女人，像一阵黑色的旋风般，顺着来时的路疾驰而去了。

“好了，请这边走。”

叶子悚然一惊，这才注意到之前给她打开车门的那个男人。那人把脸贴在她耳边轻声提示着，夜色中，她只能看到一个黑影。

---

[1] 一种传说中的怪病。据说得了这种病的人，魂魄会离开肉身，在外界游荡。

蜘蛛与蝴蝶

著名的珠宝商人岩濑庄兵卫的宅邸，坐落在大阪南郊、南海电车沿线的H街。最近，宅邸周围的水泥墙上，已经插满了玻璃碎片。

对此，街坊四邻感到十分困惑：“发生什么事儿了？只有那帮放高利贷的家伙，才会这么做吧？”

可是，岩濑宅邸的变化远不止这些。门长屋[1]原本是给岩濑商行的老店员住的，现在换成了当地警察局的某位警长及其家人在住。据说，那位警长剑术极好。

院子里立着一排排的木桩，上面全都安上了明亮的灯。所有的窗户，都装上了结实的铁栏杆。除了那些学仆，还有两个身强体壮的保镖，在宅邸里住着。

现在岩濑宅邸就像一座小城堡。

是什么让他们如此畏惧，如临大敌般谨慎戒备？不用说，自然是因为“黑蜥蜴”这个女版的亚森·罗平已经言明，她很快就会来盗走岩濑先生的掌上明珠——早苗小姐。

在东京的K饭店，名侦探明智小五郎虽然破坏了女贼的绑架计划，可是，女贼却不肯就此罢手。她扬言无论如何都要把早苗小姐偷到手。

[1] 日本关西地区的一种传统的住宅，多出现在东京、大阪。这种住宅呈长方形，可分隔成好几间，如果和大宅相连，多是给用人住的。

弄不好，她现在已经潜入大阪，正虎视眈眈地在H街监视着岩濑宅邸的一举一动。

女贼魔术师般高明的手段，在K饭店的那场交锋中，给明智小五郎留下了极为深刻的印象。所以即使没有岩濑庄兵卫的殷殷嘱托，他也会加倍小心。

可怜的早苗小姐，现在只能像坐牢一样待在宅邸最深处、被铁栏杆围得密不透风的房间里。早苗最喜欢的老婆婆住在她隔壁，再下一间，就是来自东京的明智小五郎。三个学仆加上若干男女用人住在玄关两侧。如此一来，大家的房间就将早苗小姐的房间围在了最里面。每个人都紧绷着神经，严阵以待，稍有风吹草动就会冲上去保护早苗。

早苗被关在“笼子”里，轻易不能出门。就算偶尔到院子里放松一下心情，身边也寸步不离地跟着人，不是明智就是某个学仆。

就算魔术师“黑蜥蜴”有通天彻地之能，在这种情况下，怕也无计可施吧。或许正是因为这样，早苗他们在家待了半个多月，也一直没有任何异常情况发生。

“可能是我胆子太小，把那家伙的虚张声势太当回事儿了。我们防备得如此严密，她看到无法下手，或许已经放弃了呢？”岩濑庄兵卫的思想开始慢慢发生变化。

对女贼的忧虑减轻后，他开始担心起女儿的健康。

“我防备得是不是太严了，总不能弄得女儿像坐牢一样吧！她本来就很害怕，被我这么一弄，越发心惊胆战。这段时间，她简直像变了一个人，小脸煞白，连笑都不会笑了，也不说话，问一句，好半天都没个反应，有时还会把脸扭到一边。不行，我得想办法，让她打起精神来。”

岩濑庄兵卫拧眉思索了一会儿，忽然想到今天送到客厅的西式家具。

“嗯，她看到那些东西，一定很高兴。”

岩濑庄兵卫想到的西式家具，其实是一套一个月前就已经定下的豪华座椅。当时，还是早苗亲自选的布料。

想到这儿，岩濑庄兵卫立即兴冲冲地去宅子最深处的房间找女儿早苗。

“早苗，按照你的喜好定做的那些椅子已经送到客厅里了，去看看吧，成品比预想的还要漂亮！”岩濑庄兵卫打开纸门大声喊道，进门后，他不自觉地留意了一下屋子里的情况。书桌边的早苗似乎被吓了一跳，猛地回头看了他一眼，又垂下眼眸，灰心丧气地说：“是吗？可是我现在……”

“别这么消沉，好啦，跟我过去吧！婆婆，我带早苗出去啦！”

就这样，岩濑庄兵卫和隔壁的老婆婆交代了一声，便将木呆呆的早苗拉走了。

老婆婆隔壁的房间敞着门，屋里空荡荡的。明智小五郎今天有件急事儿必须出去一趟，早上走的，现在还没回来。他出门前已经确认过岩濑庄兵卫会在家，又再三叮嘱了用人，一定要打起精神把早苗小姐看好了。若非如此，他还真不敢出门。

早苗小姐很快就被父亲拉到了宽敞的会客室里。

“怎么样？比你想象的还要精致吧？”说着，岩濑庄兵卫就在身边的新椅子上坐了下来。

在圆桌周围一共有七把椅子：沙发椅、扶手椅、女佣无靠背座椅、小巧的木制靠背椅……

“啊，真漂亮！”

消沉了好一段时间的早苗小姐，终于开口说话了。她像是非常喜欢这些椅子，还在沙发椅上试坐了一下。

“有点儿硬啊！”早苗小姐感觉坐这沙发椅和坐普通沙发有些不太一样。

“刚做好的沙发椅都会有点儿硬，坐一段时间就好了。”

岩濑庄兵卫真应该和女儿一起试试那张沙发椅，因为它的触感确实和普通沙发大不相同。可是他一坐到扶手椅上，就不想再去试坐其他椅子了。

这时，门外有个用人探头进来，说大阪那边有电话找岩濑庄兵卫。岩濑庄兵卫一听，连忙去里面接电话。他到底不敢真的放松警惕，走之前，特意去了学仆的房间，让学仆们看好客厅里的早苗。

两个学仆听到吩咐，立即到走廊里把客厅保护了起来。客厅就在走廊尽头，谁想要进去，就必须从学仆面前经过。

客厅对着院子的方向虽然开着几扇窗，但窗户无一例外地被铁栏杆钉死了。若不是因为通向早苗所在客厅的所有通道都被封死了，电话催得再急，岩濑庄兵卫也不敢把早苗一个人留在客厅里。

接过电话，岩濑庄兵卫决定立即动身前往大阪的店铺。他匆匆忙忙地换好衣服，妻子和用人目送他走到玄关。

“一定要把早苗保护好，她现在在客厅里，我已经让学仆过去看着了，但你也要多留心。”用人蹲下去给他系鞋带，他反复叮嘱妻子。

看到丈夫上了汽车，岩濑夫人决定去客厅里看看女儿。只是没走几步，她就听到了一阵钢琴声从客厅里传出来。

“啊，早苗在弹琴，她好久都没弹了。这样才好，我还是别过去惹她心烦了。”

岩濑夫人长出一口气，吩咐学仆严加戒备，不要放松警惕，便回了卧室。

父亲走后，早苗将每把椅子都试坐了一遍，又走到窗边，遥望外边的景致。没过多久，她走到钢琴边，胡乱弹了几下，弹着弹着，忽然来了兴致，先是演奏了一曲童谣，之后又弹了某一节歌剧。

她全神贯注地弹了一会儿，忽然又觉得有些无聊，便站起身，想要回房。不想刚一转身，她就看到了一幅极为恐怖的画面，瞬间就被吓傻了。

天啊，怎么会这样？窗户、走廊，所有能进入客厅的通道都被封死了，钢琴、长椅，屋子里也没有能藏人的东西，也不可能有人会趴在身边的矮脚凳下。但明明客厅里刚刚除了早苗小姐，一个人都没有，不，连只猫都没有，现在却有个怪模怪样的家伙，站在早苗小姐面前。

那人蓬头垢面、胡子拉碴，骨碌碌乱转的眼睛里泛着凶光，身上的西装又脏又破。虽然不知道这个幽灵般的家伙是谁，又是从哪里潜进来的，但他是女贼“黑蜥蜴”的同伙这一点，却没有任何疑问。

啊！危险终于降临，这也是意料之中的事儿。敌人在他们放松警惕的那一瞬间，再次施展魔术师的手段，轻易绕开层层封锁，幽灵般悄无声息地从门缝里钻了进来。

“嘘，别出声。我不想伤害你，毕竟你是我们最珍贵的宝物呢！”匪徒沉声恐吓道。

唉，他的威胁根本就是多此一举，可怜的早苗小姐在看到他的那一瞬间，就已经被吓得浑身瘫软，想喊也喊不出来了。

歹徒挑动嘴角，露出一个可怕的笑容，迅速绕到早苗小姐身后，从口袋里拿出一条手帕一样的东西，一把捂住早苗小姐的口鼻。

早苗小姐感到肩膀和胸口像是被蛇缠住一般动弹不得，而且因为被手帕捂住了嘴，呼吸都有些困难了。无论如何，也不能这样坐以待毙，虽然只是一个弱不禁风的小女孩儿，她仍旧使出全身的力气，想要从歹徒手里挣脱出来——她就像一只落入蜘蛛网的蝴蝶，凄惨无望地挣扎着。

很快，她拼命挥动的手脚便失去了力气，彻底安静下来——麻醉药起效了。

歹徒将不再扇动翅膀的蝴蝶轻轻放在地毯上，把她衣服的下摆拉平。他看着她睡美人般的面庞，露出了邪恶猥琐的笑容，样子十分瘆人。

小姐变身

客厅里的琴声，半个小时前就已经停了，可是直到现在，早苗小姐也没有出来的迹象。客厅里刚刚还传出了一阵移动重物的声音，现在却一点儿声响也没有了。

“喂，这都多长时间了，小姐怎么还不回房？”

“是啊，里面一点儿声音都没有，好像不太对劲儿。”

负责保护小姐的学仆忍不住低声议论起来。这时，因为担心小姐的安危，老婆婆也过来查看情况。

“老爷和小姐还在客厅里吗？”老婆婆似乎并不知道主人已经出门去了。

“老爷不在，刚刚店里来了电话，老爷去大阪了。”

“什么？那客厅里岂不是只有小姐一个人，这可不行啊！”老婆婆一听就急了。

“所以我们才在这里守着啊！只是小姐在里面待了很长时间都没出来，而且里面也太静了，像是有点儿不太对。”

“我进去看看。”

说完，老婆婆迈步走向客厅，毫不犹豫地推开门，朝里看去。可是，她只看了一眼，便关上门，急匆匆地跑回学仆面前，脸色十分苍白。

“坏了，你们快去看看，有一个怪人躺在沙发椅上，小姐却不在里面。你们赶紧把他赶走，哎，吓死人了。”

学仆们面面相觑，明显不太相信老人的话，以为她是得了失心疯，在这里胡言乱语。但就算不信，学仆们也是要去看看的。

他们推开门，冲进会客室，当即被眼前的景象吓了一跳。老婆婆说的居然是真的，一个破衣烂衫、蓬头垢面、乞丐般的陌生男人在沙发椅上摊着手脚，睡得雷打不动。

“喂！你是谁？”一个练过柔道的学仆冲过去，粗暴地抓着那人的肩膀使劲儿摇晃。

“天啊，真受不了！这家伙是醉鬼，把整张沙发椅吐得一塌糊涂，恶心死了！”学仆猛地跳开，捂着鼻子喊道。

确实，沙发椅上的男人喝得烂醉，沙发椅下面还有一只翻倒在地的威士忌空酒瓶。如果这个男人真的是在这里喝的酒，那在这么短的时间里，他无论如何也不该醉倒。可惜，学仆们光顾着厌恶这个醉鬼，根本没往这上面想。

酒鬼被吵醒后，迷迷糊糊地睁开眼睛，伸出猩红的舌头舔了舔黑乎乎的唇角，勉强支起的上半身左摇右晃。

“对不起啊，我喝不动了，难受，真不行了！”男人像是把这间待客用的豪华客厅，当成了酒馆，絮絮叨叨地说着醉话。

“浑蛋，你把这里当成了什么地方！还有，你是怎么进来的？”

“嗯？怎么进来的？我当然有我的办法啦！我这个人啊，鼻子最灵了，哪里有好酒，都瞒不过我。呵呵……”

“别问这些没用的。小姐不见了，问问他，是不是他捣的鬼？”一个学仆发现了问题，连忙提醒道。

两个人几乎把客厅翻过来了，可是非常奇怪，除了这个莫名其妙出现在这里的醉汉，房间里一个人影都没有。怎么回事儿？小姐只在这里待了三十分钟，难道有人能在这么短的时间里，施展不逊于天胜的魔术手段，将貌美如花的千金小姐变成又脏又臭的醉鬼吗？谁也不知道这期间到底发生了什么事儿，但只看开头和结尾，似乎只能得出这么一个荒唐的结论。

“喂，你什么时候进来的？之前有位漂亮的小姐在这里，你看到没有？问你话呢，赶紧说！”学仆抓着那男人的肩膀使劲儿摇晃，可他一点儿反应也没有。

“漂亮的小姐？好久没见过啦，在哪儿呢？我要见，快带过来，带过来。我要看漂亮的小姐，哈哈……”看样子，他是彻底喝傻了。

“算了，问这种家伙也是白问。打电话报警吧，交给警察处理。留着他，只会把家里吐得更脏。”

老婆婆向岩濑夫人禀报了客厅里的事儿。夫人一听，立即慌慌张张地赶了过来。她是个非常爱干净的人，听说有个脏兮兮的醉汉把客厅吐得污秽不堪，连门都敢不进，只是让女佣陪着，透过门缝心惊胆战地朝里看了一眼。现在听到学仆们的话，她连忙吩咐道：“对，应该这样。来人，打电话报警！”

然后，这个来历成谜的醉鬼就被送进了当地的拘留所。两个警察抓着醉鬼的手，连拖带拽地把人带走了，客厅里只剩下沾满呕吐物的沙发椅和四处弥漫的臭味。

“这沙发椅还是新的呢，可惜了。”老婆婆也不敢靠近沙发椅，站在远处皱着眉说，“哎哟，沙发椅上除了他吐出来的那些东西，还有个大口子，怎么回事儿，那家伙带着刀吗？沙发面都被割开了，太吓人了。”

“可恶，这沙发椅还是刚送过来的。不行，不能在客厅放着了。谁去给家具店打电话，让他们赶紧把沙发椅搬走，换好布面再送回来。”

岩濑夫人有严重的洁癖，根本无法忍受家里有这么肮脏的东西。

醉鬼的乱子结束后，大家马上想起了早苗小姐失踪的事儿，就立即给男主人岩濑先生送了信。明智先生出门前已经交代了自己的去处，所以他们也给他打了电话，让他快点儿回来。

与此同时，人们也在宅邸里进行了严密的搜索。警局派来的三个警察，还有家里的学仆、仆人，全都参与到了搜索行动中，从客厅到早苗小姐的房间，从楼上到楼下，从院子到檐廊的地板下，把能找的地方全都找遍了。可是，美丽的早苗小姐就像叶尖上的露珠，被太阳一晒，就化为蒸气消失在了空气中。真是荒唐，本该好好地待在客厅里的早苗小姐，居然就这么消失了。

魔术师的手段

过了大概两个小时，接到紧急通知的岩濑庄兵卫和明智小五郎急匆匆地赶了回来，在主人房里讨论这一离奇事件。除了岩濑夫人和老婆婆，负责守卫的两个学仆也被叫来了，他们恭敬地站在一边，等着主人家的盘问。

“大意了，我又疏忽了。”明智小五郎羞愧地说。

“不，这不怪你，是我，我看早苗郁郁寡欢，我太心疼了，就把她带去客厅，想让她高兴一下，没想到会出这样的状况。是我大意了，都是我的错。”

“我们也有错，不该完全把早苗的安全交给学仆。”岩濑夫人也这样说。

“如今再怎么自责，也没有用了。关键是要弄清楚，小姐什么时候离开的客厅，之后又被带去了哪里。”明智小五郎提醒大家现在不是自责的时候，尽快把早苗小姐找回来才是第一要务。

“是啊，问题就在这里。怎么会这样呢？喂，仓田，你们值守时是不是懈怠了？不然，怎么连小姐什么时候离开客厅的都不知道？”

学仆仓田听到岩濑庄兵卫的话，脸上立刻露出一丝不快，气哼哼地说：“绝对没有！我们的视线从未离开过客厅大门。再说，小姐若去其他房间，也不可能避开我们站着的那条走廊啊！我们就是再不认真，小姐从我们面前过，也不可能看不见。”

“哼，你们这么肯定，那小姐哪儿去了？她还能把结实的铁栏杆拆了，飞出去不成？哦，铁栏杆没被拆下来吧！你们说啊！”看样子，一着急就恶语伤人是岩濑庄兵卫的老毛病了。

两个学仆见他发火，立时委顿下来，搔着头老实地回答这个答案显而易见的问题：“没，没有，不要说铁栏杆，连窗户上的插销都没被动过。”

“这样看来，除了你们玩忽职守，还有别的解释吗？”

明智想了想，说：“哎，等一等，现在还不到下结论的时候。我觉得不是他们玩忽职守，小姐离开，醉鬼进入，他们再粗心大意，也不至于接连有两个人进出都没看到。”

“确实有些匪夷所思，可是，事实就是如此啊！”岩濑庄兵卫嘴硬道。

明智小五郎也不与岩濑庄兵卫争辩，他继续分析道：“如果铁栏杆没坏，学仆们也没有玩忽职守，那我只能得出一个结论，由始至终，都没有人从客厅出入过。”

“哎，难不成是早苗变成了醉汉？开玩笑，当我女儿是阴阳人吗？”

“岩濑先生，您说带女儿到客厅里看新椅子，那些沙发椅是今天才送到的吗？”

“对，你出门后没多久就送来了。”

“奇怪！您觉得小姐的失踪，和那些沙发椅之间会不会有什么必然的联系？我有一种感觉……”

说到这儿，明智忽然停住话头，眯着眼睛沉思起来。然后，他像想到什么一般，忽然抬起头说了一句莫名其妙的话：“人椅子！小说家幻想出来的情节，居然在现实中出现了吗？”

他猛地站起身，也不和大家多说，径自离开了房间，看神情，他十分激动。

众人被名侦探突如其来的举动弄得目瞪口呆，大家面面相觑，不知该做何反应。没过多久，外边又响起了明智小五郎匆匆返回的脚步声和他的怒吼：“沙发椅呢？客厅里的沙发椅哪儿去了？”

“啊，明智先生，先别着急，沙发椅不重要，重要的是我女儿，我们还是先担心一下她吧！”岩濑庄兵卫不耐烦地说。

可是明智进屋后，问的还是那个问题：“不，我现在必须弄清楚沙发椅的下落。你们到底把它放哪儿了？”

一个学仆答道：“刚刚家具店的人把它搬走了，夫人让他们把布面换了。”

“夫人，是这样吗？”

“是。沙发椅被那个醉鬼弄坏了，而且沾了很多呕吐物，恶心得要命，我让人赶紧处理了。”岩濑夫人温声答道，明显还没发现这其中的问题。

“原来是这样。糟了，现在恐怕已经来不及了。不，也许……也许是我想错了也不一定。抱歉，我用一下电话。”明智自言自语地念道，然后，疯了一般扑到桌子边，抓起电话，又对学仆大喊：“家具店的电话，快！”

学仆迅速地报了一遍电话号码，明智又对接线生复述了一遍。

“N家具店吗？这里是岩濑家。刚刚你们搬走的沙发椅，请问送到了没有？”

“什么？沙发椅？”话筒那边传来疑惑的声音，“啊，我知道了。抱歉，让你们久等了，我这就派人去取。”

明智心急如焚，忍不住大声吼道：“什么叫派人来取，沙发椅不是已经被你们店里的人取走了吗？”

“啊？没有啊，我们还没派人过去呢！”

“你是老板吗？请你好好查一下，是不是有人过来了，但没通知到你。”

“不，那根本不可能，因为我还没跟人说要去贵府取回沙发椅的事儿，所以不可能有人上门。”

明智听了，“啪”的一声撂下电话，站起身疾步向门口走去。忽然，他又像想起了什么一般折了回来，抓起电话，打给当地警察局司法主任。

明智住进岩濑家的第一天，就和这位司法主任打过招呼。在现在这样的紧急情况下，两个人的交情能在第一时间发挥重大作用。

“我是明智。刚刚有人冒充家具店的人，把岩濑家之前被醉鬼弄脏的沙发椅骗走了，对方将沙发椅搬上了卡车，现在不知道跑到哪儿去了。你能紧急布置一下，予以拦截吗？……对，就是那张沙发椅……人椅子，对，人椅子……当然不是玩笑……嗯，很可能，除此之外，没有别的解释了……好，麻烦你了。我肯定没猜错，具体情况，我们晚点儿再说。”

明智刚要挂电话，就听到听筒那边扔来了一个重磅炸弹。

“什么？跑掉了？是我的疏忽，我以为他是醉鬼，就没严加戒备……嗯，这也正常，他是个高手，肯定是‘黑蜥蜴’的人，可惜了……还没抓住吗？人命关天，请务必竭尽全力……沙发椅和醉汉，两个都要……好，再见。”

明智“啪”的一声挂上电话，灰心丧气地蹲在了地上。屋子里的人异常紧张，谁都不敢开口说话。从明智的话中，他们已经渐渐知道这位名侦探这些诡异的举动所代表的含义了。

“明智先生，听了刚才的通话，我已经对事情的前因后果有了大致的了解。我钦佩你高人一等的洞察力，也佩服窃贼偷梁换柱的本事。不，他那不是一般的本事，是魔术、妖术，简直让我目瞪口呆。所以，是有人用一个藏着机关的沙发椅偷换了家具店的沙发椅，然后将那个醉鬼藏在里面送进了我的客厅，对吗？后来，早苗进入客厅，那个醉鬼从沙发椅钻出来，把我女儿……明智先生，早苗不会被那家伙杀了吧？”说到这儿，岩濑庄兵卫一脸苍白地止住了话头。

“不，他们绝不会杀了小姐。还记得K饭店那场绑架案吗？如果我没有猜错，他们更需要小姐活着。”明智劝岩濑庄兵卫放心。

“嗯，你说得对，那家伙将早苗弄晕，塞到他之前藏身的沙发椅里，盖上坐垫，然后躺在沙发椅上装醉。可是，那些呕吐物……”

“嗯，相比于‘黑蜥蜴’，岩濑先生的想象力也不遑多让呢！我也这么想，那个家伙恐怖的地方在于胆大包天且行动力极强，敢把异想天开的构想变成粗陋的诡计，并加以执行。这次的诡计模仿的是一部小说，名为《人间椅子》[1]，讲的是有个歹徒藏在椅子里作恶的事儿。‘黑蜥蜴’居然把小说家胡编乱造的故事，应用到了绑架早苗小姐的行动中。所以，刚才提到的呕吐物，多半不是那个假醉鬼吐出来的，而是从酒瓶子里倒出来的。他早就把那些脏东西灌进了空酒瓶里，等迷晕了早苗小姐，再将其倒在沙发椅上。不信，可以检查一下那个威士忌酒瓶，味道一定十分恐怖。其实欧洲的神话故事中，也有这样的诡计，只是那个神话故事里用的，是比呕吐物更恶心的东西。”

“醉鬼已经逃出了拘留所，是吗？”

“是啊，说是逃走了。醉鬼和沙发椅，这个诡计中最重要的两个部分，都失去了踪影。”明智苦笑着说。不过，他很快又正色道：“可是，岩濑先生，我并没有忘记在K饭店时，对您许下的承诺。放心吧，我就是死，也要把早苗小姐救回来。请相信我，事情还有挽回的余地。您看我的脸，是面无血色吗？没有吧？我非常冷静，就像你看到的那样，非常镇定。”

说到这儿，明智爽朗地笑了起来，不是装腔作势，是真的在笑。看到明智信心十足的样子，众人心中又升起了希望。

[1] 江户川乱步所创作的短篇小说。

埃及之星

著名珠宝商岩濑庄兵卫的女儿被绑架的事儿，第二天通过报纸传遍了全国。且不说当地警局，大阪府的警局都派出了所有人手，全力搜查早苗小姐的下落。所有沙发椅，不管是百货商店货架上的，还是家具店橱窗或各个车站仓库里的，全都成了搜救人员重点关注的对象。有些人比较敏感，连自己家客厅里的沙发椅都要掀开仔细检查一下，不然，都不敢往上坐。

过了一天，人们还是没有任何关于那张藏人沙发椅的消息。美丽的早苗小姐，也不知是死是活，像完全从这个世界消失了一般。

岩濑夫妇唉声叹气，可是把女儿带去危险的地方、将歹徒放走，都是他们两口子做的，实在怪不得别人。不过，岩濑庄兵卫因为太过悲伤和懊恼，情绪失控，居然把所有的罪责都推到了明智小五郎身上，说他不该忽然外出。

他们的情绪当然瞒不过明智小五郎的眼睛。名侦探对于自己在这次绑架事件中所犯下的致命的疏忽追悔莫及。不说别的，这次他赌上的，可是他作为侦探的名誉！但不管怎么样，这位久经沙场的悍将至少在表面上，始终都是一副胸有成竹的样子，不见一丝惊慌。

“岩濑先生，请相信我，早苗小姐没有危险，我会把她平平安安地救出来。就算她现在真的落到了歹徒手中，他们也不会伤害她，不仅如此，他们还会像对待珍宝一般好好照顾她。请放宽心，他们一定会那样做的。”为了安抚岩濑夫妇，明智反复强调这些话。

“可是，明智先生，你要去哪儿救我的女儿呢？难道你知道他们把她带去哪里了？”岩濑庄兵卫阴阳怪气地说。

“是，我或许可以猜到呢！”明智冷静地说。

“哦，你去找啊！马上就去。可是你从昨天起，就把找人的事儿都交给了警方，自己在这里无所事事地晃来晃去。你要是真的什么都知道，就请早点儿拿出些手段，采取行动吧！”

“我正在等。”

“等什么？”

“等‘黑蜥蜴’的通知。”

“‘黑蜥蜴’的通知？你在开玩笑吗？歹徒会来请你把我女儿领回来吗？”岩濑庄兵卫鼻子一哼，冷笑道。

“是啊！”名侦探像小孩子般天真地答道，“也许那家伙真会通知我们把小姐领回来呢！”

“啊？你认真的还是在开玩笑？窃贼怎么可能做这种事儿？明智先生，现在可不是说笑的时候！”大珠宝商恼火地说。

“我不是说笑，你很快就会知道了。啊，也许那里就有通知呢！”

明智和岩濑先生正坐在早苗被绑走的客厅里谈话，就看到一个学仆拿着今天的第三批来信走了进来。

“这里有窃贼送来的通知？”岩濑庄兵卫一脸嘲讽地说，随手从学仆手中接过那些信，漫不经心地查看每封信的寄件人。不一会儿，他忽然惊讶地高声喊道：“天啊！这是什么？这画的是什么啊？”

那个西式信封十分精美，信封上没写寄信人，但左下角画着一只栩栩如生的黑色蜥蜴。

“是‘黑蜥蜴’。”明智平静地说。

“对，是‘黑蜥蜴’，大阪市内的邮戳。”岩濑庄兵卫到底经商多年，观察力极好，“哎，确实是窃贼的通知，只是明智先生，你怎么会猜到他们的动向……”

他看向名侦探的目光中充满了钦佩——岩濑庄兵卫虽然暴躁易怒，

但也很容易高兴起来。

“先打开信，看看‘黑蜥蜴’的条件吧！”

岩濑庄兵卫听了明智的提醒，连忙小心翼翼地剪开信封，抽出里面的信展开细看。白色的信纸上没有任何印记，只用潦草的字迹（应该是故意写成这样的）写着这样一段话：

岩濑庄兵卫先生：

很抱歉昨天惊扰到您了。早苗小姐正在我们这里做客，为了不受警方的打扰，我们会把她藏在一个十分隐秘的地方。

不知您是否有意赎回小姐？我们开出的条件如下：

赎金：您收藏的那颗“埃及之星”。

交付日期：明天下午五点整。

交付地点：T公园[1]通天阁[2]顶层瞭望台。

交付方法：岩濑庄兵卫按照上述时间，一个人将指定物品带到通天阁。

请严格遵守以上条件，不要报警，也不要妄想在交易后抓到我，如若不然，我们只能杀掉早苗小姐以泄私愤了。

若能遵守以上条件，我们会在交易完成的当天晚上将小姐安然送回府上。接受与否，不必回信告知。明天若是没有在指定的时间、地点完成交易，此次协商便宣告失败，我们自会执行既定计划。

敬上

“黑蜥蜴”

1月19日

---

[1] 这里指的是天王寺公园。天王寺公园是大阪公园中最富历史色彩的公园之一，位于天王寺车站西北侧，包括天王寺动物园和以展示日本美术和东方古老美术为主的大阪市市立美术馆等景点。

[2] 位于天王寺公园的北部中心地区的瞭望铁塔，原高约75米，1956年重建后，有103米。

岩濑庄兵卫看完信后没有说话，一脸为难地沉思起来。

“他们的目标是‘埃及之星’？”明智从他的神情中猜测道。

“是，这很麻烦。‘埃及之星’说是我的私藏，但也称得上国宝，实在不该落在歹徒手中。”

“听说那颗宝石千金难求。”

“市价二十五万。但是就算有人出二十五万，我也不会卖。你知道‘埃及之星’的来历吗？”

“听说过一点儿。”

“‘埃及之星’是日本目前最大、最珍贵的钻石。它出产于南非，是三十几克拉的多面钻。只听名字就能知道，它原本是埃及王室的收藏，后来在欧洲各国的王公贵族手中辗转流传。第一次世界大战的时候，一个珠宝商在偶然的情况下得到了这颗宝石，后来几经转手，终于在几年前被岩濑商社的巴黎分店买到，现在它是岩濑商社大阪总店的镇店之宝。

“这颗宝石来历非常，重要性也就比我的命稍小一点儿。为了防止它被盗，我当真是费尽了心血。藏宝地点，不要说店员，连我妻子都不知道。”

明智点了点头，说：“这样看来，绑走一个大活人确实比偷盗宝石更加容易。”

“是。很多盗贼都以‘埃及之星’为目标，这些年当真是频频出手。每次交锋，我都能吸取一些经验，然后变得更聪明、更谨慎。现在除了我，再没有人知道宝石藏在哪里，窃贼纵有通天的本事，也无法偷走我头脑中的秘密。可是，唉，如今我所有的努力都白费了。任我再怎么精明，也想不到窃贼会以早苗来要挟我交出宝石。明智先生，宝石虽然贵重，却永远比不上人命。我再不舍，也只能放弃宝石了。”岩濑庄兵卫沉痛地吐露了自己的决心。

“这样珍贵的宝石，拱手于人实在太可惜了。我们不要被恐吓信吓到，相信我，小姐绝不会有事儿的！”明智言辞恳切地一劝再劝，可岩濑庄兵卫主意已定，根本听不进去。

“不不，这群歹徒心狠手辣，我不能拿女儿冒险。再珍贵的宝石也只是一块石头，若是因为我舍不得这块石头，让早苗遇害，我会后悔一辈子的。我已经决定了，按歹徒说的办。”

“既然你主意已定，好，我不拦着你。佯装被吓到，交出宝石，也许是条妙计。对侦探来说，这样也方便行事。只是岩濑先生，请你放宽心，我向你郑重承诺，一定会把宝石和小姐完好无损地带回来。就让他们先高兴几天吧！”

明智一副自信满满的样子，信誓旦旦地说。

通天阁上的“黑蜥蜴”

第二天，岩濑庄兵卫严格按照对方的要求，在快到五点时，只身走进T公园，来到那座巍峨耸立的铁塔下。这件事儿除了明智，他没有告诉任何人。

T公园占地面积极广，每天来往的游客不计其数，可以说是大阪最具规模、最有人气的游乐场所。抬眼望去，到处都是电影院、剧院、小吃店、餐厅和密密麻麻的人。小摊小贩的叫卖声、木屐的踩踏声、留声机的乐声、孩子的哭闹声……各种声音交汇在一起，形成了一首高亢的协奏曲。在飞扬的尘土中，矗立在园区中央，仿照巴黎埃菲尔铁塔建造的通天阁高耸入云，俯瞰着整个大阪。

啊，窃贼如此狂妄，简直是目中无人。女贼“黑蜥蜴”居然要在大阪最繁华的地方，在众目睽睽之下在通天阁塔顶接受赎金。这样的事儿，除了胆大包天、无所畏惧的“黑蜥蜴”，还有谁敢做呢？

岩濑庄兵卫经商这么多年，浮浮沉沉，也算见识过不少场面，是出了名地胆识过人。可是和歹徒面对面，这还是头一遭，想到这个，他心里难免有些紧张，但也只能颤颤巍巍地走向通往塔顶的电梯。

随着电梯的快速升高，大阪市在岩濑先生脚下越来越小。冬日的太阳缓缓朝地平线落去，所有房屋的一侧都被黑影吞没了，如一个美丽的围棋棋盘。

到了塔顶，岩濑庄兵卫离开电梯，来到全开放式的瞭望台。狂风呼啸着吹过他的脸庞，刀割一样——这样强劲的风，在塔下可是没有的。通天阁在冬天本就没什么人气，现在又是黄昏时分，瞭望台上一个游客都看不到。

只有零星几个小店，卖的都是点心、水果和明信片一类的东西，店外支着挡风的帆布，看店的夫妇坐在店里，被冻得瑟瑟发抖——这里苍凉萧瑟，没有半点儿人间的繁华和生气。

站在栏杆后向下望去，地面和这里简直是两个世界——塔底热闹极了，密密麻麻的人像不计其数的蚂蚁正缓缓移动。

寒风凛冽，岩濑庄兵卫等了一会儿，终于看到了上行的电梯。随着铁门“咔啦、咔啦”的声响，一个贵妇打扮的女人打开门，走了出来。女人戴着金边眼镜、梳着圆髻，微笑着走向岩濑庄兵卫。

一个端庄温婉的女人在这个时候出现在如此荒凉的塔顶，显然有些不合常理。

“一个奇怪的女人。”

岩濑庄兵卫魂不守舍地扫了那个女人一眼，没想到对方却主动和他打了个招呼：

“呵呵，岩濑先生莫不是把我忘了？我是绿川啊，在东京饭店的时候，多亏你照顾了！”

啊，这个女人就是绿川夫人，也就是“黑蜥蜴”了。她不会真的是妖怪吧，只是换了身和服、戴上眼镜、梳着圆髻，就像换了个人一样。恐怕没有人会相信，眼前这个温婉贤淑的贵妇就是江洋大盗“黑蜥蜴”。

岩濑庄兵卫看着对方那副熟稔的样子，像吃了苍蝇般难受。他一言不发地瞪着对方美丽的脸，眼中几乎能喷出火来。

“很抱歉，惊扰到您了。”说到这儿，她像真正的贵妇般优雅地躬身行了一礼。

“废话不用说了，我已经完全按照你的条件办了，什么时候把早苗还给我？”岩濑庄兵卫直奔主题，并不理会“黑蜥蜴”的惺惺作态。

“呵呵，会还给你的，放心，小姐一切都好。那个，我要的东西呢？”

“在这里，你检查一下。”

岩濑庄兵卫从怀里掏出一个小巧的银盒子，咬了咬牙，递到那女人面前。

“啊，谢谢。我看一下。”

“黑蜥蜴”从容不迫地接过盒子，用袖子遮着打开盒盖。硕大的钻石放在白色的天鹅绒台座上，女人仔细端详了好一会儿，才开口说道：“啊，真是难以想象！”

她终于按捺不住心里的欢喜，脸上涌起绚丽的红色。稀世珍宝果然魅力超群，连这个戴着层层面具的女贼都抵挡不住。

“五色火焰，果然像五种颜色的火焰在燃烧啊！对得起我这么长时间的朝思暮想。我多年搜集的近百颗钻石，与‘埃及之星’一比，简直成了粗陋的顽石。真是谢谢您了！”她再次恭敬地行了一礼。

看到对方欣喜若狂的样子，岩濑庄兵卫心里越发难受。他把那颗宝石看得和自己的命一样宝贵，现在却被这个女人夺走了。虽然他已经做好了心理准备，但当这一切真正到来时，他心里的不舍不由得喷涌而出，使得岩濑庄兵卫越发痛恨这个惺惺作态的女人。所以，虽是人在屋檐下，岩濑庄兵卫的老毛病也忍不住犯了，他夹枪带棒地说道：“赎金我也付了，您是不是该尽快把早苗送还给我？我都不知道该不该相信你，毕竟你是一个贼啊，先付款再收货，这风险也太大了！”

“哈哈，放心吧！好了，你先回去，我随后再走。”女人并不把岩濑庄兵卫的刻薄话放在心上，准备结束这次危险的会面了。

“哼，你拿到钻石就万事大吉啦！怎么不和我一起走？不愿意和我共坐一部电梯吗？”

“我也想和你一起走，但不管怎么说，我终究是个逃犯，若不先看着你走……”

“你怕有危险？怕我跟踪你？哈哈，你在开玩笑吗？你还会怕我？要是真的这么胆小，为什么约在这么荒凉的地方？不管怎么说，我也是个男人啊。如果，我是说如果，我不顾早苗的死活，一定要把你这为非作歹的女贼抓捕归案，现在看来，也不是什么难事儿嘛！”岩濑庄兵卫看着女人的脸，越想越气，忍不住再次出言讥讽。

“是啊，所以我做足了准备。”

岩濑庄兵卫还以为对方会掏出手枪，不想她只是大摇大摆地走到旁边的小店前，将店家放在那里的望远镜拿了过来。

她伸手向前一指：“那是澡堂的烟囱，你往烟囱后面的屋脊上看。”说着，她将望远镜递给岩濑庄兵卫。

“嗯？屋顶上会有什么？”在好奇心的驱使下，岩濑庄兵卫举起了望远镜。

镜头后面，在距离通天塔三百多米的地方，有一片狭长的平房屋顶，澡堂烟囱后一块像是晾衣服用的平台上，有个工人模样的男人蹲在那里。

“晒台上有个穿西装的男人，对吧？”

“是，可那有什么关系吗？”

“你不妨看清楚他的动作。”

“哎，他也在拿着望远镜朝我们这边看，奇怪！”

“另外，他手上还拿着什么东西吧。”

“是，像是一块红布。那男人在看我们吗？”

“是啊！他是我的手下，正密切监视你的行动，所以你最好老实一些。若是我遇到危险，他就会立刻挥动手中的红布，告诉另一处正在看守早苗小姐的人，如此一来，小姐便死路一条了。哈哈，我是贼嘛，即使是再不值一提的事儿，也要准备充足，才好动手。”

女贼的布置，果然滴水不漏，所以她才会选在荒凉的塔顶进行交易。在平地上，可不能像现在这样，派人在安全的远处进行警戒。

“哼，真是费尽心机！”岩濑庄兵卫嘴上说得硬气，心里却也十分佩服女贼布局的严密。

诡异的情侣

岩濑庄兵卫先一步坐电梯下塔，又坐着停在稍远处的汽车离开了T公园。他严格地遵守“黑蜥蜴”的指令行事，可“黑蜥蜴”无法就此安心。

岩濑庄兵卫虽然不足为虑，他身边的明智小五郎却十分麻烦，想必现在正绞尽脑汁想着什么出人意料的阴谋呢！

“黑蜥蜴”拿着望远镜，站在栏杆后对塔下密密麻麻的游客进行仔细观察，想要找出所有可能的对手。熙熙攘攘的人群看得人头晕眼花，她终究输给了自己的软弱，心里有莫名的不安。

站在那里仰望塔顶的西装男，是警察吗？还有不远处那个蹲了很久的流浪汉，也许是明智手下乔装的，不不不，是故意混迹在人潮中的明智小五郎本人也说不定。

她焦躁地举着望远镜，在瞭望台上来回踱步，反复观察四周。

她现在不是担心被捕。她很清楚，为了保证尊贵的早苗小姐的安全，敌人绝不会轻举妄动。她怕的是被追踪。若是遇上追踪高手，任你再敏锐灵活，也很难甩掉他。糟糕的是，明智小五郎就是这样一个追踪高手。他若是藏在人群里，悄无声息地跟在她后边，找到她的秘密基地……想到这儿，胆大妄为的女贼也不由得脊背发寒。

“谨慎起见，必须出绝招了！”

她大步走到小店跟前，对老板娘说：“抱歉，能帮我个忙吗？”

被寒风冻成一团、在柜台后围着火盆取暖的夫妇俩被吓了一跳，惊讶地抬起头看着她。

长着娃娃脸的老板娘笑容满面地问道："您想买点儿什么？"

"不，我不买东西，是有事儿找您帮忙。刚刚在那边，不是有个男人和我说话吗？他是个恶棍，我受到了威胁，可能要倒霉了。您救救我吧！刚才我好不容易才把他劝走，可他说不定在塔底等着抓我呢！求你装成我的模样，在栏杆那边站一会儿好吗？我们可以在帆布篷里把衣服换了，对调一下身份。我们年纪一样，发型也差不多，肯定行的。老板，真是抱歉，我也想请你帮个忙，等我装成老板娘后，请把我送到那边去吧！我会报答你们的，这样，我把身上所有的钱都给你们，行吗？求求你们了。"

她苦苦哀求，又从钱包里抽出七张十元的纸币，强行塞给老板娘。

女人的话没什么可疑之处，又能赚一笔意外之财，所以，夫妻二人轻声商量了一会儿，就答应了女人这个古怪的要求。

店主用帆布把小店遮得严严实实，两个女人安心地在里面互换了衣服。

老板娘皮肤白皙，换上"黑蜥蜴"柔软的衣物，理好凌乱的发髻，再把金边眼镜一戴，昂首挺胸站在那里，俨然就是一个高雅端庄的贵妇人。

"黑蜥蜴"原本就是乔装改扮的高手，穿上老板娘的衣服鞋子、条纹棉袍、条纹围裙和打补丁的蓝布鞋后，再随手把头发弄乱，往脸上抹了点儿灰，活脱脱就是老板娘本人。

"呵呵，挺不错的，是吧？合身吗？"

"天啊！老婆，你简直就是一位贵妇人嘛！还有这位夫人，你这么一装扮，土里土气的，还真像那么回事儿，太像了。这样一来，刚刚那位先生肯定认不出来。"老板看看这个，又看看那个，被惊得目瞪口呆。

"啊，你原本还戴了一个口罩，正好，借我用用吧！"说着，"黑蜥蜴"戴上一只黑色的口罩，把半张脸都遮住了。

"现在，请老板娘站到栏杆那里，用望远镜往远处看看吧！"

就这样，假扮成老板娘的"黑蜥蜴"和老板一起坐着电梯，到了人潮汹涌的地面。

“走快点儿，被发现就糟了。”

两个人穿过人群，走过电影街和公园的树林，一路尽可能地拣偏僻的地方走着。

“谢谢，现在没事儿了。哎，哈哈，你说我们像不像私奔的情侣？”

是啊，他们这样子真的很像一对怪模怪样的情侣在私奔逃亡。男人可能是耳朵受伤了，绷带从头顶缠到了下巴，还戴了顶脏兮兮的鸭舌帽，条纹棉和服上罩着一件呢绒外套，腰上系着皮带，脚下是一双木底草屐。女人和刚刚的老板娘有着一样的装扮。两人都戴着土里土气的口罩。男人牵着女人的手，像是怕被人看见般，一路都在小跑。

“啊，抱歉。”听了她的话，男的连忙松开手，尴尬地笑了一下。

“没事儿。你头上缠着绷带，是受伤了吗？”脱离险境后，“黑蜥蜴”出于感激，随口问了一句。

“啊，只是中耳炎，已经快好了。”

“是吗？那你当心一点儿。你媳妇儿多好啊，你真有福气，有个夫妻店，两口子互相照应着，一定很幸福！”

“嘿嘿，看夫人说的，我婆娘哪有那么好。”男人老实的样子逗得“黑蜥蜴”十分开心。

“好了，那我们再见吧！请代我向夫人致谢，我一定会记得你们对我的恩情。那套衣服虽不是新的，也请夫人收下吧！”

树林外有一条纵贯整个公园的马路，路边停着一辆车。“黑蜥蜴”见男人走远，便快步向汽车跑去。

车里的司机已经等候多时，看她过来，连忙打开车门。女贼立即上车，又对了一句暗号，随后，汽车立即启动，疾驰而去。看样子，这位司机也是“黑蜥蜴”的手下，在这里接应首领。

女贼的车刚发动，店铺的老板就从角落里冒了出来，也不知他有什么事儿，到现在还没回塔。他跑到路边，慌里慌张地四下张望，这时，恰巧有辆出租车开了过来，他连忙挥手拦车，飞身跳了上去，还没坐稳，就用和之前截然不同的清晰的口齿对司机说：“我是警察，跟上前面那辆车，酬劳少不了你的，快！”于是，出租车和汽车保持着适当的距离，稳稳地追在了后面。

“注意别让前面的车发现。”

店铺老板弓着身子，像个勇敢的骑士，专心致志地盯着前方的车子，偶尔发出一个指令。

他说自己是警察，当真如此吗？他看起来完全不像。他的声音，听上去有些耳熟，不，除了声音，那一直紧盯前方、从绷带中露出的锐利双眼，也是我们所熟悉的。

追踪

天空中阴云密布，落日时分，光线越发暗。在南北向纵贯整个大阪市的这条 S 主干道上，两辆汽车保持着适当距离，在来往的车流中，展开了一场奇异的追逐游戏。

前方汽车上，有位容貌秀美的年轻女人独自坐在后座的角落里，梳着圆髻，身穿条纹棉袍，戴着条纹围裙，一副店铺老板娘的打扮。女人衣着破旧，看起来不像是坐得起出租车的人。不错，她其实是江洋大盗“黑蜥蜴”乔装的。

女贼虽然久经战阵，但是这次却有了疏漏。她完全没发现有另外一辆汽车，像眼冒绿光的饿狼一般，在她的车后步步紧逼。后面那辆车里坐着一个小贩模样的男人，他半张脸都被纱布包着，却目不转睛地盯着前面的车，眼神锐利，偶尔会喝令司机“加速”或“慢一点儿”。

这个男人究竟是谁?

他眼睛死死地盯着前方，手上动作不停，三两下就把身上的呢绒外套和条纹和服脱了下来，露出底下脏兮兮的卡其色衣服，转眼间就从一个小商贩变成了工厂的工人。

接着，他又利落地把遮了半张脸的绷带全部扯了下来。显然，所谓中耳炎，只是方便伪装、迷惑敌人的说辞。绷带揭开后，露出的是一双炯炯有神的眼睛和两道浓眉，现在这位神秘人物终于露出了他的真面目，是明智！明智小五郎！

他以其人之道还治其人之身，乔装成塔顶小店的店主，决心在今天一举揭穿“黑蜥蜴”的秘密，找出她的老巢。

女贼不明真相，不仅中了明智小五郎的计，脱身时居然还找他帮忙。明智小五郎想抓她，自然是易如反掌，可是在查出早苗小姐的下落和匪徒的老巢之前，他绝不能轻举妄动，他必须压下心底的焦虑，谨慎、耐心地继续跟踪，直到安全地救出早苗小姐，夺回“埃及之星”，而将女贼“黑蜥蜴”送交到警察局，只能是最后一步了。

天已经彻底黑下来了。路灯不住后退，在大阪市的马路上，两辆车兜兜转转，进行着一场神奇的赛车游戏。

女贼车里的灯忽然灭了，借着一掠而过的路灯有限的光芒，明智只能隐隐看到后车窗里闪动的发髻。不得已，明智只好在确保安全的情况下，最大限度地拉近两车的距离。

车子拐过一个街角，前边是大阪市一条名声赫赫的大运河。马路一侧是小商品批发市场，现在已经过了营业时间，所有店面均已关门；另一侧紧挨着运河，为了方便装卸货物，河岸是一条长长的斜坡。夜色深沉，街上不见半点儿灯火，四周一片漆黑，很难想象，在这繁华的大都市里，居然还有这么荒凉的地方。

也不知前面的车为什么要到这种地方来，黑暗中，那车车速变慢，到了不远处的桥头，就忽然在明亮的路灯下停了下来。

“啊！糟了，快停车！”明智小五郎连忙喊道。就在司机踩下刹车的那一瞬间，前面的车忽然掉头，朝他们的方向开了过来。

仔细一看，挡风玻璃上已经挂出了“空车”的红色标示牌。车里的灯不知何时已被打开了，明智小五郎看得很清楚，后座上一个人都没有。

明智小五郎尚未细想，就看到那辆车已经开过来了。司机随意按了下喇叭，两辆车慢慢交错而过。

这么近的距离，已经足够明智小五郎把对方车内的情况看个清楚明白了——确实是空车，刚刚还坐在车里的女人，现在已经彻底消失了。

司机是“黑蜥蜴”的人，车子肯定也是女贼的，伪装成出租车，只是为了避开警察的搜查。

要把这个司机抓起来吗？不，那只会让事情变得更糟。一定要找到“黑蜥蜴”，查出这伙人的老巢。

可是，女贼藏到哪儿去了？车子虽然在桥头停了一下，但明智没看到有人下车啊！那里的路灯很亮，他不可能看错。还有，车子刚刚拐过街角的时候，明智小五郎借助路灯的微光，透过车子的后窗，分明看到了女人的圆髻，所以直到那时，“黑蜥蜴”仍在车上。

所以，女贼应该是利用了车子从拐角到桥头这短短五十米的距离，趁着四周一片黑暗且车速很慢的当口儿，跳下车，藏起来的。可是她能藏到哪儿去呢？马路一侧是鳞次栉比均已关门闭户的商店，接连数里都悄无声息。另一侧则是潺潺流淌的黑色运河。明智小五郎下车，沿着那可疑的五十米走来走去，反复核查。可惜，他翻遍了每个角落，都没看到半个人影，连个狗影都没看到。

“奇怪，不会是跳到河里去了吧？”司机看着再次回到原地的明智，疑惑地说。

“河里吗？也不是没有可能。”说着，明智小五郎朝岸边的卸货区看去，只见一艘日式船停泊在黑暗中。

船上看不见人，船舱一侧船舷上的油纸门里隐隐露出些红光，想来是船家的住处。仔细一看，连着河岸的踏板并未撤下，难道，难道“黑蜥蜴”就躲在那红色的油纸门后，正屏气凝神地窥视这里？

这个推测只能算是胡思乱想。可是，如果女贼不在那里，又能在哪儿呢？再说，“黑蜥蜴”的行为每每出人意料，想要预测她的行动，或许只能往稀奇古怪、不合常理的方向想。

“可以请你帮个忙吗？”明智小五郎将一张纸币塞到司机手里，趴在他耳边轻声说，“看到那艘纸门里亮着灯的船了吗？你先把车头灯灭了，再把车头掉过来，让车灯对着那扇纸拉门的方向。后面这个要求可能不太好办，你要大声呼救，喊得越大声越好，最后，忽然将车头灯打亮。

能做到吗？”

“哦，是让我做一次奇怪的表演吗？我知道了，行，上吧！”

有钱好办事儿，司机当即应允了明智小五郎的要求，熄灭车头灯，悄无声息地掉转了车头。

乔装成工人的明智小五郎，从地上捡起一块大石头抱在怀里，顺着卸货区的缓坡走到河岸下方。

“救命啊！救命啊！”司机撕心裂肺的呼救声忽然传来，听着像是要被杀掉了一般，这司机果然是个演戏的高手。

明智小五郎听到呼救声，当即把手里的石头“扑通”一声扔进水里，那声音非常大，不知道的，还以为是有人落水了呢！

果然，船上的人听到骚动，立即拉开了油纸门，探头向外张望。岸上汽车的车头灯随即打开，直射过来，那人大吃一惊，连忙又藏回了门后。可惜，这一切都被明智小五郎看在眼中，是“黑蜥蜴”，她仍然梳着圆髻。

“黑蜥蜴”没有看到明智小五郎，也不知道自己的行踪早已暴露。不然，她怎么敢拉开油纸门，向外张望。

很快，听到声音的商人、雇员纷纷跑到街上探查情况。

“怎么回事儿？”

“打架了吗？有人被杀了？”

“好像有奇怪的水声。”

此时，机智过人的司机早已掉转车头，往前开了五六十米。

明智小五郎果然厉害，他顺着漆黑的河岸迅速跑到桥头，那里有一个公用电话亭。

敌人要走水路，他恐怕追踪不了多久就会被甩掉，所以当务之急是把消息传出去。

邪灵作祟

第二天早上，一艘自身不足两百吨的小汽艇从大阪河口悄悄驶向大海。这天，海上无风无浪，非常适合航行。汽艇虽然吨位不大，可是动力看上去非常足，以极快的速度在大海上疾驰而过，下午就开到了纪伊半岛的南端。不过，这艘船并没有找港口停靠，而是穿过伊势湾、太平洋的中心区域，朝着远州滩一路前行。这么一条小汽艇竟然敢走远洋货轮才会走的航线，当真有些不同寻常。

汽船的船身黑漆漆的，看上去和寻常的货船并无区别，只是船内一个货仓都没有。下了甲板，谁能想到呢，里面居然是一排富丽堂皇的客房！这是一艘伪装成货船的客轮，不，准确来说，这是一座伪装成货船的豪华住宅！在所有舱室中，靠近船尾的那间最为宽敞、明亮，连房间里的摆设也是最雅致的。看样子，这应该是船主的舱室了。

舱室内铺着豪华的波斯地毯，洁白的天花板上吊着华美的水晶吊灯——这真不像是船上该出现的东西，还有精致的衣橱，盖着丝织品的圆桌、沙发椅和几张扶手椅。

怎么回事儿？角落里的那张沙发椅，与房间整体风格明显不符。应该是暂时放在这里的吧！呀！这沙发椅看着有些眼熟，好像在哪儿见过，布料上还破着个大洞！对了，是三天前摆在岩濑宅邸的那张！对，就是那张，珠宝商的千金早苗小姐就是被塞进了这样一张沙发椅里，带了出来。可是，这张沙发椅怎么会被放在这里？

天啊！沙发椅在这儿，难不成……不不不，事实已经很明显了。我们不该只盯着沙发椅，看看坐着上面的那个人吧！那人穿着一身闪亮的黑色洋装，丰满的肉体几欲跳出黑色纱衣，戴着璀璨的宝石耳环、项链和戒指，整个人有一种惊心动魄的美。毫无疑问，她正是让人一见难忘的“黑蜥蜴”，是昨晚那个躲在油纸门后，对明智小五郎的追踪一无所知的女贼。

昨晚，日式木船趁着夜色从支流驶入大河。到了河口，女贼又换乘了这艘汽艇。

那么，这艘船又是怎么回事儿呢？如果它只是普通商船，一个恶名远扬的女贼怎能堂而皇之地住进这里最好的舱室？难不成，它是“黑蜥蜴”的私产？

若真是如此，“人椅子”会出现在这里，就说得通了。而且，“人椅子”既然在这里，那被塞进“椅子”里的早苗小姐，应该被放出来，关到船里的某个地方了吧？

我们暂且把这些问题放在一边，先来看看周围的情况。门边，对对对，就是门边，看到了吧，正有一个男人站在那里。

他头上戴着一顶绣有金丝带徽章的船员帽，身穿黑边立领服，在普通商船上，这是事务长的惯常装扮。只是男人看上去有些眼熟，扁平的鼻子，壮硕的身材，说是船员，其实更像拳击手。啊，是了，他是那个在东京的K饭店乔装成山川博士，绑走早苗小姐的流氓，那个把灵魂献给了“黑蜥蜴”的雨宫润一。

“唉，居然连你也会相信这种无稽之谈，还被吓成了这样。真是，一个大男人，竟然怕鬼！”“黑蜥蜴”闲适地靠在沙发椅上，明艳的脸上满是嘲讽。

“当时的情况非常诡异，真的很吓人，而且船上这些家伙都很迷信，说的那些话，你听了，也会觉得不舒服的。”

海浪翻涌，船身摇动，乔装成事务长的小润也跟着踉跄了一下，脸上露出了恐惧的神色。

那盏吊在天花板上的水晶灯，照亮了整个舱室，可是一层铁板之外，夜幕已经降临，放眼望去，天空和海水已混作漆黑的一团。四周安静极了，只有汹涌的海浪不停地拍打着船身。此时此刻，可怜的小船就像一片落叶，漂浮在无边黑暗中，孤独地浮浮沉沉。

“说清楚，到底是怎么回事儿？谁看到鬼了？”

“没人真正看到，但北村和合田听到了一些声音，而且是在不同的时间分别听到的。一个人听到可以说是幻觉，两个都听到，就很诡异了。”

“在什么地方听到的？”

“那位客人的房间里。”

“哦？早苗小姐的房间？”

“是。今天中午，北村从门前经过，忽然听到里面有人在小声说话，当时所有人，包括你、我都在餐厅里，早苗小姐又被堵住了嘴，发不出声。他怕有人对早苗小姐无礼，就想打开门进去看看。这时，他才发现门外的锁头锁得好好的，根本没被打开。北村觉得不对，赶紧拿钥匙开了门。”

“是不是堵嘴的东西掉出来了，那位小姐在轻声骂人？”

“没有，布团塞得非常紧，她的两只手也被绳索死死地绑着。更重要的是，房子里确确实实只有早苗小姐一个人。北村被吓得脸都白了。”

“早苗小姐怎么说？”

“北村把早苗小姐嘴里的布团拿出来，问她这件事，她也吓了一跳，说她什么声音都没听到。”

“奇怪，真的是这样？”

“开始我也不信，觉得是北村耳朵出了问题，没往心里去。可是，一个小时前，还是在大家都在餐厅里的时候，合田也听到了那种古怪的低语声。他赶紧拿钥匙把门打开，然后看到了和北村看到的一样的情景，屋子里只有早苗小姐一个人，而她嘴里的布也塞得很严。这两件怪事儿很快就在船里传开了，船员们议论纷纷，说的话比说书先生讲的鬼故事还夸张。”

“大家都怎么说的？”

“这里的人有一个算一个，谁不是作奸犯科被通缉了的，有些人身上甚至背着两三条人命，所以大家都说是邪灵作祟。听说船上有鬼，我心里也有些不自在。”

就在这时，一个巨浪忽然袭来，船被掀得老高，转眼又被抛了下来，仿佛掉进了深渊里。头顶上的水晶灯忽然变成红褐色，像在发信号般，一闪一闪的——可能是发电机出了故障。

雨宫润一看着忽明忽暗的电灯，心里有些发慌，随口嘟囔道：“今天晚上真有点儿吓人。”

“一个大男人，胆子就这么点儿？哈哈。”黑衣女人的笑声在铁皮舱室中引起阵阵回声，听起来有些恐怖。

笑声尚未完全消失，一个白色的身影在门口悄然出现，他头上戴着白色的大黑头巾[1]，身穿白色立领服，身前系着一条白围裙，胖胖的圆脸上满是紧张的神色——是船上的厨师。

“哎，是你啊！怎么了，忽然冒出来，吓人一跳！”雨宫润一呵斥道。

被雨宫润一骂，厨师连忙郑重其事地低声汇报道：“又有一件怪事儿。妖怪好像进了厨房，厨房丢了一只鸡。”

黑衣女人一脸疑惑：“什么？鸡？”

“是。不是活的，是拔了毛、过了水，挂在壁柜里的。午饭过后还有七只，刚才我一看，只有六只了，少了一只。”

“晚上没吃鸡啊！”

“是啊，所以才奇怪。船上没有特别贪吃的人，除了鬼，谁还会偷鸡呢？”

“会不会是你记错了？”

“不可能。这种事儿，我从未出错。”

“是挺奇怪的。小润，让大家把整条船搜一遍，也许真有什么东西。”

---

[1] 类似日本七福神之一“大黑天”所戴的头巾，边沿隆起、中央扁平，又叫圆头巾。

层出不穷的怪事儿，让女贼有些不安。

“好，我也想这么做呢！不管是人是鬼，既然会说话，会偷东西吃，总是有形体的，只要我们搜得够细，多半能找到那鬼怪的真身。”

就这样，雨宫润一事务长匆匆离开那间屋子，去执行搜索任务了。

“啊，还有一件事儿，那位漂亮的客人让我跟您说一声。”厨师忽然想起还有件事儿没向“黑蜥蜴”报告。

“哦？早苗小姐？”

“是，我刚刚给她送饭的时候，给她松了绑，拿出了她嘴里的布巾。那姑娘今天不知是怎么回事儿，胃口特别好，把所有饭菜都吃了，还跟我说，她会好好合作，不再哭闹反抗，求我们不要再绑着她了。”

“她说会好好合作？”黑衣女人惊讶地反问。

“嗯，她看起来非常开朗，还说已经想通了，和昨天简直是两个人。”

“奇怪，让北村把她带过来。”

厨师领命告退。不一会儿，船员北村就把松了绑的早苗小姐带了进来。

破开谜题

早苗小姐看起来十分憔悴，身上仍是被绑架时穿的那套铭仙[1]和服，只是如今已经变得皱巴巴的了。她头发披散着，几绺散落的发丝遮着苍白的额头，凹陷的脸颊衬得鼻子越发高挺，挂在鼻子上的眼镜被压歪了，看起来十分滑稽。

“早苗小姐，怎么样，心情还好吗？来，别站着了，坐。”黑衣女人朝沙发椅上一指，柔声说道。

“嗯。”

早苗温顺地往前走了两步，可是当她看清楚女人让她落座的是哪张沙发椅后，立即像见了鬼一般，惊恐万分地连连后退。

“人椅子，人椅子。”她又想起了两天前自己被强行塞进去的场景，这段记忆她恐怕会铭记终生。

“呀，你是怕这张沙发椅吧！没事儿，没事儿，那就坐那边的扶手椅。”

早苗小姐胆战心惊地在那扶手椅上坐了下来。

“很抱歉，我之前不该那样激烈反抗的。从今往后，您怎么说，我就怎么做，请原谅我。”早苗低着头，轻声道歉。

“你想通了，这很好。事已至此，你若不想吃苦头，就该乖乖听话。

---

[1] 是一种先染后织的面料，因明快艳丽的设计风格，受到了战前妇女的喜爱。

只是有一件事儿我觉得很奇怪，你昨天还反抗得那么激烈，只过了一晚上的时间，怎么就变得这样乖巧了？这里面有什么缘由吗？”

“没，没有……”

女贼双眼精光四射，目不转睛地看着早苗低垂的脑袋，忽然换了一个话题说：“北村和合田说有人在你屋里低声说话，你能告诉我，是谁进了你的房间吗？”

“没有，我不知道，我没听到什么声音。”

“早苗小姐，你在撒谎！”

“没，我真的没有！”

“黑蜥蜴”没有说话，只是目不转睛地盯着早苗小姐的眼睛，气氛越来越压抑。

“船，要开去哪儿？”早苗终于忍不住，战战兢兢地问道。

“船？”女贼像是被吓了一跳，忽然从沉思中清醒过来，“哦，我可以把目的地告诉你，我们现在正从远州滩驶往东京。我在东京某个非常隐秘的地方建了一座私人美术馆，里面都是我的珍藏。哈哈，早苗小姐一定很想去看看吧，有不少好东西呢！我们这样急匆匆地赶路，也是为了尽快将‘埃及之星’放进去。

“坐火车当然会更快一些，可是带着你这样一件‘活行李’，危险系数太高，所以只能放弃陆路，改走水路了。坐船虽然慢，却很安全。早苗小姐，这艘船是我的私产。很吃惊吧，我可是连汽船都准备好了！

“凭我的财力，买下这样一艘船，算不得什么大事儿。只要陆路走不通，或者不方便走，这艘船就会派上用场。这也是我们可以长时间避开警方的视线的原因。”

“可是，我……”早苗小姐一脸为难，转着眼珠飞快地瞟了“黑蜥蜴”一眼。

“可是什么？说来听听。”

“我不想去。”

“我知道你不情愿。可是就算你再不喜欢，也只能跟着我走。”

“不，我绝不会去！”

“嗯，你的态度倒是很坚决，难不成你还能跳船逃走？”

“当然不是，但一定会有人来救我的，我一点儿都不怕！”

女孩儿自信满满的样子让“黑蜥蜴”心里有些不安。

“一定有人来救你？谁，你以为谁会来救你？嗯？”

“你不知道吗？”早苗别有深意的话里，带着满满的自信。一个柔弱的千金小姐，是从哪里获得了这样大的勇气？

难道……黑衣女人的脸上瞬间失了血色。

“哦？是我知道的人？好，那我猜猜看……是明智小五郎！”

“啊！”早苗小姐像是吓了一跳，神色有些慌乱。

“我猜中了，对吗？大家都说你屋子里有鬼，可鬼是不会说话的，所以其实是有人偷偷潜入你房间安慰你，而那个人就是明智小五郎！侦探先生告诉你，他会救你走的，是吧？”

“不，不是……”

“你骗不了我。行了，就这样吧，你可以走了。”女人猛地站起来，面色狰狞地说：“北村，像之前那样，将小姐的嘴堵上，绑起来，带回原来的房间关好。你去屋子里守着，从里面把门锁上，没有我的指令，不要出来。还有，带上手枪，无论如何，要看好这个女人，明白吗？”

“是。”

北村一把将早苗拽了出去。“黑蜥蜴”快步走向走廊，刚好碰到执行完搜索任务回来的雨宫润一事务长。

“啊，小润，我已经查出鬼怪的真面目了，是明智小五郎！他不知用了什么办法，像是潜伏到了船上，让大家再搜一遍，快！”

于是，船里又进行了一次掘地三尺的大搜查。十名船员拿着手电筒分头搜索，甲板、船舱、机舱，连通风口和储煤间的底部，都查了个遍，可是很奇怪，不要说人，他们连一点儿可疑的线索都没找到。

水葬

徒劳无功，黑衣女人沮丧地坐在沙发椅上苦苦思索，想要解开这一谜题。

机器引擎丝毫不受这些事情的影响，马力全开，带着船只在黑夜中划过海面，向东行驶。

船身随着引擎的嗡鸣微微抖动，忽然袭来的巨浪将刚刚还算平稳的船只高高抛起。“黑蜥蜴”身形一晃，连忙伸出手扶住沙发椅，沙发椅上已被补好的裂痕，不期然进入了她的眼中。她看着那个补丁，心下一惊，一股寒意爬上脊背，脑海中浮现出一幕诡异的场景。

不可能！她想把那个恐怖的念头压下去，却无论如何也做不到——这是唯一的解释，船上所有地方都搜索过了，除了这张沙发椅的内部。所谓灯下黑，它会不会一不小心成了一个思维盲点？

想到这儿，女人强迫自己冷静下来，细细感受。当她静下心来，确实就感受到了坐垫下有一种和机器振动截然不同的震颤感透过皮肤传递过来。

是心跳，她听到了藏在沙发椅里的那个人的心跳声。

她面色惨白，有一种想要立刻拔腿跑掉的冲动，但她咬牙压下了这个念头。

她竭力恢复镇定，可是，沙发椅里传出的心跳声却越来越大。海浪声和引擎声已经消失，她唯一能感受到的就是屁股底下莫名的颤动，就像轰隆隆的鼓声，在她耳边不断回响。

她的忍耐已到极限。可是谁要跑？为什么要跑？就算那家伙真的藏在这里，现在不也是掉进陷阱的猎物？要说怕，怎么也不该是我啊！

想到这儿，她用手在沙发垫上使劲儿一拍，高声喊道："明智先生！明智先生！"

啊，那人果然藏在沙发椅里，他用沉闷的声音回应道："我就像影子一样，与您形影不离。这个机关做得很好，非常有用。"

那声音像是从地底或墙壁里传出来的，鬼气森森，黑衣女人听得寒毛直竖。

"明智先生就不害怕吗？这里全是我的人，警察在千里之外，你真的不怕？"

"你才是应该害怕的那个人吧，哈哈……"猖狂的笑声，听起来十分恐怖。事到如今，明智小五郎居然还是一副镇定自若的样子，也不从沙发椅里出来，真是让人捉摸不透。

"我虽然不害怕，却很欣赏你。请问，你是怎么到船上的？"

"我也不知道你还有一艘船，只是一直跟在你身边，你到了这里，我自然也就来了。"

"跟在我身边？可以说得再清楚一些吗？"

"能从通天阁一直跟踪你到这里的人，应该只有一个吧？"

"哦，我知道了！原来是你。明智先生果然手段了得，我不得不表扬你了。原来小店老板是明智小五郎伪装的，我真傻，还真以为你包着绷带是因为得了中耳炎。是不是很可笑？"

黑衣女人的心跳忽然有些乱了，莫名的感动让她生出了一种错觉——此刻，在她屁股下躺着的，说是敌人，其实更像是恋人。

"是啊！你自以为成功逃脱时沾沾自喜的样子，和现在因为我忽然潜入而大惊失色的样子，都让人十分愉悦呢！"

这时，乔装成事务长的雨宫润一忽然推开门走了进来，打断了这场诡异的谈话。他听到屋子里有谈话声，感到奇怪，所以进来看看情况。

没等对方开口，“黑蜥蜴”就将食指立在唇边做了一个“嘘”的手势，又抬手指了指旁边桌子上的铅笔和笔记本，示意雨宫润一拿给她。然后，她继续若无其事地和明智谈话，手则在笔记本上飞快地写道：明智小五郎在沙发椅里。

“所以，在S桥的河岸，有人大喊救命，还有跳水声，都是你弄出来的？”“黑蜥蜴”一边说，一边继续在笔记本上写道：“快去叫人，拿结实点儿的绳子来。”

“是。如果你当时没有拉开油纸门，探头出来看，恐怕就是另一番局面了。”明智小五郎回答说。

“果然，那你之后又怎么跟踪到这里的？”

雨宫润一轻手轻脚地出去了。

“我借了辆自行车，在陆地上一直跟着你的船跑，夜深之后，又在另一处河岸，借了一条小船划过来。夜色浓重，我费不少力气才爬上甲板，简直像个杂技演员。”

“在甲板上巡逻的那些人就没看到你？”

“是啊！我好不容易才避开他们的视线，躲进了船舱。之后，我又千辛万苦找到了监禁早苗小姐的房间，哈哈……可惜我运气太差，找到小姐的时候，船已经起航了。”

“你怎么不早点儿跑？躲在这里，不怕被我发现吗？”

“现在是冬天啊，太冷了，再加上我游泳技术一般，也不太敢下水，比起来，还是躺在温暖的靠垫下睡觉舒服啊！”

这真是一场古怪的谈话。两个人，一个躺在黑漆漆的沙发椅里，一个隔着沙发垫坐在对方身上，彼此之间，甚至能感受到对方的体温。明明是水火不容的敌人，两只一抓到机会就要跳起来咬住对方喉咙的猛虎，可是言语间却分外温柔，像一对在床头说悄悄话的爱侣。

“喂，我从吃过晚饭就一直在这儿躺着，有些躺不住了，而且，我很想念您美丽的容貌，能放我出来吗？”也不知明智小五郎在想些什么，胆子倒是越来越大。

“恐怕不行。我的手下若是看到你，把你杀了怎么办呢？你还是悄悄地在里面待着吧！”

“嗯，你想保护我吗？”

“是啊！失去一个旗鼓相当的对手，人生不是很寂寞吗？”

这时，雨宫润一带着五个船员，拿着一根又粗又长的绳子，蹑手蹑脚地走了进来。

“黑蜥蜴”在笔记本上写道：“将明智藏身的这张沙发椅用绳子捆起来，抬到甲板上，丢到海里。”

几名船员安静地走到沙发椅前，准备执行黑衣女人的命令。为了不妨碍他们，黑衣女人微笑着站到了一边，十分得意。

“喂，怎么回事儿？有人进来了吗？”明智不明就里，听到沙发椅外面有奇怪的声响，疑惑地问道。

“嗯，正绑绳子呢！”

很快，整张沙发椅就被绳子捆住了。

“什么绳子？”

“把名侦探牢牢捆住的绳子啊！哈哈！”

“黑蜥蜴”终于露出了她邪恶的真面目。她像一个黑色的魔鬼，用凶狠得简直不像女人的语气命令道：“好了，现在把沙发椅抬到甲板上。”

六个男人很轻松地就把被绳子捆得结结实实的沙发椅抬了起来。他们沿着走廊走上舷梯，几乎能感觉到沙发椅里的侦探，正像一条可怜的被渔网捕住的鱼在拼命挣扎。

甲板上一片漆黑，天上一颗星星都没有，漆黑的夜空和天际漆黑的海水完美地融合到了一起。螺旋桨卷起的泡沫像一只只萤火虫般追在船后，形成了一条明亮的白色长尾。

六个人抬着棺材一样的沙发椅，站在船舷边。

“一、二、三！”

吆喝声后，沙发椅被“扑通”一声从船舷上扔进了海水里，激起一阵白色的浪花。啊，大名鼎鼎的侦探明智小五郎就这样葬身海底了，多么简单。

哀伤的女人

装着明智小五郎的沙发椅被扔进水里，瞬间在船尾掀起一阵粼粼的水光。那沙发椅的黑影像活物一般，起起伏伏地折腾了几下，不一会儿，就消失不见了。

“这就是水葬吧！现在没有人可以妨碍我们了。只是生龙活虎的明智先生就这么葬身海底，想起来，多少也让人有些难过呢！夫人觉得呢？”雨宫润一目不转睛地盯着“黑蜥蜴”的脸，邪恶地试探道。

“哪儿那么多废话，下去吧！”黑衣女人一声怒喝，将所有的手下都赶回了船舱，而她一个人靠在船尾的栏杆上，出神地看着刚刚吞没了沙发椅的那片水面。

螺旋桨以固定的频率旋转着，海浪按照既定的路线奔涌不休，此起彼伏的“萤火虫”所泛起的微光，看得人有些眼晕。行走的，究竟是船还是水？只有永恒的规律，一日接一日地重复运行。

黑衣女人在寒风中一动不动地站了足有半个小时，才回到船舱里。舱室里灯光明亮，她苍白的脸颊上有一道泪痕，是那样清晰。

她心里十分焦躁，在自己的舱室里根本待不住。于是，她来到走廊，踉踉跄跄地走向监禁早苗小姐的房间。

她轻轻地敲了敲门。北村听到声音，打开门走了出来。

“你先出去一下，我和早苗小姐说几句话。”

北村领命告退，她走进房间。

可怜的早苗，双手被绑在身后，嘴里塞着布团，沮丧地蜷缩在屋子一角。“黑蜥蜴”将她嘴里的布取出来，说：“早苗小姐，我要和你说一件事儿，是个坏消息，你肯定会哭的。”

早苗支起身子，恨恨地瞪着女贼，一句话都不说。

“你猜，会是什么事儿？”

…………

“哈哈，你的守护神，明智小五郎先生已经死了。我发现他藏在沙发椅里，就让人用绳子将沙发椅一圈一圈地缠住，然后连人带沙发椅一起扔到了大海里。就在刚才，在甲板上，我们为他举行了盛大的水葬仪式。哈哈。”

早苗小姐大吃一惊，死死地盯着面前这个正在疯狂大笑的黑衣女人。

“你说的是真的？”

“如果只是编个谎话骗你，我会这么高兴吗？你看看我的脸，我高兴得都要疯了呢！不过，你肯定会非常沮丧的。他是你唯一的指望，绝无仅有的救命稻草，就这样死掉了。世界如此广阔，还有谁能救你出去呢？你的未来，就是被我关在不见天日的美术馆里，直到永远。”

早苗一直仔细地观察着对方的神色，现在她明白了，这个噩耗确实是真的。她很清楚名侦探明智小五郎若是死了，等着自己的将会是什么。

绝望。她有多信任明智先生，此刻就有多绝望。她痛苦至极，从未像现在这样清楚地感受到自己是孤身一人，被推进了狼窝，再无援手。

她咬着嘴唇，告诉自己绝不示弱。可是这一切都徒劳无功，她终于忍受不住，就着双手被反剪的姿势，将头抵在膝盖上，掩着脸，任由眼泪奔涌而出。

“别哭啦，有什么好哭的？这太难看了，软弱，没出息！”“黑蜥蜴”见了，尖声斥骂道。可是，不知什么时候，这个妖女也软倒在了早苗小姐身边，无声地哭泣起来。

女人的悲痛有些莫名其妙，难不成她是因为失去了生平罕见的强大对手而感到孤寂？或者是因为某个与此完全不同的理由？

绑匪和人质、“黑蜥蜴”和她的诱饵，两个不共戴天的仇敌，不知何时，居然像一对好姐妹般，手挽着手痛哭失声。虽然两个人伤心的理由各不相同，但伤心的程度毫无二致。

黑衣女人像五六岁的孩子一般，放声大哭。早苗小姐受其影响，也无所顾忌地痛哭起来。现在，她们只是放下所有理智，被悲痛之情彻底掌控的两个纯真的小女孩儿，或者两个直率的原始人。这是如此的不合常理，简直让人匪夷所思。

让人难以想象的悲痛共鸣，伴随着单调的引擎声，持续了很长时间。她们一直哭、一直哭，直到女贼的心再次被邪恶填满，直到早苗小姐的心底长出了仇恨的根系。

汽艇在第二天黄昏时分，驶进东京湾，在T处填筑地口岸附近抛锚。直到天黑，船上才放下小划艇，几个人坐着划艇到了填筑地一处无人的角落。

艇上留下了三个人，上岸的则是黑衣女人、早苗和雨宫润一。早苗小姐不仅被反绑了双手，堵了嘴，眼睛也都用厚布蒙着——距离“黑蜥蜴”的老巢越近，就越是要防备早苗记住去的路线。上岸后，雨宫润一将船员的衣服脱了，换上了一身卡其色的工人服，用假胡子遮住半张脸，一副机械厂工头儿的模样。

T处填筑地是大规模的工厂聚集区，一栋住宅楼都没有。当时，工业不景气，所有工厂都不上夜班，所以到了晚上，除了零星的几盏路灯，看不到一丝灯火，整个工业区，就像一片废墟。

与海岸相接的，是一片宽阔的草地，三个人穿过草地，在厂区的小路上绕来绕去，最后进了一座塌了半边围墙的废弃工厂。工厂里残垣断壁、门柱倾颓、杂草丛生，既没有人，也没有灯火。不过，黑衣女人早有准备，她打开手电筒，照亮地面，踩着杂草在前方带路，雨宫润一搂着被蒙住眼睛的早苗小姐，跟在她身后。

进门后，大概十几米远处是一座宏伟的木建筑，手电筒的圆光温柔地抚过建筑物的侧面，所有窗户上的玻璃均已碎裂。黑衣女人“咔嗒”一声推开门，走了进去，只见屋子里到处都是蜘蛛网。

手电筒的圆光一一扫过锈迹斑斑的机器、固定在天花板上的传动轴、驱动轮、断裂的传动带等，最后停在了屋角的一间像是工头办公室的小屋子上。

黑衣女人推开那间办公室的玻璃门，只见屋里铺着木地板。

黑衣女人的鞋跟儿踩在地板上，发出“咔嗒、咔嗒”极富节奏的响声，那恐怕不是寻常的脚步声，而是类似摩斯密码的特殊暗号。鞋子敲击地板的声音刚停，笼罩在手电筒光圈里的地板就被悄无声息地拉到一边，出现了一个三尺见方的圆洞，下面是水泥地面。奇怪的是，那地面就像一扇仓库大门，大门下沉，露出了一个漆黑的地道入口。

“是夫人吗？”地下传来一句低沉的人声。

“是，我今天带来了一位贵客。”

之后，雨宫润一默默抱着早苗小姐，沿着地道的楼梯，小心翼翼地走了下去。等黑衣女人的身影也在地底消失，水泥暗门和地板便恢复了原样，只有废弃的工厂无知无觉地矗立在那里，像什么事也没有发生过一样。

恐怖美术馆

在换乘小艇时，早苗小姐就已经被蒙上了眼睛，所以她并不知道自己在何处上的岸、上岸后又走了哪条路、现在到了什么地方、是地上还是地下。

“早苗小姐，受苦啦！好了，现在没问题了。小润，把她放开吧！”“黑蜥蜴”温柔地说。

她的话音刚落，早苗嘴里的布团、手上的绳子和蒙在眼睛上的布，就都被拿掉了。因为被布蒙的时间太长，骤然见到光线，早苗小姐的眼睛像被针刺了一般，好半天都睁不开。

这里像是一条迂回婉转的长廊，所有地方，不管是天花板，还是地面，或者是左右的墙壁，都是混凝土结构的。天花板上吊着华美的水晶灯，明亮的灯光将左右墙边排成一排、镶着玻璃的陈列台照得纤毫毕现。陈列台里摆着各种各样的珠宝饰品，像不计其数闪闪发光的星辰。

早苗小姐被眼前这非同一般的绚丽和奢华，惊得目瞪口呆，甚至忘了自己的处境。作为珠宝商的千金，她平时也见过不少宝石，但此时见到这样的场面，也不由得惊叹出声。由此可知，陈列在这里的宝石不管是在数量上还是质量上都极为惊人，至于到底有多壮观，就请读者自行想象吧！

“怎么样，惊呆了吧！这就是我的美术馆。不，你现在看到的，还只是一个小小的入口。和你们店里的陈列相比，也不遑多让吧！这是我十几年来，拼上性命、付出了所有的智慧，在种种艰险中摸爬滚打，才收集到的。我敢说，即使是世界上最富有、最尊贵的家族的宝库里，也不会有这么多如此珍贵的宝石。”黑衣女人得意扬扬地说。

她将自己一直小心翼翼抱在怀里的手提包打开，从里面拿出那只装着“埃及之星”的小银盒。

“虽然有些对不住你的父亲，但‘埃及之星’是我渴慕已久的珍宝，从今天开始，也将成为我美术馆的珍藏之一。”

她“咔嗒”一声，打开了盒盖，在水晶灯的照耀下，“埃及之星”就像熊熊燃烧的五色火焰。“黑蜥蜴”对着宝石愉悦地欣赏了一会儿，才从手提包里拿出一串钥匙，打开展示台的玻璃门，将“埃及之星”连同盒子一起放在了中心区域。

“啊，真是太美了！把其他宝石都比成了石头呢！我的美术馆，又多了一个珍藏。早苗小姐，谢谢你哦！”

“黑蜥蜴”说得真心实意，早苗小姐却无话可说，只能悲伤地低着头，保持沉默。

“来，再去前边看看，还有不少好东西，你一定要亲眼见识一下！”

他们沿着地下回廊继续往前走，先是看到一排排的古董字画，接着是佛像群，再然后是西洋的大理石雕塑、古代工艺品，展品如此丰富，说是美术馆，也算名副其实。

如果这些都是真品，那么在博物馆光明正大展出的、被贵族富豪当作传家宝珍藏的，岂不都成了赝品？“黑蜥蜴”说，这里面有很多宝物，确实都是她用仿制品换来的，如此一来，宝物的主人便不会起疑，至于普通民众，就更不会了。这是多么令人匪夷所思的事情啊！

“这些藏品，只能证明我这间私人博物馆建得还不错，任何一个脑袋灵活些、资本丰厚些的窃贼都能办到。让我感到骄傲的，从来都不是这些东西，我真正想让早苗小姐欣赏的宝物，还要再往前走一段，才能看到。”

他们拐过一道转角，眼前出现了一片与之前截然不同的景象。

是蜡人？做得真好，就像真的一样。

一面五六米的墙壁上，像商店的橱窗般镶嵌着玻璃，里面有一个白人女性、一个黑人男性、一个日本青年和一个日本少女，四个人有站着的、有坐着的、有躺着的，全都一丝不挂。

站着的黑人双手抱臂，手指上的骨节十分清晰，一副拳击手的模样；金发女郎屈膝坐在地上，两肘支在膝盖上，两手托在颊边；日本少女趴在地上，两手交叠，托着下巴，黑色的长发散落在肩膀两侧，眼睛一眨不眨地盯着早苗；日本青年像是正在掷铅饼，全身肌肉高高隆起。这些人无论男女，每个人的容貌和身材，都称得上十全十美、无可挑剔。

“哈哈，这些活人偶[1]是不是很精致？你有没有觉得精致得有些过了？你可以到玻璃前，仔细看看，这些人的身上还有细小的汗毛呢！你有见过或听说过长汗毛的活人偶吗？”

在好奇心的驱使下，早苗小姐走到玻璃窗前。那些人偶像是有奇异的魔力，吸引着她不断靠近，甚至忘了自己正身陷险地。

天啊，真的有汗毛，还有皮肤的光泽和小细纹，怎么会有这么逼真的蜡像？

“早苗小姐，你真以为这是蜡像吗？”黑衣女人故弄玄虚地问了一句，脸上的笑容十分恐怖。

早苗听了她的话，心里忽地一沉。

“有没有觉得它们和人偶不太一样，逼真得有些恐怖了？早苗小姐见过动物标本吗？若是有什么办法能将人美丽的形态，像标本一样永远地保留下来，岂不是很了不起？就是这样。我的一个手下研究出了制作活人标本的办法，你看到的这些都是那个人做出来的实验品，虽然还不够完美，但也不像普通蜡人那样死气沉沉。看，多鲜活啊！里面虽然也用蜡做了填充，但皮肤和毛发都是真的，还保留着人的灵魂和生气，想想就让人激动不已——将风华绝代的年轻男女制成标本，以保留他们终

[1] 和真人一般大小的写实人偶。

将逝去的青春和美丽，世间还有哪家博物馆能想到，并最终做到这件事儿呢？”

黑衣女人越说越兴奋，简直停不下来了。

“来，我们继续往前走，里面还有更好的东西。这些蜡像虽然看着和真的一样，甚至还有灵魂附着在上面，可终究是些不会动的死物，里面这个却不一样，是活生生的展品哦！”

“黑蜥蜴”带着早苗又过了一道转角，这里一反之前的寂静无声，显得热闹喧嚣，那展品果然是个活物。

那里有一个用粗铁棍围成的铁笼子，关在里面的不是狮子或老虎，而是一个人，在他旁边摆着一个烧得正旺的炉子。

那是一个二十四五岁的日本男人，俊美的模样，和电影明星T非常相像。他体形健美，浑身上下一丝不挂，像是一只被关在笼子里的美丽的野兽。

他在笼子里焦躁地走来走去，两只手胡乱地拉扯着那一头浓密的黑发。看到黑衣女人过来，他立即像动物园里的猴子般，抓着铁栅栏拼命摇晃，大声喊着：“站住，你这个歹毒的女人！我要被你逼疯了，杀了我吧！我宁可死，也不要继续待在笼子里了！开门，快打开！”

他突然从笼子里伸出白皙的手臂，想要抓住女贼的衣服。

“哎，脾气怎么这么大，小心点儿，别把这漂亮的脸蛋弄坏了。放心吧，我答应你，很快就会放你出来，送你去死！不，我是要把你做成永远不会老去的人偶，就像前段时间和你一起住在这个笼子里的K子小姐那样。哈哈！”黑衣女人嘲讽地说，神情冷酷。

“你，你说什么？你把K子小姐做成了人偶？你这个禽兽，居然把她杀了做成了人偶！不，我不要变成人偶，谁要当你的玩具？不要过来，谁敢过来，我就杀了谁，一个都不放过。畜生，我要咬断你的喉咙，杀了你们，杀了你们！”

“哈哈，叫吧，尽情地叫吧！等你被做成了人偶，就会像石头一样老实，想动都动不了。而且，能让一个如此俊美的男人又喊又叫，不知多让我高兴呢！”

黑衣女人兴味十足地欣赏了一会儿男人气急败坏的狂怒，然后说了一件更加恐怖的事儿。

“没了K子小姐，你一定很寂寞吧？所有动物园关猛兽的笼子里，都是既有雄兽，又有雌兽。我思虑再三，决定给你找个新娘，为此费了不少功夫呢！今天，我把新娘给你领来了。看，就是这位。怎么样，很美吧，喜不喜欢？”

听了这话，早苗小姐只觉得毛骨悚然，上下牙不受控制地打战。

“黑蜥蜴”的邪恶目的，直到此刻才算显露无遗。女贼之所以千方百计将她绑架来，就是为了将她扒光衣服，扔进笼子里，然后再挑个好日子，将她的皮剥下来，制成最为鲜活的人偶标本，以装点这座恐怖的美术馆。

“呀，早苗小姐，你没事儿吧？哆嗦什么？看着像是被风吹过的芦苇叶呢！你终于知道了自己的使命。别怕，我还给你挑了个不错的新郎呢！喜欢吗？不过，你喜不喜欢都无关紧要，我已经决定了，所以你只能忍受。”

强烈的恐惧感，剥夺了早苗说话的能力。她只觉得脑子一片空白，身子摇摇晃晃，连站都站不稳了，几乎要倒在地上。

水族馆

“早苗小姐，还有样东西，你一定要看看。快过来，这回不是动物园了，是水族馆，这里最让我感到骄傲的就是水族馆了。”

“黑蜥蜴”拖着浑身颤抖的早苗小姐，又转过一道拐角。

漫长的地下通道终于走到尽头，前方是一座巨大的玻璃水槽。水槽正上方的吊灯极为明亮，让人可以透过厚重的玻璃板，清晰地看到水槽里的景象。

水槽两米见方，底部种着很多奇形怪状的海草，像无数条缠绕在一起的蛇。

可是，这里不是水族馆吗？怎么只有海草，没有鱼呢？

“看不到鱼，是不是很奇怪？其实很正常，你想想，我的动物园里也没有动物，不是吗？”

黑衣女人残忍地笑了一下，又开始新一轮的恐怖演说。

“我想在水槽里养个人来玩玩，和鱼比起来，人要有趣得多。人在铁笼子里歇斯底里的样子很美，但我更喜欢看人在水里痛苦挣扎的样子。早苗小姐，你看过艳舞吗？是不是非常迷人？可是它有个缺点，就是舞者无法双脚离地，但在水里跳舞，就没有这个限制了，四肢可以在水中自由自在地舞动，身上一丝不挂，随意翻滚。如果跳舞的是……对，是早苗小姐这样美丽的女人，一定更有魅力吧！

“想象一下，人在水中痛苦地舞蹈。你发现过痛苦的美妙之处吗？

没有比人苦苦挣扎时的表情和姿态更美的东西了。将青春年少的美貌女子，扒光衣服，‘扑通’一声扔进水槽里，箱底的水草仰着头迎接美丽的少女，女孩儿白皙的身体周围，升起无数细小的水珠，就像珍珠一样。

“女孩儿很快就会因为缺氧而拼命舞动手脚，那是一支疯狂的艳舞。女孩儿身体的每个部分都像闯入了另一个生物的灵魂般，激烈地舞动起来，演绎出不同韵味的舞蹈。扭动得最厉害的是腰部和腹部，在这带动下，身体各处浑圆的肌肉，就像丰润饱满的白色果实，不停地抖动着。对了，还有女孩儿的脸，啊，年轻女孩儿拼命挣扎时的表情，真是让人心驰神往！”

黑衣女人就像看到了这一幕幕的景象般，如痴如醉地诉说着她幻想中的诗篇。

早苗小姐被“黑蜥蜴”描绘的景象摄住了心神，感觉自己便是她口中的那个在水里拼命挣扎的裸女，正如“黑蜥蜴”描述的那样，皱着眉、急促地喘息、两只手在水中乱抓、疯狂地扭动腰身，摆出种种痛苦挣扎的姿态。

“少女忽然冲过来，脸贴在玻璃上，就像电影中的特写镜头，每条纹路都清清楚楚。看见了吗？拧成一团的眉毛，瞪得溜圆的眼睛，眼睛里浓烈的恐惧。看啊，大张着的嘴巴，白晃晃的牙齿，不住颤抖的嘴唇——它描画的正是濒死时的痛苦曲线，还有疯狂跳动的舌头和几乎能看到底的喉咙。

“越是想要呼吸，涌进喉咙里的水就越多。她拼命反抗，痛苦地挣扎、翻滚。是不是非常棒？还有比这更精彩的演出吗？如此痛苦、绝望的姿态，即使是最伟大的画家、雕刻家，最有天赋的舞蹈家，也展现不出来。这是只有付出生命，才能看到的艺术。”

早苗小姐的忍耐已经到了极限。她在想象的洪水中苦苦挣扎，不知喝了多少水，最后终于失去了所有的力气，被过于强烈的痛苦和恐惧击溃，失去了神志。

黑衣女人发现不对，刚想去扶，早苗已经像水母般，软软地躺在了地上。

赤身的野兽

不知过了多长时间，早苗小姐醒了过来。她感觉自己的身体像是直接暴露在了空气中，心下一惊，连忙用手摸了一下，身上光溜溜的，一片布条都没有。也就是说，她现在被人扒光了衣服，正赤身裸体地躺在地上。

她睁开眼睛，发现前面有好几根非常粗的铁栏杆。她马上就明白了，是那个铁笼子。她昏倒的时候，“黑蜥蜴”让人扒光她的衣服，把她塞了进来。

如果这个笼子是她之前看到的那个，那这里除了她，应该还关着一个赤身裸体的年轻男人。

想到这儿，她甚至不敢抬头看看四周的情况。天啊，怎么办？她居然就这样光着身子躺在一个男人的面前，没有比这更丢脸的事儿了。

早苗的脸甚至来不及变红，就“唰”的一下变得煞白。她猛地坐起来，像玩具小猴一样蜷缩着退到了笼子的一角，尽量不往周围看。可是笼子那么小，再想避开视线，也是徒劳，她终究还是看见了，那个赤身裸体的男人。

年轻男女赤裸相对，这是不是很像伊甸园里的亚当和夏娃？当他们视线相接，接下来会发生什么，又该说些什么呢？早苗觉得十分羞耻，眼泪止不住上涌，折射出男子白色躯体的晶莹泪珠，在睫毛闪动时很快变成了椭圆形。

“你还好吗？”男人率先开口，声音十分悦耳。

早苗小姐吓了一跳，眨眨眼睛，泪水倏地滑下脸颊。她抬起头疑惑地看着男人。

男人的脸像是抹过油脂一般，带着润泽的光。他黑色的头发十分浓密，额头又高又宽，双眼皮，眼睛炯炯有神，高挺的鼻梁堪比希腊雕像，紧闭的嘴唇红润饱满，是个美男子。可越是这样，早苗心里越觉得慌乱。

“黑蜥蜴”说她是这个男人的新娘，青年也是这么想的吗？想到两个人正像野兽一样赤身裸体地被关在这个笼子里，逃无可逃，她就羞耻得无地自容，浑身血液仿佛要逆流一般。

“小姐，你别害怕，我虽然这个样子，却也不是什么野蛮人。”

年轻人大概觉得不好意思，一句话说得结结巴巴。见他也这样尴尬羞耻，早苗反倒安心不少。

很快，他们就对彼此有了一些了解，听说了对方的遭遇后，便一同骂女贼的疯狂和野蛮。他们低声交谈的样子，在外人眼中，就像一雌一雄两只亲密无间的白兽。

不知什么时候，天已经亮了，连地底洞穴里的人也感觉到了人类的喧闹。“黑蜥蜴”的手下，那些粗鲁的男人一个接一个来到地下，参观笼子里的新客人。

在这些粗俗的“游客”面前，早苗小姐是如何羞窘难堪，青年又如何像野兽一般怒吼咒骂，参观的窃贼说了哪些下流话来戏弄他们，读者完全可以自行想象。就在这四五个人在地下室开着下流玩笑的时候，地面隐约传来了一阵摩斯密码似的声音，很快，一个船员打扮的男人神色凝重地走进了地下洞穴。

人偶变异

船员打扮的男人也是“黑蜥蜴”的手下，之前一直待在汽艇上。他沿着通道走到深处“黑蜥蜴”的房间外，用特定的节奏敲响了房门。

“进来。”女贼的声音中带着上位者特有的威严。即使身边都是粗俗鲁莽的男人，她也从不锁门，那没有任何意义。不管是白天还是深夜，她只要说一句“进来”，门总是一推就能开。

“出什么事儿了？这才六点啊，太早了吧？”

“黑蜥蜴”穿着一身白色的丝绸睡衣，慵懒地躺在床上。她随意地瞟了男人一眼，点上香烟，抽了一口。透过光滑的丝绸睡衣，可以清楚地看到她丰腴妖娆的肉体。男部下们每次看到首领这样一副打扮，都要面红耳赤、手足无措，好一会儿也缓不过来。

“出了件怪事儿，我必须马上过来禀报！”那男人努力让自己的视线不往床上瞟，扭扭捏捏地报告说。

“怪事儿？什么怪事儿？”

“昨天晚上，船上的伙夫阿冲，忽然不见了。我们几乎把整条船都翻过来了，可他还是踪影全无。他若是逃走了还好，但我们担心他被警察抓到了。”

“你们让阿冲上岸了？”

“没有。小润昨晚不是去了船上一趟，又回到这里了吗？划小艇送小润上岸的人里就有阿冲。后来小艇回到船上，阿冲却不见了。我以为是大伙儿记错了，就在船上仔细找了找，又来这里打听，可是所有人都说没见过阿冲。那家伙会不会是去街上闲逛，结果被警察抓走了？”

“要是那样就麻烦了。阿冲是个蠢货，什么也干不了，所以我才让他当伙夫。他若是被抓，肯定什么秘密都守不住。”

“黑蜥蜴”急躁地从床上爬起来，皱着眉开始思索应对措施。就在这时，又有部下进来禀报发生了怪事儿——

门突然被打开，三个部下探头进来，其中一个抢先说道：“夫人，您快过来看，出了件怪事儿。人偶全都穿上衣服，挂上了宝石，浑身上下闪闪发光。也不知是谁搞的鬼，我们问过了，大家都说不知道。是夫人做的吗？”

“真的？”

“当然。小润也吓坏了，现在还在橱窗前发呆呢！”

又是一件让人匪夷所思的怪事儿。阿冲的失踪和这件事儿之间有关系吗？两件怪事儿同时发生，这也太巧了。地底女王终于无法保持镇定，她把所有人都赶出去，迅速换了件平常穿的黑西装，疾步赶往摆放人偶标本的展厅。

到那儿一看，场面果然非常奇怪和滑稽：站着的黑人青年穿着又脏又破的卡其色工人服，戴在胸前的“埃及之星”像一等功勋章般散发着耀眼的光芒；手肘支着膝盖、两手托腮的金发女郎，像日本女孩儿一样穿着长袖和服，脖子上戴着钻石项链，手上、脚上戴着镣铐一样的珠宝首饰；躺在地上的日本女孩儿裹着一条破旧的毛毯，浓密的黑发上挂满了宝石饰品，脸上带着一抹邪恶的笑；摆着掷铅饼姿势的日本青年，穿着一件黑乎乎的棉毛衫，手腕上戴满了光华流转的珠宝首饰。

黑衣女人和目瞪口呆的雨宫润一对视一眼，都有些无言以对。

这个恶作剧简直是在嘲讽他们——在人偶标本穿的那些古怪的衣服中，除了长袖和服是早苗小姐昨晚穿的，剩下的都是“黑蜥蜴”手下的，也不知道是谁把它们从休息室的箱子或衣柜里翻出来，穿在了人偶身上。而珠宝是从珠宝展区的陈列柜里拿出来的，陈列柜里想必已经不剩什么了。

“是谁干的？”

“现在还没查到什么线索。这里除了我，还有五个人，全都可以信赖。我问过他们，大家都说不知道。”

“守门的人怎么说？”

“说是没有任何异常。就算真有人想闯进来，门口的盖子也只能从里面拉，从外面根本打不开。”

两个人低声交流几句，又是一阵沉默。黑衣女人和雨宫润一视线相接，黑衣女人像是想到了什么，脸色“唰”地变了，她低声念了一句“难道是……”然后快步走到笼子前，仔细检查笼子窄小的入口，但没找到任何被破坏过的痕迹。

“是不是你们两个在捣鬼，老实交代！搞恶作剧的人就是你们，对不对？”黑衣女人尖声问道。

笼子里的亚当和夏娃正温声说着悄悄话，看到女贼出现，立即摆出了防备的姿态。早苗小姐蜷缩着退到角落，青年则猛地站起来，挥着拳头朝黑衣女人冲过来。

“说话，是不是你给人偶穿的衣服？”

“你在胡说些什么？疯了吗？我不是被你们关在笼子里了！”年轻人火冒三丈地吼道。

“哈哈，还挺精神的！既然不是你，那很好啊！我也有个好办法呢！请问，你喜不喜欢我送你的那个新娘子？”

黑衣女人不知为何忽然换了个话题，见年轻人不肯回答，又问了一遍：“到底是喜欢，还是不喜欢？”

青年和角落里的早苗对视一眼，说：“喜欢！所以我会用生命来保护她，不会让任何人伤害她！”

“哈哈，我果然没猜错。那你要保护好她啊！”黑衣女人嘲讽道。然后，她拿出铁笼的钥匙，回头交给雨宫润一，冷冷地吩咐道：“小润，把女孩儿拖出来，扔进水槽！”

雨宫润一满是胡子的脸上露出了惊讶的神色，问：“才一个晚上，太快了吧？”

“有什么关系？我是今天才开始喜怒无常的吗？赶紧动手！听着，我现在回房吃饭，你趁这段时间把该做的做好。还有，那些宝石，让人赶紧放回原位。去办吧！”

说完，黑衣女人便径自回了房间。

她明显是被彻底惹恼了。她本就因为人偶身上突如其来的变化感到又气又恼，现在又看到笼子里年轻男女那副亲密无间的样子，一时大受刺激，简直要气疯了。

女贼当然不是真心想将早苗给年轻人当什么新娘，种种作为，无非是想恐吓、羞辱她，拿她惊恐万状、羞愤欲死的样子取乐。可惜事与愿违，男人为了保护她连命都不要了，而早苗也是一副感激不已的样子，明显愿意接受他的保护。嫉妒的情绪在黑衣女人的心里横冲直撞，让她的肺差点被气炸。

这差事似乎让雨宫润一有些为难。他犹豫了好一会儿，最后还是慢吞吞地走向了笼子的入口。

“浑蛋，你想干什么？”笼子里的青年瞪着眼睛，恶狠狠地说。他叉着腿站在门口，一副要和对方拼命的架势。雨宫润一到底是拳击手出身，对青年的威胁毫不畏惧，开锁、拉门、扑进笼子，动作干净利落。

满脸络腮胡子、一身工人服的雨宫润一和俊美无比的裸体青年，抓着胳膊、瞪着眼睛对峙起来。

“站住，想都别想！只要我还活着，任何人都别想伤害她！你想把她拖出去？好啊，试试看？也许你在得逞之前，已经被我掐死了！”

青年拼命伸手，想要掐住雨宫润一的脖子。可是，太奇怪了，雨宫润一竟然毫不反抗，胳膊都被人抓住了，还把脖子往前探，像是有话要说一般，将嘴凑到了青年耳边。

青年起初使劲儿摇晃脑袋，根本不想细听。可是，不一会儿，他便惊愕不已地安静下来了。最后，他像换了个人般，温顺地放下了掐住对方脖子的手。

离魂

也不知雨宫润一到底和青年说了什么，青年最终放弃抵抗，任由他把瘫软在地的裸体少女抱走了。不一会儿，雨宫润一将女孩儿带到那个巨大的玻璃水槽前，抱着她爬上扶梯，打开水槽的盖子，将女孩儿扔了下去。之后，他盖上盖子，下了扶梯，走到“黑蜥蜴”的房门前，将门推开一条细缝，禀告说：

“夫人，您交代的事儿，我已经办好了。早苗小姐现在正在水槽里垂死挣扎，您要不要过去看看？”说完，他退了出去，走到水槽的时候，他从工人服里拿出一张折得很小的报纸，展开，轻轻地放在了水槽旁的椅子上，然后快步迈向走廊。

雨宫润一走了没多久，黑衣女人便打开房门，大步朝水槽那边走去。

水槽里的水，蓝得有些发黑，正剧烈地摇晃着。水槽底部奇形怪状的水草，像无数昂着头的蛇，密密麻麻地扭动、纠缠着，水中一丝不挂的少女正苦苦挣扎。这情景，与昨晚黑衣女人所描述的景象，当真分毫不差。

黑衣女人眼冒凶光，因为太过兴奋，苍白的脸颊正微微颤抖。她双手握拳，神情专注地盯着水槽。忽然，她神色一僵，发现有些不对。水里的裸女挣扎得一点儿都不剧烈，不，应该说她根本就没有挣扎，少女白皙的身体只是随着水波的晃动而上下摇摆。

早苗小姐身体柔弱，恐怕还没被丢进水槽就已经昏了过去，所以在水里没受什么苦，是这样吗？可是，事情又似乎没那么简单。“黑蜥蜴”耐心地观察着眼前的景象，终于，水里的女孩儿慢慢转过身来，原本朝向对面的脸，现在转到了玻璃这边。怎么回事儿，这真的是早苗小姐吗？就算在水里，人的长相也不会发生这么大的变化吧？啊，是了，就是这样。她不是早苗，是人偶展示区的那位日本少女的标本。可是，怎么会发生这样的错误？

“来人，快来人啊！小润呢？”黑衣女人歇斯底里地大声喊道。

这时，她的手下也乱哄哄地从人偶展示区冲了过来，那边好像发生了什么恐怖的事儿，大家脸上的神情都不太对。

“夫人，又有一件怪事儿，人偶少了一个。之前，我们给人偶脱衣服，整理那些宝石时，还一个不少。转个身的工夫，躺在地上的那个女人偶就不见了。”一个男人战战兢兢地说，不过他说的这件事儿，“黑蜥蜴”已经知道了。

“去铁笼看过没有？早苗小姐还在吗？”

“看过了，只有那个男人。早苗小姐不是被小润扔进水槽里了吗？”

“嗯，但扔进水槽里的并不是早苗，而是你们在找的那具人偶。”黑衣女人朝水槽里一指，说，“看！”

众人听了，连忙往水槽里看，只见里面漂着的，当真是那具失踪的少女人偶。

“天啊！这太奇怪了，谁干的？”

“肯定是小润！他刚才还在这里，你们看见他没有？”

“没有。他今天火气很大，瞅谁都不顺眼，好像嫌我们碍事儿，不停地指使我们干这干那，我们都快被他摆弄成陀螺了。”

“是吗，这确实有些奇怪。不过，他现在去哪儿了？赶紧去找，找到后，让他马上来见我。”

男人们领命告退，黑衣女人心里有些不安，眼睛看着虚空，脑筋飞快地运转起来。

到底怎么回事儿？汽艇的伙夫忽然失踪、人偶被人动了手脚、水槽里的早苗莫名其妙变成了人偶标本。这一连串的怪事儿，是否有什么联系？会是巧合吗？

像是有种人力难以抵挡的恐怖力量在操纵这一切，是什么？啊，不会是……不不不，怎么可能？这么荒谬的事儿，绝不可能发生。

黑衣女人努力压下在脑海中萦绕不去的恐怖猜测，强烈的不安让冷酷的女贼有些心慌意乱，只觉得浑身冷汗涔涔、寒毛直竖。

过了一会儿，就在她想坐在旁边的椅子上休息一下时，忽然发现有份报纸摆在那里，正是雨宫润一刚才特意留下的。

黑衣女人在报纸上随意扫了几眼，不想被一则报道吸引了注意力，她的脸色不由得凝重起来。

明智侦探高奏凯歌
岩濑早苗顺利归来
宝石大王喜极而泣

三段的标题异常醒目，女贼看了，只觉得十分困惑。她连忙拿起报纸，坐在椅子上细看。报道的内容大致是：

昨日（21日）午后，被怪贼“黑蜥蜴”绑架的宝石大王的女儿岩濑早苗小姐顺利返家。本报记者听闻岩濑先生以旷世珍宝“埃及之星”赎回爱女，窃贼信守承诺，放回了早苗小姐。为此，记者特意去岩濑宅邸采访了岩濑庄兵卫和早苗小姐。让人意外的是，父女二人均表示：小姐顺利归来全靠私人侦探明智小五郎细心筹谋，而非歹徒讲究诚信，具体情况目前不便透露，请记者不要追问。怪贼“黑蜥蜴”目前究竟在何处藏身？单枪匹马追踪窃贼的明智侦探现在又到了何处？名侦探对战江洋大盗，谁输谁赢？稀世奇珍“埃及之星”能够重新回到岩濑家族吗？让我们忐忑以待后续报道。

这篇报道旁边还附带了一张名为“父女团聚”的照片。照片上，岩濑庄兵卫和早苗小姐笑容满面地坐在会客室的椅子上。

黑衣女人看着这篇报道，只觉得莫名其妙。不可能，这太荒唐了。可是，就算新闻是假的，那照片又是怎么回事儿？女贼美丽的脸上终于露出了一些狼狈的神色，不，说得更准确一些，应该是难以名状的恐惧之色。这是大阪市卖得最火的一家报纸，按照报纸发行的日期，“昨日（21日）”，是前天她坐汽艇离开大阪湾的时候，那天早苗小姐明明在船上。不，不要说那天，就是昨天、今天，甚至是刚才，早苗小姐还赤身裸体地被关在笼子里发抖呢！

到底是怎么回事儿？这是头条新闻，这样的大报社不可能出错，再说，还有那张照片作为证据。被关在船上的早苗小姐，在同一天笑容满面地坐在了大阪郊外的岩濑家，这太奇怪了？

黑衣女人就是再聪明，也解不开这样的谜题。她从未遇到这样恐怖的情况，被吓得花容失色，额头上不断渗出大滴大滴的冷汗。

一个诡异的词忽然在她脑袋里浮现出来——离魂症。那是传说中的一种匪夷所思的病症，据说得了这种病的人，会分裂成两个不相干的人，各自行动。她在古代的传奇小说和国外的心理学杂志上看到过这样的情况。黑衣女人以前从来不相信灵异事件，可是现在除了这种不科学的说法，还能有什么解释呢？

这时，奉命去找雨宫的手下纷纷返回，都表示没有找到。

黑衣女人无精打采地问：“现在在门口守卫的人是谁？”

“是北村。他说没人出去过，那家伙从没出过错。”

“所以，小润一定还在这里，除非他能变成烟凭空消失。再好好找找。还有早苗，她既然没在水槽里，一定是找地方躲起来了。”

男人们疑惑地看着首领惨白的脸，悻悻地折回了走廊对面。

“等等，留两个人把水槽里的人偶捞出来，以防万一，我要仔细检查。”

于是，两个部下留下来，爬上梯子，将人偶从水槽里捞出来，放在了地上。毫无疑问，那个软绵绵的人偶，无论如何也不会是早苗小姐。“黑蜥蜴”也没找到任何线索。

黑衣女人焦躁地走来走去，过了一会儿，又猛地坐回到椅子上，拿起报纸细看。只是，不管她看多少遍，都改变不了出现了两个早苗小姐的事实。照片上的人确实是早苗。

她正百思不得其解之时，忽然听到一个声音从背后传来：“夫人。”

黑衣女人吓了一跳，回头就看到一个男人站在身后。

“小润？你去哪儿了？”她呵斥道，“这都是怎么回事儿？我不是让你把早苗小姐扔到水槽里吗，怎么会变成人偶的？谁给你的胆子，开这样没有分寸的玩笑？”

然而，雨宫并没有回话，只是默默地站在那里，目不转睛地看着她，露出一个不怀好意的笑。

又见离魂

“说话啊，哑巴啦？到底怎么回事儿？你简直变了一个人，不会是想背叛我吧？”

雨宫润一旁若无人的态度，让黑衣女人不由得拔高了声音。事实上，之前发生的一连串怪事儿，已经快把她的耐性耗尽了。

“早苗小姐呢？别告诉我你不知道！”

“嗯，我不知道，她不是在铁笼子里吗？”小润终于开口说话了，只是语气异常生硬。

“铁笼子里？我不是让你把她拖出来了吗？”

“什么啊，我怎么不知道？还是去笼子那边看看吧！”说完，他便晃晃悠悠地向前走去，似乎真想去铁笼子那儿一探究竟。这家伙不是疯了吧？或者有其他原因让他变成这样？黑衣女人只觉得心里七上八下，跟在小润身后谨慎地监视着他的一举一动。

到笼子前一看，钥匙竟然就那样随便地插在门上。

“你今天怎么搞的？连钥匙都不拔。”黑衣女人忍不住低声嘟囔道，又抬头向昏暗的笼子里张望，“早苗小姐根本就不在里面！”

一个赤身裸体的男人孤零零地蹲在角落里，不知为何，看起来无精打采的，脑袋耷拉着，难道是睡着了？

小润轻声说：“可以问问他。”说完，就打开铁门，走了进去。他今天怎么总是自说自话？太反常了。

“喂！香川，早苗小姐呢？”

原来被关在笼子里的那个异常俊秀的年轻人叫香川啊！

“喂！香川，别睡了，醒醒！”

不管他怎么叫，香川都没反应。雨宫润一索性抓住香川的肩膀，使劲儿摇晃，可是，对方只是随着他的力道晃来晃去，仍然毫无反应。

“夫人，这家伙太奇怪了，不是死了吧？”

“黑蜥蜴”暗叫一声不好，心里涌上一种不祥的预感，只觉得所有的事都脱离了控制。

她冲进铁笼子里，走到香川旁边，说：“难道他自杀了？把头扶起来，我看看。”

“这样吗？”小润托着香川的下巴，往上一抬。

“啊！他的脸……”

“黑蜥蜴”吓得尖叫一声，“噔噔噔”连退了好几步。噩梦，一定是噩梦。

在角落里缩着的，居然不是香川。谁能想到，这里也上演了一出偷梁换柱的大戏？读者们可以猜到眼前这个裸体的男人，到底是谁吗？

黑衣女人吓得浑身发抖，世界上如果真有那种可以把一个东西看成两个的精神疾病，那她一定是得了这种可怕的疾病，而且是重症患者。

被雨宫润一托着下巴抬起脸的那个男人，居然长了一张和雨宫润一一模一样的脸。两个小润，一个赤身裸体，一个穿着工人服、戴着一脸的假胡子。难道有人在这里装了一面肉眼看不到的大镜子，以致黑衣女人受到了迷惑？一定是这样，只是两个人，到底哪个是真的，哪个是镜子里的呢？

刚刚早苗小姐也变成了两个，只是其中一个出现在报纸的照片上。可眼前这个却是真人，她在同一时间看到了两个小润。这样荒唐的事儿居然会出现在现实世界吗？不，这里一定有什么机关。只是这种见所未见的机关，到底是谁设计出来的，又有着怎样的目的呢？

可恨的是，看到目瞪口呆的黑衣女人，大胡子小润居然露出了一抹嘲讽的微笑，然后一发不可收拾，嘻嘻哈哈地大笑起来。笑什么，有什么可笑的？难道他一点儿都不害怕吗？怎么像疯掉的傻瓜一样笑个不停。

雨宫润一边笑呵呵地使劲儿摇晃裸体的雨宫润一。过了好一会儿，沉睡的小润才呻吟着睁开了眼睛。

“啊，你终于醒了。精神点儿！你怎么跑这儿来了？”工人打扮的润一古古怪怪地问道。

裸体的雨宫润一显然还没缓过神儿来，他困惑地眨了眨迷蒙的睡眼，看到眼前站着的黑衣女人，才一下子像是吃了提神醒脑的药一般，神志回笼。

“夫人，我遇到了一件怪事儿！啊，就是这个家伙，这个浑蛋！”

裸体的雨宫润一看到工人打扮的雨宫润一，立刻疯了一样扑上去，两个雨宫润一纠缠在一起，展开了一场惊心动魄的格斗。

可是，这场噩梦般的格斗很快就结束了，裸体的雨宫润一被一拳打翻在水泥地上。

“浑蛋，浑蛋！竟然敢冒充我。夫人，你要小心，这家伙是个阴险狡诈的叛徒，是伙夫阿冲假扮的，他是阿冲！”

裸体的雨宫润一被打得瘫软在地，趴在那里大声喊道。

“喂，那个人，举起手来！我要听小润说话，在此期间，你最好老实点儿！”

黑衣女人察觉到了危险，立即掏出随身携带的手枪，举到胸前。她的声音虽然柔和，眼神却十分凶悍。看样子，对方若不乖乖就范，她马上就会扣下扳机。

工人打扮的雨宫润一温顺地举起双手，只是脸上那抹漫不经心的微笑，让人始终无法安心。

“好了，小润！说吧，怎么回事儿？”

直到这时，小润才想起自己浑身上下一丝不挂，他窘迫地蜷缩起身体，详细地叙说道：“您也知道，昨天晚上大家来到这里之后，我奉命回船上处理了一些事儿。事情办完，我便坐着小艇折回岸上。没想到这家伙，就是伙夫阿冲，居然趁着天色昏暗，在后边偷偷跟踪我。我发现后，骂了他几句，他不由分说就冲了上来。

“谁能想到，阿冲平时看着傻乎乎的，身手居然十分了得。最后，我被他击中要害，昏了过去。之后，不知过了多长时间，我醒过来，发现自己手脚都被捆住了，衣服已经被扒光了，赤身裸体地躺在杂物间里。我想喊人，可是嘴被堵得严严实实的，一点儿办法都没有。我正在苦苦挣扎，就看到这个家伙走了进来，身上的工人服和脸上的假胡子，都是我的。这家伙乔装改扮的手段竟然也十分高明，假扮的人看起来和我分毫不差。

“这家伙假扮成我，一定是有不良企图。阿冲平时又蠢又笨的，想不到居然是个武艺高强的窃贼。我虽然知道了他的阴谋，但已经被彻底绑住了，什么办法都没有。这个恶棍，还跟我说什么再忍一会儿，然后对着我的要害又是一下，我真是没用，被他打晕之后，一直昏迷到现在才醒。

“阿冲，你这个浑蛋！现在自食恶果了吧！我看你怎么办！等着吧，我一定让你好看！”

小润的话让黑衣女人不由得心头一惊，她努力让自己保持镇定，露出一抹一切尽在掌握的微笑，说：“哈哈，阿冲果然厉害，手段了得，我也很钦佩呢！所以，刚才的那些怪事儿，什么把人偶扔进水槽里，给标本穿上滑稽的衣服，都是你搞的鬼？你为什么要这么做，说说看，我答应你，不生气。别笑了，说吧！”

“我要是不说，你打算如何？”穿工人服的雨宫润一嘲讽道。

“那我只能杀了你了，你还不知道你主人的脾气吗？见了血，不知会有多高兴呢！”

“也就是说，你要开枪射杀我喽，哈哈！”穿工人服的男人疯了一样，笑得越发狂妄。

再一看，他不知何时，已经把手放下来插进了裤兜里，一副懒洋洋

的样子。

黑衣女人从未被自己的手下如此侮辱过，简直气炸了肺，当真是忍无可忍了。

“笑，你还敢笑！好，我就让你尝尝子弹的厉害！”

黑衣女人大喊一声，当机立断地瞄准男人，扣下扳机。

人偶的再次突变

穿工人服的雨宫润一虽然言辞刻薄、态度嚣张，但他总不会为了逞一时口舌之快，连命都不要了吧！不不不，怎么会发生那样的事儿呢！他仍然双手插兜，一脸嘲讽地站在那里。

“黑蜥蜴”扣动扳机，枪响了，却没有子弹射出来。

“哎，声音好奇怪啊！你的枪不会是坏了吧？”

黑衣女人受到嘲讽，被气得理智尽失，一下下扣动扳机，可是那枪仍然只有“咔咔”的响声，没有子弹。

“浑蛋，你卸了枪里的子弹！”

“哈哈，你终于想到了。是啊，看！”

他将右手从兜里抽出来，摊开手掌，上面果然放着几颗小巧弹珠一样的子弹。

正在这时，笼子外传来一阵急促的脚步声，“黑蜥蜴”的手下乱哄哄地跑了过来。

“夫人，出事儿了！守门的北村被人绑起来了。”

“不只被绑起来了，还被弄晕了。”

想来，这也是阿冲干的好事儿。只是他为什么只绑了北村，却没有处理其他人呢？这里是不是有什么特殊的原因？

“啊，这是怎么回事儿？”看到笼子里有两个雨宫润一，男人们吓得目瞪口呆。

“那是伙夫阿冲，所有的事儿都是他弄出来的，赶紧把他抓起来！”有了帮手，黑衣女人立即高声命令道。

“什么，是阿冲？浑蛋，居然搞出这么多事儿！”

男人们一窝蜂地冲进铁笼子里去抓阿冲，不想阿冲身手极为灵活，几个闪身便绕开扑过来的敌人，钻出了笼子。他脸上带着嘲讽的笑，一边伸手摆出挑衅的动作，引诱敌人来追，一边慢慢向后退去，当真是胆大包天、狂妄至极。

黑衣女人和她的手下们，像被绳子牵着般一个接一个地从笼子里冲出来，追在他身后。这情景就像是一出恐怖的移动电影里的，在水泥浇筑的地下通道里，逃亡者慢悠悠地往后退，凶神恶煞的抓捕者伸着毛茸茸的胳膊摆出拳击的架势，步步紧逼。

不一会儿，这支诡异的队伍就走到了人偶展示区，阿冲忽然停住了脚步。

“知道我为什么要把北村绑起来吗？”男人一脸讨打的表情提出这个问题，双手仍是慵懒地插在兜里。

“让开，我有话要对这个人说。”也不知黑衣女人在想什么，居然拨开众人，走到了阿冲面前。

“如果你真的是阿冲，我要为自己的目不识人感到抱歉，没想到你的本事居然这么大。可你真的是阿冲吗？这太不可思议了。我猜你不是。现在没必要留着假胡子了，撕下来吧！快点儿撕下来！”说到最后，女贼的语气中竟然带了丝哀求的意味。

“哈哈！我不撕掉胡子，你就猜不到吗？不，你只是不敢说出来，不然，脸色怎么会白得像鬼一样？”

他果然不是阿冲，听那语气，哪还有半点儿把“黑蜥蜴”当首领的样子？而且他的声音和腔调，也有种说不出的熟悉。

黑衣女人激动不已，身体不受控制地颤抖起来：“所以，你是……”

“怎么这么客气，不要犹豫！放心大胆地说吧！”

男人收敛了笑容，身上蓦然流露出一种严肃的气质。

黑衣女人只觉得腋下直冒冷汗。

“明智小五郎！你是明智小五郎！”黑衣女人像下定决心般大声说道，不知为何，说出这句话后，她心里反倒一松。

“对，你应该早就察觉了，只是因为胆小，不肯承认。”

说到这儿，穿着工人服的男人一把扯下了脸上的假胡子，他的皮肤虽然化装成了小润的肤色，但那张脸确实就是明智小五郎的，那个让我们怀念万分的明智小五郎。

“可是，怎么会这样呢？你明明……”

“我明明被你扔进远州滩的大海里淹死了，此刻怎么又活过来了，是吗？哈哈，因为被你扔进大海里的人根本不是我，你犯了一个致命的错误——沙发椅里的人不是我，而是可怜的阿冲，我也没想到会发生那样的事儿。当时为了方便调查，我乔装成伙夫阿冲，把他绑起来，堵住嘴，塞进了沙发椅里。我以为那里是最好的藏匿地点，结果却害死了他，真是很抱歉。”

“啊！所以，阿冲被扔进海里之后，你假冒他的身份一直待在机舱里？”

女贼听得瞠目结舌，语气不由得柔和了下来。

“真的是这样？可是，阿冲的嘴被堵着，说不了话，当时却有人和我隔着沙发垫谈了好一会儿，他是谁？”

“是我。”

“那……”

“舱室里不是还有大衣柜吗？我就躲在那里。是你先入为主，误以为声音是从沙发椅里传出来的。再说，沙发椅里的那个家伙还在不断挣扎，难免会影响你的判断。”

“所以，藏起早苗小姐，故意在椅子上留了份报纸的人也是你？”

“是。”

“你还真是谨慎，为了吓我，还故意做了份假报纸？”

“假报纸？怎么可能，谁能伪造出那样的报纸。不用怀疑，新闻和照片都是真的。”

“哈哈，那太荒唐了。无论如何，世界上也不会有两个早苗小姐吧！”

“世界上当然不会有两个早苗小姐，因为被你绑来的那个早苗，是假的。我费了不少力气，才帮早苗小姐找到一个如此相像的替身。虽然我有足够的信心可以救她出来，可是岩濑庄兵卫是我的挚友，我不能拿她的独女冒险。被你当成早苗小姐抓来的那个女孩儿，名叫樱山叶子，是个无依无靠的孤女，也是个富有冒险精神的摩登女郎。只有足够勇敢的人，才能把这出戏演得这样逼真漂亮，才能无论吃多少苦，都咬紧牙关坚持到底。叶子虽然也很害怕，一路都在哭泣，但她对我深信不疑，坚信我一定会救她出去。”

读者们还记得这篇故事里有一节叫作“怪老头儿”吗？其实从那时起，名侦探明智小五郎就已经布好了这个瞒天过海的局。怪老头儿不是别人，正是明智本人乔装改扮的。从那天晚上开始，真正的早苗小姐就被明智藏到了一个只有他自己才知道的地方。在同一时间，樱山叶子则乔装成早苗小姐住进了岩濑家。

次日，早苗小姐闭门不出，装出一副连家人都不想见的样子。岩濑夫妇以为女儿被“黑蜥蜴”吓坏了，得了忧郁症，却从没想过自己的女儿已经换了人。在那个时候，叶子的表演天赋便已显露出来。

名侦探的布置环环相扣，黑衣女人听得心悦诚服，甚至发自内心地有些崇拜这位了不起的大人物了。

可是，她的手下，那群头脑简单、四肢发达的莽汉，却不会崇拜明智。不仅如此，他们还认为他是欺骗了他们领袖的闯入者，是害了他们的同伴阿冲，使其葬身海底的罪魁祸首，因此心里对他充满了仇恨。

他们根本不想听明智啰唆，见谈话中止，当即发作。

一个人率先嚷道：“不用听他啰唆，杀了他！”

他的话得到了所有男人的支持，四个壮汉毫不犹豫地冲向孤身一人的名侦探。此刻，女贼就是想用自己素日的威望对此加以压制，怕也起不了什么作用。

一个人从后面突袭，想要勒住明智的脖子；一个人从正面进攻，想要把他的两手绑在身后；一个人使出扫堂腿，想把他撂倒。明智小五郎身手再好，遇到如此疯狂的歹徒，也只能束手就擒吧！此时的情况，可以说是十分危急。千辛万苦走到这一步，难道要在最后一刻反转吗？名声显赫的大侦探，难不成要死在一群莽夫手里？

可是，多奇怪啊！在这样危急的时刻，突然传来了一声嗤笑。而发出笑声的，不是别人，正是被男人们压倒在地的明智小五郎。这是怎么回事儿，他疯了吗？

“哈哈，你们眼睛没瞎吧？看看玻璃里面，仔细看看。”他说的玻璃，自然是展示人偶标本的橱窗。

男人们不由自主地转过头去看。天啊，他们居然如此粗心，完全没注意到橱窗里的变化。说来，这也不难理解，一是大家太过愤怒，没有注意；一是他们格斗的地方在橱窗的斜对面，橱窗正在他们视线的盲区。

橱窗里到底发生了怎样惊人的变化呢？所有的人偶都穿上了西装，不管男女，虽然还摆着和之前一模一样的姿势，却全都西装革履，一副严肃正经的样子。

毫无疑问，这又是明智干的好事儿。只是同样的戏码，不用来来回回玩那么多次吧，这也太无聊了！等等，明智可不是那种喜欢玩无聊游戏的人，这场莫名其妙的换装秀，会不会隐藏着什么秘密呢？

“黑蜥蜴”果然名不虚传，率先想到了这番布置的关键。

“啊！糟了。”

女人大惊失色，只是这个时候再想跑，已经太晚了。橱窗里的人偶一个个霍然起身，原来被换掉的不只是衣服，还有人偶本身。他们根本不是人偶，而是摆出人偶姿势，静候时机的活人。看啊！穿着西装的那些男人全都拿着手枪，枪口正对着盗贼们。

只听“咔嚓”一声，橱窗的玻璃纷纷碎裂，西装男人敏捷地从破洞里跳了出来。

“不许动！‘黑蜥蜴’，你被捕了。”

这样的呵斥声简直耳熟能详，现代的警察在抓人时，似乎格外喜欢用这种效力惊人的台词。毫无疑问，这些西装男都是明智带进来的警视厅的精英。

明智之前问盗贼们，知不知道为什么只绑了在门口值班的北村。其实，他是在暗示，他已经叫了警察支援——明智早就打电话联系了警视厅的警察，并约定了开门的暗号。警察通过暗号，与明智里应外合，很容易就进来了，在入口处值守的北村自然是第一个被解决的。这一切都发生在雨宫润一失踪的那段时间。至于他们为什么不立即逮捕“黑蜥蜴”，这都是明智的主意，他想让这场逮捕尽善尽美。看样子，警察也不是毫无幽默感的木头人嘛！

不用说，船上的人肯定也遭到了另一队人马和水上警察的抓捕。此时，“黑蜥蜴”的所有手下，连同那条船，都被警察控制住了。

在警察的枪口下，地下的歹徒纷纷缴械投降。这些莽夫虽然冷血暴虐，却无力抵挡这种噩梦般的突袭，包括被扒光了衣服的雨宫润一。

“黑蜥蜴”到底是他们的头领，反应极快，马上就猜出了西装人偶的秘密。她猛地甩开抓住自己手臂的警察，飞也似的逃回了走廊深处的房间，并从里面反锁了房门。

“黑蜥蜴”之死

“黑蜥蜴”是地下王国的女王，生性骄傲，她不允许自己束手就擒。如果被捕已经是逃不掉的命运，那她宁可选择自我了断。明智小五郎觉察到这一点，立即离开乱成一团的捕获现场，孤身来到“黑蜥蜴”的房门前。

“喂！快开门！我是明智！我有话和你说！快点儿把门打开！”他急促地喊道。

“明智先生，你是一个人吗？”门里传来微弱的回答声。

“对，就我一个人。你快点儿开门。”

只听“咔嗒”一声，门被打开了。

“啊！我来晚了！你已经服毒了。”明智一进门，便大声喊道。

黑衣女人软软地倒在地上，开门这个动作，似乎耗尽了她最后一丝力气。

明智跪坐在地，将女贼半抱到自己腿上，想要缓解她死前的痛苦。

“现在说什么都晚了，好好地睡吧！你让我吃足了苦头，几乎失去性命，可我是一个侦探，这都是非常宝贵的经验。我不怨你，还可怜你。对了，有件事儿我要和你说一声，‘埃及之星’虽然是你费尽心血好不容易才弄到手的，可那是岩濑先生的东西，我会把它物归原主。”说到这儿，明智将宝石从口袋里拿出来，举到女贼的面前。

“黑蜥蜴”勉强扯动嘴角，露出一个笑容，又点了点头。

“早苗小姐呢？”她温声问道。

“早苗小姐？你说的是樱山叶子吧！别担心，她已经和香川一起离开了地底洞穴，现在应该被警察保护起来了。那女孩儿这次吃足了苦头，等回了大阪，我会让岩濑先生备一份厚礼，以示感谢。”

“我输了，彻底输了。”

听她话里的意思，她输掉的不只是这场比试。她不由得哽咽起来，已经失去神采的眼睛里，滚出大滴的泪珠。

“能被你抱在怀里，我很高兴。能这样死去，也是一种幸福，从未想过的幸福。”

明智不是石头，怎么会听不出她话里的情意，感觉不到她心里奇异的感情？只是他要如何回应呢？

女贼垂死之际的表白就像一个诡异难解的谜团，她大概从未意识到自己对眼前的仇敌产生了如此浓厚的爱意。若非如此，那天在黑暗的大海上将明智沉入海底，她的情绪怎么会失控，以致放声大哭？

“明智先生，永别了。临死之前，我有个请求，希望你能答应。吻我，请你吻我一下。”

黑衣女人的四肢不受控制地抽搐起来。最后一刻终于到来，对方虽然是个女贼，可她在垂死之际提出这样一个可怜的请求，明智实在不忍心拒绝。

于是，他默默地在“黑蜥蜴”——这个曾经对他痛下杀手的恶魔——已经变冷的额头上亲了一下。女贼脸上露出一抹发自内心的微笑，不动了。

此时，逮捕工作已经结束。警察们乱哄哄地冲进来，不想看到了这样一幕奇怪的景象，全都在门口呆住了。被人称作魔鬼的警察，并非没有感情，他们像是被某种庄严的东西所感染，一时间全都沉默下来了。

就这样，在社会上引起巨大轰动的绝世女贼“黑蜥蜴”，枕在名侦探明智小五郎的膝盖上，咽下了最后一口气。在离开这个世界时，脸上还带着一抹满足的笑容。

也许是刚才挣脱警察时，用力过猛，“黑蜥蜴”洋装的袖子被扯破了，露出了美丽的手臂，手臂上刺着一只黑色的蜥蜴，她的名号便是由此而来。仔细看去，那只黑蜥蜴活灵活现，缓缓地、缓缓地动着，似乎正为了主人的离去而悲伤。